친구 여동생이 나한테만 짜증나게 군다

작가
미카와 고스트
일러스트 **토마리**

© tomari
오오보시 아키테루
주인공.
극도의 효율충이라는 점을 빼면
대체적으로 평범.
"알면 입 좀 다물어,
이 바보야."

"저기, 선배,
여자애와 같이 있는 게
들통나면 큰일나죠?"
코히나타 이로하
하이 텐션에 툭하면 나한테 들러 붙는
짜증나는 친구 여동생.

카게이시 스미레
용모단정, 두뇌명석한
미인 교사라는 평판이지만……?
코히나타 오즈마
아키테루의 유일한 친구. 이로하의 오빠.
남을 배려할 줄 아는『좋은 녀석』.
"……뭐, 뭐가
어떻게 된, 거야?"
츠키노모리 마시로
매몰차고 냉담해서
짜증나는 사촌동생.

“““““5층에 어서 와!!”””””
ⓒ tomari

© tomari
“그만 좀 웃어!
그리고 이상하다는 걸
알면 떨어지란 말이야.”
“치…… 친구끼리,
흔히 하는, 거라면……
할 거야…….”

"아하하! 이게 뭐야!
완전 하렘이네!!
히힛,
아하하하!"

CONTENTS

친구 여동생이 나한테만 짜증나게 군다

미카와 고스트 지음
토마리 일러스트
이승원 옮김

prolgue ······ 프롤로그 ······

남자란, 좋아하는 애를 괴롭히고 싶어 하는 생물이다.

언제부터 그 『가설』이 그럴듯한 『진실』로 이야기됐는지는 모르지만, 적어도 나에게 있어 그것은 명백한 거짓이다.

그렇지 않은가. 괴롭히면 미움을 받을 거라는 것은 조금만 생각해봐도 알 수 있다.

상식적으로 생각해봐도, 평범하게, 그리고 상냥하게 대해주는 편이 나을 게 틀림없다.

효율충인 나는 그렇게 생각했다.

자기를 좋아해서 괴롭힌다는 그 갭이 좋다?

바보냐.

그건 가정폭력범이나 늘어놓을 논리다. 만약 폭력과 상냥함의 오셀로 게임에 홀딱 반하는 여자가 있다면, 사귀기 전에 설교해서 정신을 차리게 해줘야 하며, 애초에 그렇게 불행지수 높은 녀석과 가까워지고 싶지 않다.

반대 입장에서 한번 생각해봐라.

느닷없이 남자가 입고 있는 셔츠 안에 날달걀을 흘려 넣더니, 「미안~☆ 너무 좋아해서 심술 좀 부려봤어☆」라며 자기 머리에 꿀밤을 날리며 혀를 날름한다. 게다가 그 셔츠는 현재 빠져 있는 아이돌의 음반 발매 이벤트 때 산 아끼는 옷이다.

—확 두들겨 패주고 싶지 않아?

그리고 이런 식으로도 생각해봐라.

엉망이 된 셔츠를 빨아주고, 망할 날달걀 테러 계집애에게 설교를 해줄 뿐만 아니라, 굿즈의 가치 폭락에 흐느끼고 있는 남자의 얼굴을 풍만한 가슴으로 상냥하게 감싸 안아준다.

—홀딱 반해버릴 것 같지 않아?

이것은 남자 시점에서의 이야기지만, 이런 일에는 남녀 차이가 존재하지 않는다.

자신을 상냥하게 대하는 상대를 좋아하고, 자신에게 심한 짓을 하는 녀석을 싫어한다. 지극히 단순한, 그러면서도 유일한 진리다.

그러니 나 이외의 인간도 — 물론 여자도 — 전략적으로, 효율적으로 연애 전쟁을 치르려 한다면, **불합리한 심술은 절대 부리지 않을 것이다.**

그렇게 생각했다.

좋아하는 상대를 괴롭히거나 일부러 차갑게 대하는 녀석은 라이트노벨이나 애니메이션 속에만 존재하는 가공의 존재이며, 현실의 여자는 좋아하는 상대에게 미소 지으며 연모의 감정을 솔직하게 드러낼 거라 생각했다. 하지만…….

만약 그것을 『옳다』고 여긴다면, 큰 문제가 딱 하나 있다.

내 주위에는, 나를 싫어하는 여자뿐이라는 것이다.

이 문장을 읽고 있는 이들에게는, 미리 충고해두고 싶다.

이제부터 나올 여자애들은, 하나같이 미소녀지만 『짜증나는』 녀석들이다.

툭하면 나를 괴롭히고, 엄청 매몰찬 태도를 보이며, 어마어마하게 성희롱을 한다.

어쩌면 뜬금없이 귀엽다는 착각에 빠질 때가 있을지도 모르지만, 기본적으로는 호되게 당하기만 하는 이야기다.

뭐, 그렇다고 계속 당하기만 하는 건 아니지만 말이다.

그래도 상관없다고 생각하는 용자라면, 이 뒤의 내용을 읽어줬으면 한다.

나도, 절친인 그 녀석처럼 러브코미디의 주인공 같은 생활을 할 수 있다면 최고일 텐데 말이다.

대체 왜, 이 녀석도 저 녀석도 나한테만 짜증나게 구는 걸까.

*

『—이런 내 현재 상황을, 친구인 너는 어떻게 생각해?』

『여자한테 인기가 좋아서 인생 참 충실하겠다~ 싶네.』

001 제1화 …… 친구 여동생이 나한테만 짜증나게 군다

『♪ 유흥가의 폭동, 우리의 항문, 걷어차는 너는 친구 여동생 ♪』

학교에서 돌아와서 침실에 들어왔을 때, 가장 먼저 눈에 들어온 것은 허벅지였다.

잘 아는 여자가 침대에 엎드린 채, 리듬에 맞춰 발을 버둥거리고 있었다.

내 책장에서 허락도 없이 꺼낸 소년 만화의 최신간을 펼쳐 보며 즐거워하고 있었다.

그녀의 이름은 코히나타 이로하. 나와 같은 고등학교에 다니는 1학년이자, 한 학년 아래의 후배다.

황금색을 띤 밝은 머리카락, 목에 건 투박한 헤드폰에 걸려서 풍성해 보이는 머리카락은 왠지 황제펭귄을 연상케 했다. 습기와 열기가 뒤섞인 초봄에 어울리는 반소매 교복, 시원해 보이는 짧은 치마. 양말을 벗어서 눈부시게 반짝이는 새하얗고 가녀린 다리의 라인에는 한 점의 군살도 없었다. 요즘 고등학생다운 겉모습이지만 피어스 같은 과도한 장식은 없으며, 날라리 느낌이 날 정도로 과하게 꾸미지도 않은, 그런 현실적인 여고생—.

『♪ 엉덩이(애스)가 펑크로 넙죽~, 언뜻 보인 팬티에 폴인러브! 오버일까? ♪』

교실에서 쾌활하게 웃는다면, 그 미소를 본 남자들은 모두 이렇게 생각할 것이다.

—아, 이 애는 나를 좋아하는구나. ……하고 말이다.

남자들의 그런 불쌍한 착각을 부를 듯한 이 축복받은 외모의 여자가, 어찌 된 건지 내 침대를 자기 것처럼 점거하고 있다.

게다가…… 게다가, 말이다.

『♪ 풋내기 동정이라도 상관 없~어. 하지만 여동생은 못 당해—————————.』

"시끄러워! 대음량으로 그딴 랩 틀어놓지 말라고!"

딴죽을 날리면서 고음질 콤포넌트의 전원을 뽑았다.

공기가 뒤흔들리는 게 눈에 보일 정도로 폭음을 내던 그것이 침묵하자, 그제야 내 존재를 눈치챘다는 듯이 그녀가 돌아보았다.

"아, 선배네. 정말~, 방에 들어올 거면 노크 정도는 하라고요~."

"여기는 내 방이야. ……그리고 민폐니까 음량 좀 낮춰. 이럴 거면 그건 대체 왜 차고 있는 거야?"

나는 그녀가 목에 건 헤드폰을 손가락으로 가리키며 물었다.

그러자 이로하는 씨익~ 웃으며…….

"아, 그걸 묻는 거예요? 몰라서 묻는 거예요? 미소녀 게임으로 치면 개별 루트 돌입할 레벨의 엄청 심각한 이유가 있거든요? 이야~, 그 정도로 나를 공략하고 싶은 거구나~. 그럼 어쩔 수 없네요~. 사실 이 헤드폰은~."

"아, 1엔어치도 관심 없어."

"아하~☆ 레알 무관심 반응이네요~!!"

이로하는 이마를 찰싹 소리가 때렸다.

―짜증나…….

평소와 마찬가지로, 불법적인 약에 손댄 건 아닌지 캐묻고 싶을 정도로 텐션이 하늘을 찔렀다.

이 짜증나는 여자를 어떻게 내 방에서 쫓아낼지, 아드레날린과 엔도르핀을 총동원해 생각하고 있을 때, 이로하가 진지한 목소리로 선제공격을 날렸다.

"하지만 선배는 제가 먼저 이 방에 와있을 거라고 짐작하면서도 노크도 안 하고 들어오네요. 옷 갈아입고 있으면 어쩔 작정이었어요? 앗?! 설마 그걸 노리는 거예요?! 경찰 아저씨~!! 여기예요~!! 경찰 아저씨~!!"

"좋아. 빨리 경찰 부르라고, 이 불법 침입자야. 아니면 확 내가 불러줄까?"

"오, 법정에서 저한테 이길 수 있을 것 같아요?"

내가 스마트폰을 꺼내 들자, 이로하의 가늘게 뜬 눈에 도전적인 눈빛이 어렸다.

흐흥~ 하고 의기양양한 미소를 짓고 있다.

—승부의 냄새를 감지하면, 항상 이런다.

코히나타 이로하란 여자는 나를 깔아뭉개야만 직성이 풀리는, 그런 별에서 태어난 생물이다.

"그리고, 불법 침입자로 모는 건 너무하잖아요~."

"……윽!"

침대 위에서 몸을 뒤집은 순간, 어떤 물체가 출렁거렸다.

옷매무새가 흐트러진 교복, 단추가 세 개 풀린 셔츠의 앞섶 사이로, 금방이라도 옷 밖으로 흘러나올 것처럼 잘 익은 열매가 어렴풋이 보였다.

—크다.

이로하가 기습적으로 여성미를 드러내자, 나는 무심코 고개를 돌렸다.

그러자 이로하는「유후♪」하고 장난감을 발견한 고양이처럼 눈을 가늘게 뜨더니, 목에 건 가죽끈에 달린 은색 열쇠를 풍만한 가슴 계곡 사이에서 꺼내서 만지작거렸다.

이 집의, 열쇠다.

© tomari

"동의하에 제가 들어왔다는 게 이렇게 명백하거든요~."

"그건 이 집에 자유롭게 드나들어도 된다는 통행증이 아냐. 그리고 네가 왜 그 열쇠를 가지고 있는 건데?"

"에이, 기분 썩 좋으면서 안 그런 척하기는~. 저를 쫓아낸 후, 제 체취가 듬뿍 밴 침대에 얼굴을 묻고 킁킁할 거잖아요? 다 안다고요!"

"누가 그런다는 건데? 네 체취는 단 1%도 안 남길 거라고."

푸쉭~!

"꺄앗?! 잠깐, 아직 사람이 있는데 다짜고짜 뿌리다니, 너무하잖아요?!"

"흥, 탈취제 범벅이 되고 싶지 않다면 얌전히 너희 집으로 돌아가."

"우냣, 이, 이익! 무기를 동원하다니, 너무해!"

탈취 스프레이를 뒤집어쓴 이로하는 침대 아래로 굴러떨어졌다.

볼을 부풀리며 그녀는 나를 불만어린 눈길로 쳐다보았다.

"여동생한테 너무한 거 아니에요?!"
"너는 눈곱만큼도 내 여동생이 아니잖아."

"**선배 친구의 여동생이니까**, 친구 여동생, 줄여서 친동생으로 봐도 된다고 생각하는데요."

"아니, 너와 나는 엄연한 생판 남이라고."

"……헉! 오빠와 선배가 결혼하면, 그때는 저도 진짜 여동생이 되겠네요……. 개인적으로는 어느 쪽이 공이고 어느 쪽이 수든 완전 웰컴이에요!"

"어, 어이, 잠깐만. 이상한 상상하지 마. 가까운 사람들로 그딴 망상을 하면 안 돼. 날것은 조심해서 취급하란 말이야."

나는 등골이 얼어붙을 듯한 발언을 듣고, 시리어스한 톤으로 설교를 했다.

—진짜 이 녀석은 텐션에 따라 입에서 나오는 대로 지껄여 댄다니깐.

코히나타 이로하는 평범한 후배가 아니다.

본인이 말했다시피, **친구의 여동생**이다.

중학생 때, 같은 맨션의 옆집에서 살던 코히나타 오즈마와 우연히 친해진 나는 이 녀석과도 겸사겸사 알고 지내게 됐다.

저 열쇠도 오즈마와 교환했던 것이다.

오즈마는 어머니 및 여동생과 함께 살지만, 나는 혼자 산다. 만약 쓰러지거나 사고가 일어나기라도 한다면, 나는 그대로 죽고 만다.

자신의 목숨을 지킬 효율적이면서 최적의 해답을 고민한 결과, 나는 둘도 없는 절친에게 열쇠를 맡기기로 했다.

"……하지만, 그걸 악용하다니……."

"아하하, 재밌어~♪ 아키 선배는 놀림을 당할 때 진짜 귀엽다니깐……."

"나는 하나도 재미있지 않다고……."

이로하는 우정의 증표인 열쇠를 가슴 계곡에 넣었다 뺐다 하며 도발했다.

—이 꼬맹이. 혼쭐을 내주고 말겠어.

친구 여동생의 이 건방진 짓거리를 보고, 혈관이 불거질 정도로 화가 난 바로 그 때였다.

위이이잉, 위잉, 위이이잉……!!

허벅지에서 진동이 느껴졌다.

바지 호주머니에서 스마트폰을 꺼내 보니, 화면에는 눈에 익은 이름이—.

"……어이, 중요한 볼일이야. 지금 바로 이 방에서 나가거나—."

"예~, 입 꾹 다물고 있겠습다~~!"

"……진짜로 조용히 하라고……."

경례를 하며 대답하는 이로하를 보며 일말의 불안감을 느끼면서도, 나는 통화 버튼을 터치했다.

"아, 여보세요. 오오보시입니다."

『이야, 오~래간만이야. 아키테루 군.』

"삼촌…… 아니, 츠키노모리 사장님."

『호칭이 너무 서먹서먹하네~. 이 삼촌, 확 울어버린다?』

변두리 바에서 마담을 유혹할 듯한, 허스키하고 댄디한 보이스였다.

그 목소리에 어울리지 않는 소년 같은 순수한 어조가 독특한 갭을 자아내고 있는 이 남성의 이름은 츠키노모리 마코토. 내 아버지의 형이자, 지금은 귀중한 **커넥션**이다.

해외 부임 중인 부모님을 대신해 내 보호자로서 때때로 연락을 주고 있는데, 최근에는 그것만이 아니라—.

"……연락을 주신 건, 예의 건 때문에……."

『오오, 바로 그거란다. 철저하게 검토해봤지.』

"정말인가요……!"

『고등학교 졸업 후, **학력 불문, 입사 시험 없이 우리 회사에 취직시켜줬으면 한다**— 사회를 완전히 물로 보는 듯한 어처구니없는 투정이지만…….』

"윽…… 아, 알고는 있어요. 그, 그럼 역시 안 되는…… 건가요?"

『안 된다고 말하지는 않았잖아?』

"그럼……!"

『조건부로 편의를 봐주도록 하지. 다른 사람도 아니고 귀여운 조카를 위한 일이니, 두 팔 걷어붙일 각오가 되어 있단다. 우리 회사의 인사권을 쥔 중역은 꽤 고지식한 커리어우

먼이지. 철가면으로 숨기고 있는 그 넘쳐나는 성욕을 좀 자극해주면 바로 오케이를 받아낼 수 있을 거란다~.』

"팔 걷어붙이고 한다는 게 그런 건가요……. 아니, 사회적으로 그런 건 문제가 되지 않나요? 특히 요즘에는 더요."

『하하하!』

"아니, 웃을 일이 아니라고요."

여러모로 감사한 일인 건 사실이다.

하지만 손을 써준 사람이 사장 자리에서 쫓겨난다면 의미가 없다.

이 댄디한 목소리의 주인, 스마트폰의 통화 앱에 표시된 셀카 사진처럼 섹시한 수염을 기른 남성— 츠키노모리 마코토는 거대 엔터테인먼트 기업 허니플레이스 워크스의 **대표이사 사장**이다.

일본 굴지, 아니, 국내를 넘어 세계 수준의 경쟁력을 지닌 일류 기업이다.

삼촌이자 동시에 그런 회사의 사장이기도 한 그에게, 나는 어떤『꿍꿍이』란 명목으로 제안을 했다.

그것이 바로—.

『하지만 연줄 채용을 타진하다니, 너도 어른이 됐는걸.』

"효율적인 방법을 찾아봤을 뿐이에요. 아마 이게 가장 빠를 거라고 생각했죠."

『하지만, 실력이 동반되지 않는다면 사내에서 고립될 거란다.』

"쓸모가 없어 보이면 바로 해고해도 상관없어요. 절대로 후회할 일은 없을 거예요."

『세게 나오는걸. 뭐, 나도 너 같은 애를 좋아하지.』

장난스레 씨익 웃는 모습이 눈앞에 어른거리게 하는 목소리로 그렇게 말한 후, 츠키노모리 사장은 말을 이었다.

『하지만, 무조건으로 채용할 수는 없어.』

"……윽!"

—역시 그런 건가.

당연히 어떤 식의 조건이 제시될 것이다. 그것은 애초부터 예상했다.

이 사회의 원칙은 등가교환.

방법에 따라 효율적 혹은 비효율적이라는 차이가 있기는 하지만, 기본적으로 뭔가를 얻으려 한다면 그에 걸맞은 대가를 치러야만 한다.

세계 레벨의 초거대 기업에 취직하기 위해 넘어서야만 하는 허들, 조건은 과연……?

『우선 제1관문 말인데— 아키테루 군, 너…… 혹시 **여친**이 있는 건 아니지?』

"……………………예?"

『방금 그 뜸은 뭐지? 설마 고등학생 주제에 이 여자 저 여자 다 후리고 다니는 거냐?!』

“아, 아뇨. 그렇지 않아요. 여자랑 완전 담쌓았거든요!”

“……윽!”

어이, 잠깐만.

방금, 거울에 비친 이로하 녀석이 「번뜩~☆」 하는 효과음이 어울릴 듯한 표정을 지었다고.

너, 지금 『선배를 곤란하게 만들 찬스 겟!』 같은 생각 했지?!

“……워이! ……워이!!”

중요한 통화 중이니 빨리 꺼져, 라는 의미의 눈짓을 보냈다.

그러자 이로하는 더 재미있다는 듯이 입가를 씰룩이며…….

“우헤헤~. 선~배~♪”

“야…… 등 뒤에서 끌어안지 마. 떨어지라고.”

『……거기 누가 있나? 마치 이제 막 사귀기 시작한 풋풋한 커플의, 혐오스러운 핑크빛 아우라가 느껴지는데…….』

“실은 최근에 고양이를 기르기 시작했거든요(빠른 어조).”

『오오, 그랬군. 종류는 뭐지?』

“예? 으음…….”

……큰일 났다. 고양이 종류 같은 건 모른다고.

하지만 반응을 보아하니, 삼촌은 고양이를 좋아하는 게 틀림없다. 어설프게 대답했다간 거짓말을 한 게 바로 들통날 것이다.

그렇다고 침묵이 이어졌다간 미심쩍어할 것이다.

차라리 이로하에 대해 솔직하게 이야기하는 편이 나을까? ……아니다. 그것만은 절대 안 된다.

내 방에서 달콤한 목소리로 말하며 몸을 밀착시키는 여자애—제삼자한테, 이 녀석이 여친이 아니라고 우기는 것은 솔직히 무리다. 때때로 현실은 소설보다 더 거짓 같은 것이다. 아무리 진실이라고 호소한들, 삼촌이 믿어주지 않을지도 모른다.

"저기, 선배. 여자애와 같이 있는 게 들통나면 큰일나죠?"

"……알면 입 좀 다물어, 이 바보야."

귓가에서 속삭이듯 이로하를 돌아본 나는 작은 목소리로 그렇게 대꾸했다.

이 스릴을 진심으로 즐기고 있는 건지, 이로하는 입을 「ω」 모양으로 만들더니…….

"NTR플레이 같아서 재미있네요♪"

"어이, 현역 여고딩. 그딴 말은 어디서 안 거야?"

"인터넷 검색 이력 보고요~."

"인마, 내 스마트폰을 몰래 살펴본 거냐?!"

『아키테루 군……?』

"아아아아아아아, 우리 고양이가 핸드폰을 긁어대서요! 어이, 인마! 그만해~!"

『꽤, 꽤 과격한 고양이인가 보군. 교육을 잘 시키는 편이 좋을 거야.』

“예, 온 힘을 다해 이 옛— 암고양이의 교육을 시키고 싶네요!”

위험했다. 무심코 여자라고 말할 뻔했다. 간발의 차이로 회피하는 데 성공했다.

하지만 여전히 등에 들러붙어 있는 이로하의 가슴과 팔의 부드러운 감촉, 코를 간질이는 달콤한 향기가 냉정한 사고력을 갉아먹고 있다.

“후후, 교육을 받고 있는 건 과연 어느 쪽일까요?”

“……큭.”

“일방적으로 유린당하는 선배는 참 귀엽네요♪ 치한 플레이를 하는 것 같아서 흥분돼요.”

“치한 플레이가 아니라 엄연한 치한 행위라고. 아무튼, 그만해. 지금 내 장래가 걸린—.”

『아까부터 이야기 소리가 들리는 걸. 치한 이라는 말도 들렸는데, 혹시 너—.』

“아, 아뇨! 아니에요! 치한이 아니라…… 그, 그래요! 먼치킨! 고양이 종류 말인데, 먼치킨이에요!”

남자에게 치한 행위, 에서 연상한 건 아니다.

동화 『오즈의 마법사』에 나오는 이 이름이 나는 익숙했다.

『호오, 먼치킨이구나. 호기심이 왕성하고 노는 걸 좋아해서, 그냥 보고만 있어도 마음이 치유되는 것 같지.』

“그냥 짜증이 날 뿐이에요.”

『하하하, 츤데레 주인님이군. 소중히 기르렴.』

"뭐, 뭐어, 가능한 한 잘 지내볼게요. 하하, 아하하하하……."

『어이쿠, 회의 호출이군. —아무튼, 아키테루 군에게 **여친**이 없는 것 같아 안심인걸.』

나는 좋았어! 하고 외치며 주먹을 말아쥐었다.

아무래도 삼촌을 끝까지 속이는 데 성공한 것 같았다.

……뭐, 내 뒤편에 있는 이 짜증나는 여자는 진짜로 여친이 아니지만 말이다.

『하지만 아직 안심하지는 마. 전제 조건은 클리어했지만, 진짜 조건은 아직 이야기하지 않았으니 말이지. 나중에 시간이 나면 조건을 알려줄 테니, 잠시만 기다려.』

"아, 예. 바쁘신 와중에 이렇게 연락을 주셔서 감사해요."

『뭘, 귀여운 조카와 딸을 위한 일인걸. 이 정도는 아무것도 아니란다.』

"그렇게 말씀해주시니 감사…… 방금 발언에 처음 듣는 단어가 섞여 있지 않았어요?"

『그럼, 바이~!』

—뚜욱.

"……끊었어……."

이제까지의 대화에서 나오지 않았던 단어가 부자연스럽게 섞여 있었던 것 같은데…….

뭐, 됐다. 아무튼, 세계적 기업에 취업할 길이 열렸으니 말이다.

……아니, 아직이다. 아직 안심해선 안 된다.

"흥흐흐흥~♪"

이로하는 통화가 끝났다는 것을 알자마자 바로 떨어지더니, 침대에서의 만화책 독서를 재개했다.

그렇다. 이 녀석은 원래 이런 녀석이다.

아까 전의 밀착 어리광 모드도 나에게 호의가 있어서, 같은 귀여운 이유로 한 것이 아니다.

그저 내가 난처해하는 모습을 보며 재미있어하는 것뿐이다.

게다가 『오빠의 절친』이라는 절묘한 거리감 탓인지, 생판 남보다 나를 깔보고 있다.

내 친구이자 이로하의 오빠인 오즈마의 말에 따르면, 「아키 말고 다른 사람한테는 안 그럴 거야」란다.

여벌 열쇠로 이 집을 제집처럼 누비는 침략자.

어째선지 나한테만 짜증나게 구는, 친구 여동생.

—코히나타 이로하.

츠키노모리 사장에게 취직 확답을 받기 위해서라도, 이로하의 훼방에는 세심한 주의를 기울일 필요가 있다.

이제까지처럼 대처해선 안 된다. 이 미적지근한 관계를 깨끗하게 정리해야만 한다.

"저기, 선배. 나, 목 말라."

"냉장고 두 번째 칸에 토마토 주스 있어. 100% 토마토에 칼로리 제로야."

"와아~! 역시 선배, 배려의 달인! 알라뷰~♪"

"……………………."

침대에서 펄떡 일어나서 침실을 나서는 이로하의 뒷모습을 쳐다본 후, 나는 하아~ 하고 한숨을 내쉬었다.

—뭐, 내일부터 해도 되겠지.

이때, 나는 너무나도 멍청했다.

방을 나서는 이로하가 「씨익」 웃었다는 사실을 전혀 눈치채지 못한 것이다.

*

『……이런 일이 있었어.』

『항상 하는 생각인데, 아키는 투덜대면서도 이로하를 좋아하는 것 같아. 싫으면 토마토 주스를 준비해두지 않으면 될 거 아냐.』

『그건 내가 좋아하는 거야. 우연히 그 녀석과 내가 좋아하는 게 겹쳤을 뿐이라고.』

『그걸 우연이라고 여기는 걸 보면, 아키는 역시 【주인공】이네.』

『그게 무슨 소리야?』

『……글쎄. 답을 말하는 건 러브코미디적으로 좀 그러니까 관둘래.』

『무슨 소리인지 모르겠네……. 제발 부탁이니까, 오빠인 네가 이로하 녀석한테 우리 집에 가지 말라고 다짐 좀 받아 줘. 응?』

『알았다, 알았어.』

어제 한 『마이허니』 5화, 어떻게 되어먹은 거야? 너무 끝내주는 거 아냐? 완전 존귀! 존귀 그 자체~!

AKI

으음~, 아직 안 봤어요.

무라사키 시키부 선생님

본방 사수를 안하다니, 글러먹었네~. 미오의 에로틱한 복부를 안 보다니, 완전 글렀어~.

마키가이 나마코

이번 『마이허니』는 미묘했어. 갓편이었던 3화로 기대치 팍 올려놓고, 뜬금없는 서비스 편이라니…… 시나리오 구성적으로 좀 그래.

무라사키 시키부 선생님

자의식 쩌네~. 애니는 오락이거든? 세세한 건 신경 쓰지 마. 가슴이나 엉덩이나 복부가 에로하면 그걸로 오케이! 그리고 남성향 애니에 소소하게 들어있는 남자애들의 BL! 아~, 존귀해. 너무 존귀해서 골로 가겠어~.

마키가이 나마코

미소녀도, BL도, 쇼타도 전방위 오케이라니, 너무 하네. 질려버릴 지경이야.

무라사키 시키부 선생님

무슨 소리를 하는 거야. 남녀노소 안 가리고 인류를 사랑할 뿐이거든?!

OZ

3D 기술이 정말 대단했지. 그런 미끈미끈한 느낌은 웬만해선 내기 힘들어

5층 동맹(4)

AKI

그건 그래. 하지만 제작비 회수가 힘들 거야……. 매상을 얼마나 올려야 할까.

마키가이 나마코

아니, 너무 각박한 거 아냐? 매상 걱정을 왜 하는데?

무라사키 시키부 선생님

맞아, 맞아, 이 매상지상주의자! 얼마나 팔렸는가보다 뭘 좋아하는가를 논하란 말이야!

마키가이 나마코

완전 동감.

AKI

그래도 안 팔리면 2기가 못 나온다고……. 매상이 좋은 편이 해피하잖아.

무라사키 시키부 선생님

그럼 네거티브 발언 작작하고, 블루레이나 사도록 해! 나는 두 장, 아니 세 장 살 거야!

AKI

사회인은 부자라 좋겠다~.

마키가이 나마코

AKI는 무직이니 말이야.

AKI

학생을 무직 취급하지 말아줄래요?

5층 동맹(4)

마키가이 나마코
그딴 소리는 땀 흘려 돈 벌어본 후에 해!

AKI
페이 주는 사람한테 너무한 거 아냐? 뭐, 동인활동은 직업이라 할 수 없겠죠.

AKI
참, 동인활동 하니 생각난 건데요. 무라사키 시키부 씨. 내일 마감인 일러스트는 완성됐나요?

AKI
『마이허니』 본방 사수를 한 걸 보면, 다 그려가는 거죠?

AKI
……무라사키 시키부 씨~?

마키가이 나마코
ㅋㅋ

OZ
아하하…….

AKI
마감 어기면, 즉시 형을 집행할 거예요.

마키가이 나마코
나무아미타불.

OZ
……너무 심하게는 하지 마.

002 제2화 …… 친구 여동생의 오빠만 나에게 상냥하다

인간의 일생은 짧다.

겨우 87만 6000시간에 지나지 않는다.

이렇게 아무 생각 없이 숨을 쉬는 사이에도 수명의 초읽기는 계속되고 있지만, 이 세상의 고등학생들은 꽤 무사태평하다— 하고, 시끌벅적한 2학년 교실 구석에서 홀로 생각했다.

1교시 교과서는 이미 꺼내뒀고, 오늘 제출 예정인 공책도 완벽하게 준비해뒀다.

한정된 시간을 효율적으로 운용한 성과다.

교실 안을 둘러보니, 놀 생각밖에 없어 보이는 경박한 남자애가 친구에게 애걸복걸해서 빌린 공책을 베끼고 있었으며, 머리와 사타구니가 헐거워 보이는 걸●녀가 완전히 체념한 채 불만만 늘어놓고 있었다.

—하나같이 정상이 아니다.

귀중한 시간을 허비한 자업자득이며, 나중에 낭비했다는 것을 눈치챈들 이미 늦는다.

저 녀석들이 조례 이전의 이 시간을 공책 베끼기라는 단순 작업에 허비하는 사이, 나는 학력 향상을 위한 공부에 힘쓰고 있다.

수수한 노력이기는 하지만, 경쟁 사회에서 이 어드밴티지는 크다.

내 입으로 이런 말을 하는 것도 좀 그렇지만, 나, 오오보시 아키테루란 인간은 평균 오브 평균이다.

수학, 국어, 영어, 사회과목, 이과과목, 체육— 모든 분야에서, 80점 정도다.

충분히 우수하다고 할 수도 있겠지만, 이것은 공부 시간을 극한까지 효율적으로 운용한 결과다.

이게 한계다. 그리고 100점을 받거나 남들보다도 두드러지게 잘하는 교과목이 없는 건, 자신에게 재능이 없기 때문이라고 스스로 평가해왔다.

눈에 띄는 결점은 없지만, 동시에 눈에 띄는 장점도 없다. 물론 외모 점수도 그 정도다. 평범남이란 구체적으로 뭐야? 라는 질문을 받았을 때 「이 녀석이요」 라며 가리키면 십중팔구는 납득할 정도의 평균적인 외모다.

그런 인간인 만큼, 남들보다 앞서나가기 위해서는 1분 1초도 허비할 수 없다.

장래의 안정을 거머쥐기 위해선, 전심전력을 다 할 수밖에 없는 것이다.

나는 이렇게 『평범』하지만, 딱 하나 남들과 다른 점이 있다면—.

"지우개, 떨어졌어."

"우왓, 깜짝이야! 뭐야. 오오보시, 있었구나."

"우와, 너무하네. 아까부터 있었다고."

"미, 미안해. 눈치채지 못했어……."

앞자리에서 필사적으로 숙제를 하던 리얼충 남자애는 순순히 사과했다.

정말 악의는 없을 것이다. 이 남학생은 리얼충이지만 나쁜 녀석은 아니다. 평소 시원시원한 타입이며, 딱히 친구도 아닌 나에게도 스스럼없이 말을 걸어주는 좋은 녀석이다.

하지만, 내 존재를 전혀 눈치채지 못했다.

그것이 가리키는 바는, 단 하나—.

—나는 존재감이 옅은 것이다.

인간은 타인을 기호로 기억한다. 안경을 끼고 있으면 안경남, 화려한 화장을 한 여자 고등학생이면 날라리, 금발 모히칸이면 양아치, 학년 10위 안에 들어가는 성적을 지녔으면 천재나 수재 같은 호칭으로 부른다. 그리고 재미있는 녀석은 개그맨으로 인지된다.

좋은 인상뿐만 아니라, 뚱뚱하거나 머리가 벗어졌거나 못생겼거나 성격이 더러운 것 같은 부정적인 인상 또한 명확한 『개성』으로 인지되는 것이다.

……하지만, 그 어느 것도 아닌, 나쁜 면은 없지만 그렇다고 유별나게 좋은 면이 있지도 않은 나 같은 녀석은…….

무, 개성.

그래서 누구도 나를 특별히 의식하지 않으며, 그에 따라 존재감 자체가 매우 옅은 것이다.

물론 그 때문에 무시를 당하거나 집단 괴롭힘을 당한 적은 없다.

그저, 언급이 되지 않을 뿐이다. 대화에는 평범하게 낄 수 있지만 상대가 자신에게 말을 걸어오는 일이 없는, 그저 공기 같은 존재다.

—아아, **정말 효율적인 환경이다**!

쓸데없는 대화, 불필요한 교우 관계에 휘둘리지 않으며, 귀중한 시간을 자기 자신을 위해서만 쓸 수 있다.

이 이상의 행복은 없다!

하지만, 딱히 친구란 존재를 완전히 부정하는 건 아니다.

그저, 골라서 사귈 뿐이다. 자신의 인생에 의미가 있는, 교류하고 싶은 상대만 골라서 말이다.

그런 사람이 바로—.

"하암…… 아키는 여전히 열심이네."

"그래. 오즈는 오늘도 피곤해 죽겠나 보네."

"아침까지 쭉 작업했거든……. 내 눈 좀 보라고. 시뻘겋지?"

"여전히 밤샘 체질인가 보네. 뭐, 걱정하지 마. 내 공책을 보여줄게.”

“땡큐…… 역시 너 같은 친구를 둬서 다행이야…….”

잠이 덜 깬 건지 하품을 하면서 내 뒤편의 자리에 앉은 남자—.

일어서면 미남, 앉으면 천재, 걷는 모습은 주인공.

키비주얼 한복판에 그려두면 한 폭의 그림 같을 듯한, 이야기의 중심에 있어야만 할 듯한 녀석.

그가 바로 코히나타 오즈마. 나는, 친밀감을 담아 오즈라고 부른다.

내가 평생 교류하기로 결심한, 유일무이한 절친이다.

“다음에 화과자 사줄게. 역앞에 새로 생긴 가게 있잖아……. 아키는 전통 디저트 좋아하지?”

“정말? 안 그래도 되는데 말이야.”

“아냐. 평소에도 엄청 신세 지고 있잖아. 조금은 보답을 하고 싶거든.”

“……크!”

씨익. 오즈는 동화 속 세계에서 튀어나온 왕자님 같은 미소를 지으며 그렇게 말했다.

벼락이라도 맞은 듯한 심정으로, 눈물샘 깊은 곳에서 뜨거운 무언가가 치밀어오르는 것을 느끼며…….

“너는…… 정말, 좋은 녀석이야…….”

나는 진심을 담은 목소리로 중얼거렸다.

"반응이 너무 호들갑스러운 거 아냐? 효율충이면서 은근히 감정 표현이 풍부하다니깐."

"정말로 그렇게 생각했으니 어쩔 수 없다고. 내 마음에 거짓말을 할 순 없어."

"하하, 정말 이상한 녀석이네. 뭐, 그런 인정미 넘치는 부분이『너답다』고 생각하지만 말이야."

"아, 인정미 같은 건 없어. 자기 입으로 이런 소리 하는 건 좀 그렇지만, 계산적으로 하는 행동이거든."

"그 계산에 **우리**가 포함된 것만 봐도, 인정미가 넘친다고 생각하는데 말이야~."

"뭐, 그런 건 아무래도 상관없잖아."

이런 이야기를 계속 이어가고 싶지는 않았기에, 나는 이 대화를 끝내려 했다.

그러자, 눈치 빠른 오즈 쪽에서 화제를 바꿨다.

"뭐, 여동생이 너한테 폐를 끼치고 있으니 보답을 해야 하지 않겠어? 어제도 아키네 집에 갔다며?"

"아~ 이로하 녀석 말이구나."

"열쇠를 숨겨둔 장소를 아무리 바꿔도, 멋대로 발굴한단 말이야. ……정말 미안해."

"사과하지 마. 오즈 잘못도 아니잖아."

코히나타 오즈마와 코히나타 이로하. 두 사람이 친남매라는 사실이, 나는 아직도 믿기지 않았다.

오즈는 남을 배려할 줄 아는 인간이다. 눈치도 빠르고, 남의 마음을 헤아릴 줄 안다. 못난 동생을 대신해 사과하는 성인군자 같은 행동 또한 서슴없이 한다.

그 짜증나는 여자와는 완전히 정반대다. 대체 신이란 작자는 어떤 식으로 유전자를 조작한 거냐고 생각하며 천계의 넌센스한 캐릭터 메이킹에 내가 질색하고 있을 때, 오즈가 갑자기 빙긋 웃었다.

"이로하는 아마 아키를 좋아하는 걸 거야."

"뭐?"

"우와, 싫어죽겠다는 표정이네."

"당연하잖아. 농담 좀 가려서 해."

"으, 으음, 그 녀석의 가족인 나한테 그런 소리를 하는 건 좀 그렇지 않아?"

"어쩔 수 없잖아. 정말로 그렇게 생각하는걸. 내 마음에 거짓말을 할 순 없어."

"아까와 똑같은 말인데, 인정미가 느껴지지 않아……."

"애초에 그 녀석이 나를 좋아한다는 게 말이 안 되잖아. 나를 놀리는 게 재미있어서 짜증나게 구는 것 뿐이라고."

"호의의 반증이라거나—."

"나왔네, 나왔어. 도시 괴담 발언이 나왔네요~. 그딴 건 말도 안 되거든? 진짜로 좋아한다면, 짜증나게 굴기보단 솔직하게 호의를 어필하겠지. 나한테 미움받을 리스크를 감수

하면서까지 짜증나게 군다는 건 비논리적이라고."

"여자 마음이란 그런 게 아닐까 싶은데……."

"다들 성별에 따른 편견에 사로잡혀 있는 거야. 그리고 내가 여자애에게 사랑받는다는 건 완전 도시 괴담이라고."

솔직히 말해, 만화나 애니메이션에 나오는 달콤한 청춘 같은 건 기대하지 않는다. 호의나 사랑을 받는 건 고사하고, 지금까지 살아오면서 내가 다소 교류를 한 적 있는 여자들은 하나같이 나를 싫어했다.

호의 같은 건 전혀 보이지 않았을 뿐만 아니라, 다양한 형태로 나를 괴롭혀댔다.

그래서, 포기했다.

어쩔 수 없다고. 왜냐하면—.

"나 같은 특징 제로의 평균남은 이성에게 사랑받을 이유가 딱히 없거든."

"아키는 충분히 인기 있다고 생각하는데 말이야~."

"미남한테 그런 소리를 들어봤자 놀림당하는 것 같다고."

"너는 상냥하잖아."

"나왔네, 나왔어. 좋은 사람 발언이 나왔네요~. 그딴 녀석은 누구의 첫 번째도 되지 못하거든?"

"……강적이네. 왜 남녀 관계에 관해서는 이렇게 고집스러운 건지……."

오즈는 난처한 표정을 지으며 어깨를 으쓱했다. 필사적으로 나를 감싸주려는 것만 봐도, 이 녀석인 진짜 좋은 녀석이라니까. 수려한 외모에 뛰어난 재능을 지닌 녀석이 성격까지 좋다고. 약간 좋은 녀석 따위는 이 녀석의 비교 상대조차 못될 것 같은 느낌이 든다.

오즈는 장래에 분명 거물이 될 남자다. 이 녀석의 실력을 세계가 인정하는 날이 올 거라고 생각하니, 자기 일이 아닌데도 가슴이 두근거렸다.

진짜, 이 인연을 소중히 여기고 싶다.

―짜증나는 여동생이 세트로 딸려오는 점은, 애교로 여기면 될 것이다.

내가 그런 생각을 하고 있을 때였다.

드륵!

""""…………윽!!""""

문이 열린 순간, 들떠 있던 교실의 분위기가 단숨에 얼어붙었다.

필사적으로 공책을 베끼던 녀석도, 친구와 수다를 떨고 있던 녀석도, 다들 입을 다물었다.

또각또각하고 구둣발 소리를 내며 교탁으로 향한 이는 여성적 성향이 물씬 묻어나는 인상의 젊은 여성이었다.

머리 위쪽으로 단정하게 모아 묶은 머리카락, 지적이며 날카로운 눈동자, 연예인을 연상케 하는 날씬한 체구와 풍만한 가슴을 완벽하게 감싸주는 정장 차림. 미인 여교사란 단어를 듣고 누구나 머릿속에 떠올릴 『이상적인 여교사』다운 외모를 지닌 여성이 자기 자리에 앉지 않고 교실 곳곳에 흩어져 있는 학생들을 힐끔 쳐다보며 말했다.

"종은 이미 울렸을 텐데? 시간도 제대로 못 지키는 돼지는 짐을 싸서 즉시 사라져."

""""…………""""

"빨리 자리에 앉아. 아니면 뭐야? 벌이라도 받고 싶어?"

퍼억! 구두의 굽이 날카롭게 교단에 꽂혔다.

얼굴이 새파랗게 질린 학생들이 거북한 표정으로 자기 자리로 돌아갔다.

―얼굴을 붉히며 하악하악거리고 있는 녀석도 몇 명 있었지만, 개의치 말자.

"사람은 태어나는 그 순간부터 돼지야. 사회의 룰을 지켜야 비로소 원숭이 레벨이지. 너희는 대체 언제 인간이 될래?"

교육자의 발언이라는 게 믿기지 않는, 인정사정없는 독설이다.

교사의 체벌과 갑질이 문제시되면서 세간의 비난이 거센 작금에, 이렇게 거리낌 없이 독설을 내뱉는 교사도 드물 것이다.

우리 반의 담임 겸 수학 담당 교사, 카게이시 스미레.

수려한 외모, 명석한 두뇌, 입학식 때는 미인 교사가 담임이라 기뻐한 남학생도 많았지만, 이제는 일부 마조히스트 말고는 그런 눈길로 이 선생님을 쳐다보는 이가 없다.

《맹독의 여왕》이라 불리며 두려움이 대상이 될 정도의 독설, 엄격하기 그지없는 지도 방식, 사람을 죽이고도 남을 레벨의 눈빛으로 공포정치를 펼치며, 한창 놀고 싶어 할 때인 고등학생들을 완벽하게 통치하고 있었다.

"자, 조례를 시작하자."

여왕의 호령에 따라 시작된 조례가 담담히 진행됐다.

책상에 팔꿈치를 얹고 턱을 괴면서…….

—거들먹거리기는. 교사란 직업은 정말 놀고 먹기네. 위압적인 말 한마디면 학생들이 알아서 기잖아.

하고, 나는 교실의 여왕을 향해 마음속으로 투덜거렸다.

*

방과 후. 오늘도 딱히 특별한 사건 없이, 지겨운 학교생활이 끝났다.

"좋아, 돌아가—."

돌아가자고, 하고 오즈에게 말하려던 바로 그때였다.

"어, 어이. 자자자, 잠깐, 나 좀 봐."

"엥?"

클래스메이트 중 한 명이 말을 걸어오자, 나는 무심코 괴상한 소리를 냈다.

오즈 말고 다른 녀석이 나한테 무슨 볼일이지? 아니, 그것보다 이 녀석은 대체 누구야? 복도 쪽 자리에 앉은 녀석이라는 건 기억하지만, 이름이 잘 생각나지 않았다. 스즈키였나?

흔치 않은 일이라서 내가 당황하자, 상대방 또한 나와 마찬가지로 당황한 채 말했다.

"오오오오오오오, 오오보시. 누누누누누누누가, 너, 너, 너를 찾아왔어어어어어어어어."

"왜 바이브레이션을 넣으며 말하는 거야?"

"시, 시시시시, 시끄러워! 어쩔 수 없잖아! 지지지, 지금 복도에 와있는 여자애, **예의 그** 엄청 귀여운 1학년이라고!"

"……아~."

눈치챘다. 이 학교에서 이런 반응을 일으킬 1학년 여자애는 딱 한 명뿐인 것이다.

"엄청 화려한데도 날라리 같은 인상이 전혀 없어. 누구한테나 예의가 바르고, 머리도 좋은, 청초한 우등생이라고. 그 갭이 완전 장난 아냐. —그런 애가 찾아오다니, 오오보시는 전생에 얼마나 덕을 쌓은 거야?!"

"으음, 나는 전생에 칸다타[#1]에게 버금가는 악인이었을 거

#1 칸다타(カンダタ) 일본 설화에 나오는 악역. 드래곤퀘스트 시리즈에서도 자주 얼굴을 비추는 도적이기도 하다.

라고 생각해."

흥분한 스즈키(가칭)의 옆을 지나치며 한숨을 내쉰 나는 복도로 향했다.

그러자—.

"안녕하세요, 오오보시 선배♪"

방긋방긋 웃으며 그곳에서 서 있는 사람은 바로 코히나타 이로하였다.

뭐, 이 녀석 말고 나와 교류가 있는 여자애가 없기는 한데…… 갑자기 무슨 일로 찾아온 거지?

"…………네가 왜 여기 있는 거야?"

"뭐가 이상하기라도 한가요?"

이로하는 태연한 표정으로 고개를 갸웃거렸다.

평소와 다른 그 청초한 태도에서는 위화감이 어마어마하게 느껴졌다. 마치 예의 바른 우등생 같았다.

여전히 믿기지는 않지만, 성적과 수업 태도를 보면 엄연한 우등생이라고 한다.

—저 얇은 가면 뒤의 본성을 알기에, 나는 절대 속지 않지만 말이다.

"이상하잖아. 오즈가 아니라, 왜 나를 지명한 건데?"

"그야 오빠가 아니라 선배에게 볼일이 있기 때문이죠."

"말투, 그리고 억양이 기분 나빠. 평소의 그 멍청한 느낌의 하이 텐션으로 돌아가."

"어머, 그게 무슨 소리죠?"

이로하는 갓 태어난 병아리 같은 눈길로 시치미를 뗐다.

여전히 본성을 감추는 것에 능숙하네.

큰 목소리 내본 적도 없다는 듯한 차분한 태도와 정중한 말투였다. 교실에서 나와 힐끔힐끔 쳐다보고 있는 클래스메이트들 중 그 누구도 이로하의 본성을 눈치채지 못했을 것이다.

실제로, 여자들은 의외라는 눈길을, 남자들은 질투가 어린 눈길을 머금고 있었다.

"……무슨 일이야? 같이 하교하자는 거야?"

"딩동댕이에요♪"

이로하는 바로 대답하며 환한 미소를 머금었다.

이 녀석의 키가 작아서 다행이다. 이 학교의 모든 남학생이 선망하는 이 스마일은 내 몸에 가려서 교실 안의 녀석들에게는 안 보였으리라.

만약 남들이 본다면 귀찮은 일이 벌어질 것이다. 두 사람은 어떤 관계냐, 진도는 어디까지 뺐느냐, 같은 역겨운 추측의 태풍에 휘말리게 될 테니 말이다. 「시끄러워, 섹스했다고 말하면 만족할 거냐? 아앙?!」 하고 위압적으로 외친들, 「아, 아무 사이 아냐」 하고 소극적으로 부정한들, 결국 『외톨수』로 이어지는 미래밖에 보이지 않았다.

모처럼 손에 넣은 나의 이상적인 환경이 박살날 거라고.

"하아……. 가방 들고 올 테니까 기다려. 오즈도 불러올게."

이대로 교실 앞에서 오래 이야기를 나누는 건 위험하다. 언제 오해를 살지 모르는 것이다. 그렇게 판단하며 돌아선 나는 교실에 다시 들어가려 했다.

하지만, 그런 내 등을 향해…….

"아, 오빠는 됐어요."

"뭐? 어째서야?"

돌아가는 방향은 같다. 나와 오즈는 친구 사이이며, 이로하는 오즈의 동생이다. 그러니 같이 하교하는 편이 효율적일 텐데…….

그렇게 생각하고 있을 때, 이로하가 안달 난 것처럼 몸을 배배 꼬았다.

그리고 단풍이 든 것처럼 볼을 붉히더니, 20세기의 조신한 여자애처럼 가녀린 목소리로…….

"정말, 사람들 앞에서 이런 말은 하기 싫은데……. 선배와, 단둘이서 하교하고 싶어요."

"—그, 그런 억양으로 말하지 마! 아무 감정 없는데도, 괜히 마음이 들썩거린단 말이야!"

"어."

나는 차갑게 밀쳐내는 듯한 발언을 한 후, 거리를 벌리려는 듯이 뒷걸음질을 쳤다.

그러자 이로하는 충격을 받은 듯한 표정을 짓더니……

"정말…… 훌쩍…… 흐흑…… 너무해요. 저희는 사귀고 있잖아요!!"

당치도 않은 소리를 목청껏 외쳤다.

"뭐어어어어어어어엇?!"

"어제 그렇게 격렬하게 사랑을 나눴으면서!! 너무해요! 저를 가지고 논 거죠?!"

"네가 들러붙었을 뿐이잖아!"

"드, 들러붙다니, 그런 말 큰소리로 하지 마세요……. 부끄럽단 말이에요."

"볼을 붉히지 마! 괜히 의미심장해진다고!"

이로하의 폭탄 발언은 교실 안에도 울려 퍼졌다.

클래스메이트들의 호기심 어린 시선이 인정사정없이 쏟아지자, 매우 거북했다.

복도에서 벌어진 소동에 위화감을 느낀 건지, 오즈도 나와봤고—.

"아키, 무슨 일이야? ……어, 이로하?"

"아, 오빠. 수업 듣느라 수고하셨어요."

이로하는 우등생 스마일을 머금으며 고개를 숙였다. 오즈는 이 녀석의 짜증나는 본성을 알기에 약간 당황했지만, 이로하는 괜히 방해하지 말라는 것처럼 자기 할 말만 늘어놓았다.

“사실 저는 아키 선배와 사귀고 있어요.”

“으……음……?”

“으으으으, 영문을 모르겠네!! 어이, 이로하, 너 일단 이쪽으로 와봐!!”

“꺄아~♪”

이대로는 사태가 더 혼란스러워지기만 할 뿐, 수습되지 않는다. 일단 교실 앞에서 도망치기 위해, 나는 이로하의 팔을 잡아끌었다.

복도를 헐레벌떡 뛰어간 나는 인적 없는 계단 층계참에 도착한 후에야 호흡을 가다듬으며…….

“너 대체 무슨 속셈이야?! 신종 사기냐? 아앙?!”

“에이~, 사기라니요. 저희는 사귀는 거나 다름없는 사이 맞잖아요?”

“그딴 소리는 치우고, 빨리 본심이나 털어놔.”

“아핫☆ 제 호감도는 완전 바닥이네요! 제 발언은 조금도 신용하지 않으시는군요!”

주위에 사람이 없다는 것을 확인한 이로하는 평소 텐션으로 되돌아갔다.

배를 잡고 깔깔 웃은 후, 너무 웃어서 괴로운 것처럼 후우, 후우 하고 숨을 가다듬으며 이렇게 말했다.

“선배, 여친이 있으면 곤란하다면서요? 그래서 제가 여친이 되어주려고요!"

"인마, 네 사고회로는 완전 이상하다고……."

"에이~, 이렇게 알기 쉬운 행동 원리는 없을걸요?"

"하아……. 멋대로 해. 어차피 아무도 안 믿어."

더는 어울려줄 수가 없다는 듯이, 나는 한숨을 내쉬며 뒤돌아서려 했다.

바로 그때, 이로하는 머리카락을 손가락으로 빙글빙글 말면서 말했다.

"그럴까요~. 이 설정, 의외로 꽤 신빙성 있다고 생각해요."

"말도 안 돼. 아니꼽지만, 너는 외모 하나는 끝내주잖아. 나 따위와는 안 어울린다고."

"뭐, 저 같은 초절정 미소녀와 선배 같은 평범남이 사귄다는 건 비현실적일지도 몰라요."

"……어이."

말 좀 가려서 해.

엄연한 사실이지만 말이다.

"그래도 선배가 그딴 소리를 한다면 『여자한테 인기 없는 동정의 망상ㅋㅋ!』 정도로 여겨지겠지만, 이번에는 발언자가 저니까요."

"설득력이 다르다는 거냐?"

"바로 그거예요~♪ 제가 한 말이니 다들 믿지 않으려나요~."

"……좀 봐달라고……."

얼굴을 감싸며 하늘을 우러러보았다.

"이 일에는 내 장래가 걸려 있어. 방해하지 마."

내 꿈, 목표를 이루기 위해서는 츠키노모리 사장의 협력이 꼭 필요하다. 겨우 희망이 보이기 시작했는데, 이 종잡을 수 없는 녀석의 짜증나는 짓거리 탓에 망칠 수는 없다.

그런 생각을 하며 돌아선 후, 걸음을 내디뎠다.

완전히 무시할 거라는 명확한 거절의 뜻을 전한 후, 이 자리를 벗어나려 했다.

그러자—.

"……선배는 정말 둔감하다니까요. 왜 알아주지 않는 거죠?"

바로 그때, 등에 무언가가 닿는 감촉이 느껴졌다.

뜨거운 숨결이 귀에 닿았다. 부드러운 가슴의 온기가 얇은 교복 너머로 느껴졌다.

일정 리듬으로 두근, 두근거리는 건 이로하의 심장 박동일까?

—어, 어이어이. 이 분위기는 대체 뭐야?

"싫어하는 사람과 이런 식으로 몸을 맞댈 리가 없잖아요. 평소에 심술을 부리는 것도……."

"무, 무슨 속셈이야? 갑자기 순진한 척 해봤자 안 믿어. 아, 안 믿을 거라고."

"……선배가 돌아봐 줬으면 하니까……."

"큭……."

"선배가 진지하게 장래를 생각하고 있다는 건 알아요. 하지만 먼 곳만 쳐다보느라, 이렇게 가까운 곳은 눈길을 주지 않잖아요……. 쓸쓸하다고 느끼는 게 당연하지 않나요?"

"이로하……."

"멀리 가지 말아요. 쭉, 쭉, 곁에 있어 주세요. 선배와의 관계를, 영원한 것으로 만들고 싶으니까…… 그래서…… 그래서, 저는—."

몸이 찢겨나가는 듯한 처절한 애원.

듣기만 해도 두통이 날 듯한 평소의 목소리와 명백하게 다른, 마음속 깊은 곳에서 우러난 목소리.

이로하의 그 안타까운 목소리가, 내 가슴 깊은 곳에 녹아 들어갔다.

이 녀석, 왜 이러는 거야. 대체 왜, 이제 와서 이런 소리를 늘어놓는 거냐고.

나는……. 나는…… 어떻게 해야…….

"—농담이에요!! 기대했어요? 기대한 거예요~~?!"

"…………."

"이야~, 한 번은 해보고 싶었거든요. 진심 고백 시추에이션! 언제나 저를 여자 취급하지 않는 선배가 콩닥콩닥♪ 한다면 최고로 귀여울 것 같더라고요! 저기, 어땠나요?!"

"............"

"아, 부끄러워서 말도 안 나오는 거예요? 정말~, 귀까지 새빨개졌네요. 선배는 참 귀, 여, 워♪"

뒤편에서 나를 꼭 끌어안은 이로하는 텐션이 하늘을 찌르는지, 내 명치에 주먹을 비벼댔다.

그녀가 방금 말한 것처럼, 내 얼굴은 금방이라도 끓어 넘칠 것처럼 시뻘게져 있을 것이다.

—이 빌어먹게 짜증나는 여자를 향한 분노 때문에 말이다!!

"두 번 다시 네 말은 안 믿을 거야! 이 망할 녀석아——!!"

"끼얏호~~! 도~~망치~~자♪"

결국, 30분에 걸친 지옥의 술래잡기 in 학교는 체력이 바닥난 나의 패배로 끝났다.

……젠장, 다음에 만나면 따끔한 맛을 보여주겠어.

*

『걔는 대체 무슨 생각으로 교실까지 쳐들어온 거냐고…….』

『아키가 정말 마음에 들었나 보네.』

『너, 눈이 삔 거 아냐?』

『눈이 삔 건 아키 아닐까? 다른 층에 있는 다른 학년의 교실까지 일부러 찾아온다는 건 웬만한 행동력으로 할 수 있는 일이 아니잖아. 아무래도 상관없는 남자를 위해, 보통은 그렇게까지 하지 않을걸?』

『아무래도 상관없다고 생각하는 건 아니겠지. 싫어하는 것뿐이야.』

『이 상황에서 순수하게 호의를 받아들이지 못하는 건, 마음이 배배 꼬였기 때문 아닐까?』

『시끄러워. 빙빙 돌리지 않고 진지하게 고백한다면 믿어줄 거라고.』

『……뭐, 됐어. 개인적으로는 너희 둘이 잘 되면 좋겠네.』

003 제3화 …… 사장의 동반자가 나한테만 매몰차다

그날 밤, 여덟 시경.

나는 스마트폰을 손에 들고, 집을 나섰다.

역에서 걸어서 20분 거리에 있는 5층 맨션의 어느 방을 말이다.

저녁때가 지나서 그런지 길거리에는 인적이 없었고, 쓸쓸한 분위기가 감돌기 시작했다.

나는 걸음을 재촉하며, 인근 패밀리 레스토랑에 들어갔다.

물론 저녁을 해결하기 위해서……라는 이유만으로 이곳에 온 것은 아니다.

삼촌— 츠키노모리 사장에게서 연락이 온 것이다.

내용은 물론 취직에 관한 것이었다.

일전의 통화 때 밝히지 않았던 『조건』에 대해, 상세히 설명해주려는 것 같았다.

머리 모양과 복장을 단정하게 한 나는 아첨할 준비를 완벽하게 마쳤다.

그 어떤 조건을 제시하려는 건지 모르겠지만, 손이 발이 되도록 빌거나 구두를 핥으라고 해도 해주겠다.

세계적으로 유명한 거대 기업에 입사할 수 있는 특급 티켓을 얻을 수만 있다면, 그 정도는 아무것도 아니다.

자존심 따위는 눈곱만큼도 느껴지지 않을 정도로 자존감 낮은 생각을 하면서, 24시간 영업하는 『로열 게스트』에 들어갔다. 패밀리 레스토랑치고는 가격대가 상당한 가게이며, 혼자 살면서 절약 정신이 몸에 밴 나는 평소 절대 가지 않는 가게다.

하지만 오늘은 츠키노모리 사장이 사주기로 되어있으며, 장소 또한 상대방이 지정했다. 솔직히 이렇게 비싼 곳에서 얻어먹는 건, 부탁을 하는 사람의 태도로서는 최악이겠지만…… 상대방의 결정에 이의를 표시하는 것도 피하고 싶었다.

기분 좋게 한턱내게 하는 것 또한, 세상을 살아가는 데 필요한 처세술일 것이다.

—본심을 털어놓자면, 저녁 식사비가 굳어서 엄청 기쁘지만 말이다.

아무튼, 일석이조인 걸로 해두겠다.

“어이~, 아키테루 군. 여기야.”

가게 안에 들어가 보니, 웨이트리스에게 약속이 잡혀있다는 것을 밝히기도 전에 나이스 미들과 시선이 마주쳤다.

“먼저 와 계셨군요. 늦어서 죄송합니다.”

“뭐, 신경 쓸 필요 없어. 이럴 때는 연장자가 센스를 보여야 하는 법이지.”

입가의 수염을 손가락으로 만지작거리면서, 성인군자 같은 투로 말했다.

행동 하나하나는 전형적인 벼락부자 캐릭터 같지만, 실은 정반대다.

모든 경영자가 손톱만큼이라도 본받았으면 싶은, 사장의 귀감이다.

권력을 쥐자마자 잘난 척을 하며 태도가 거만해지는 상사가 많은 요즘 같은 시대에, 이 사람 같은 인격자는 꽤 드물지 않을까.

……아직 사회에 나가지 않아서 모르겠지만 말이다.

SNS에 자주 올라오는 사회인의 푸념이 담긴 만화에서는 그렇게 그려지고 있었으니, 아마 맞을 것이다.

"그럼 실례하겠습니다."

"그렇게 딱딱하게 굴 필요 없는데…… 그렇게 어깨에 힘주고 다니다간, 10년 후에는 딱딱하게 굳어버릴걸? 남자가 딱딱해서 득 보는 건 아랫도리 뿐이라고. 아하하!"

"…………."

중학생 레벨의 음담패설을 늘어놓으며 츠키노모리 사장이 웃음을 터뜨리자, 나는 딴죽을 날리고 싶은 심정을 필사적으로 억눌렀다.

아무 말 없이 자리에 앉아있는 나를 보고 자기 농담이 안 먹혔다고 생각한 사장은 어험 하고 헛기침을 했다.

"참~. 실은 한 사람 더 있는데, 아직 안 나왔네. 뭐, 일단

둘이서 대략적인 이야기를 마쳐두도록 할까."

"예."

나는 자연스럽게 등을 꼿꼿이 폈다.

……대체, 얼마나 어려운 일을 시키려는 걸까?

"그러고 보니 일전에 보내줬던 게임 말인데, 플레이해봤어."

그렇게 말한 츠키노모리 사장은 테이블 위에 스마트폰을 올려뒀다.

화면에는 애플리케이션 게임의 스타트 메뉴와 함께, 서양 저택을 배경으로 애니메이션풍 캐릭터들이 괴물의 그림자에 떨고 있는, 분위기 있는 그림이 표시되어 있었다.

타이틀은『검은 새끼 염소가 우는 밤에』— 권리 표기란에는『5층 동맹』이라 적혀 있었다.

무료로 즐길 수 있는 소규모 미소녀 호러 애플리케이션이다.

"깜짝 놀랐어. 설마 네가 혼자서 게임 하나를 완성해서, 서비스까지 할 줄이야."

"혼자서 만든 건 아니에요. 팀 전원의 힘을 합쳐 만든 작품이죠."

"프로그래머《OZ》, 일러스트레이터《무라사키 시키부 선생님》, 시나리오《마키가이 나마코》, 그리고 **정체불명의 성우**와 프로듀서 겸 디렉터인《AKI》…… 즉, 너지."

"예. 저희는 전원이 하나의 공동체예요. 한 사람만 빠져도 이 게임은 완성되지 못했겠죠."

그렇다. 이 게임은 나, 그리고 나의 몇 안 되는 동료들이 함께 만든 작품이다.

클래스메이트 중 그 누구도 알지 못하는, 나와 **동료들**만이 아는 비밀이다.

"흠. 이 작품은 업계에서도 화제가 되고 있어. 수수께끼의 크리에이터 집단 《5층 동맹》. 참신한 게임성, 게임 체험에 완벽하게 링크된 시나리오, 프로 뺨치는 매력적인 캐릭터 디자인, 그리고 정체불명의 성우— 배후에 거대 자본이 있는 것도 아닌데, 입소문만으로 점점 인기가 상승한 끝에 백만 DL를 달성……."

"아직 멀었지만 말이에요. 삼촌의 회사가 운영하는 타이틀은 하나같이 천만 DL를 넘어섰잖아요."

"대자본이 막대한 광고비를 내며 공개한 작품과 비교하는 건 넌센스지."

츠키노모리 사장은 수염을 쓰다듬으면서 씨익 웃었다.

"소수 인원으로, 돈과 시간이 한정된 상황에서 최대한 궁리를 해서 경쟁력을 손에 넣은 거야. 내가 학생 시절에 이런 작품을 만들어낼 수 있었을지……. 플레이도 해봤는데, 인기에 걸맞게 재미있더군."

"……그럼……!"

"하지만, 그것과 이건 엄연히 다른 이야기야."

내가 자리에서 엉덩이를 떼며 몸을 쑥 내밀자, 츠키노모리 사장은 손가락으로 내 이마를 밀어서 다시 앉혔다.

"네 열의는 잘 알았어. 자신과 동료들을 전부 허니플레에 취직시켜줬으면 한다는 마음, 그 진심어린 외침은 이 츠키노모리 마코토의 가슴에 똑똑히 새겨졌지."

하지만, 하고 그는 말을 이었다.

"어른의 세계는 단순하지 않아. 내가 특별히 편의를 봐주기를 바란다면, 당연히 그에 걸맞은 대가를 치러야 하지. ……어이쿠. 점원분을 기다리게 했는걸."

"아, 그러네요. 으음, 메뉴는…… 아."

예의 바른 웨이트리스가 등을 꼿꼿이 세운 채 우리 자리를 주목하고 있었다.

한 명 더 있다고 하니 전원이 모인 후에 주문을 하는 편이 나을지도 모른다는 생각이 들었지만, 이 상황에서 주문을 하지 않는 것도 좀 찜찜했다. 메뉴를 펼치고, 우선 음료라도 시키자고 생각했을 때였다.

"저녁 시간이니 사양 말고 먹고 싶은 걸 시키렴."

"……그럼 감사히 먹겠습니다."

처음으로 그럴 생각이었던 만큼, 순순히 얻어먹기로 했다.

"저기, 점원 분."

"예, 주문하시겠어요?"

"이탈리안 햄버그 세트 하나, 그리고—."

"나는 반숙 달걀 카르보나라로 하지."

"그렇게 두 개 부탁해요. 그리고 드링크바를 두 명…… 아니, 세 명 부탁합니다."

"세 명, 인가요? ……아."

웨이트리스는 한순간 의아하다는 듯이 눈을 깜빡였지만, 삼촌이 이 자리를 잡을 때 미리 인원을 말해둬서 그런지 납득하며 고개를 끄덕였다.

주문을 받은 그녀가 돌아가려고 할 때, 삼촌이 갑자기 입을 열었다.

"자네, 손가락이 참 예쁘군."

"어?"

"예?"

……이 사람은 느닷없이 무슨 소리를 하는 걸까.

"단말을 조작하는 손가락이 너무 아름다워서, 무심코 넋을 놓고 쳐다봤는걸."

"아, 예……."

"나중에 시간 되나? 자네와 만난 이 날을 위해, 내 조수석이 비어 있는 걸지도……."

"……읏!! 이, 일하는 중이라서요! 실례하겠습니다!"

웨이트리스는 얼굴을 새빨갛게 붉히더니, 그대로 가게 안쪽으로 향했다.

그럴 만도 해. 완전 수상한 헌팅남 같았거든.

평범한 사장이 그랬다면 쓴소리를 하지 않고 그냥 못 본

척 했을지도 모른다. 하지만 피가 이어진 친족이 벌인 이 성희롱 같은 짓거리를 못 본 척할 수는 없었다.

"삼촌, 방금 행동은 좀 문제가 있지 않을까요?"

"왜? 멋진 여성을 보고 내 생각을 솔직하게 말했을 뿐이잖아. 여성에 대한 예의를 지켰을 뿐이거든?"

"삼촌은 이탈리아 사람이 아니잖아요……."

"좋다고 여긴 것을 좋게 여기고, 헌팅하고 싶어지면 헌팅한다. 인생이 풍족해지는 요령이지."

"아니, 그건 그럴지도 모르지만……."

"호의는 입에 담지 않으면 전해지지 않아. 츤데레로 마음이 전해지는 건 애니 속에서나 가능한 일이거든."

"……윽!"

그 말에는 전적으로 동의한다.

느닷없이 초면인 웨이트리스를 헌팅하려고 한 행동에는 공감할 수 없지만, 방금 그 말은 내가 항상 가슴에 품어왔던 가치관이다.

인정하고 싶지는 않지만, 인정할 수밖에 없는, 이 세상의 진리……!

"게다가, 아까 그 아가씨도 싫어하는 것 같지는 않은걸. ……저기 좀 봐."

삼촌이 턱짓을 한 곳을 쳐다보니, 아까 전의 웨이트리스가 볼에 손을 댄 채 달아오른 얼굴로 나른한 한숨을 내쉬고 있었다. 우리 쪽의 시선을 느끼자 당황했고, 삼촌이 가볍게 손을 흔들자 어색한 미소를 지으며 고개를 가볍게 숙였다.

뭐야. 감정을 파악할 수 없는 저 태도는 뭐냐고.

"싫어하는 것 같지는 않지만…… 왜 저러는 건지 영 모르겠네요."

"여자의 마음은 복잡하거든. 느닷없이 헌팅을 당해서 당황했지만, 내심 기분이 나쁘진 않다는 증거지. 첫수에 저런 반응이면, 두 번만 더 하면 바로 베드인이 가능하겠어."

"맙소사……. 대단하다고 여겨도 되는 건지 모르겠네요."

까맣게 잊고 있었지만, 삼촌은 상당한 호색가에 노는 걸 좋아한다.

어릴 적의 나는 무슨 이야기인지 이해 못 했지만, 츠키노모리 가에서는 부부가 다투는 일이 자주 있었던 것으로 기억한다.

지금 생각해보면, 남편의 바람기가 그 원인 중 8할— 어쩌면 10할일지도 모른다.

—이 아저씨, 진짜 변변찮네.

뭐, 그런 인물에게 고개를 숙이러 온 나도 변변치 않겠지만 말이다.

……아, 이럴 때가 아니다. 아첨 모드가 풀리려고 한다.

이대로 있다간 본심에 따라 실례를 범하면서, 약속이 없었던 일이 될지도 모른다.

"저기, 화장실 좀 다녀와도 될까요?"
"아, 물론이지. 다녀오렴."
"그럼 실례하겠습니다……."
잠시 자리를 벗어나서 마음을 다잡아야겠다.
웨이트리스를 헌팅하는 색골 중년 따위는 못 봤다고, 자기 최면을 걸자.
"나는 사장의 개. 나는 사장의 개. 나는 사장의 개—."
자리에서 일어나 이 레스토랑의 구석에 있는 화장실로 향하면서, 나는 아첨 모드로 되돌아가기 위해 스스로에게 암시를 걸었다.
—결론부터 말하자면, 그것은 미스였다.
뇌의 약 95%를 자기 암시에 할애한 탓에, 주의력이 극단적으로 떨어졌다.
그래서 화장실의 표시가 『남녀 공용』인 것도, 『주의! 현재 자물쇠가 망가졌습니다. 문을 열기 전에 꼭 노크를 해주세요!』라는 적힌 종이도 눈에 들어오지 않았다.

"어어……?"
"……………………아."

시간이, 얼어붙었다.
철컹하는 소리를 내며 문이 자연스레 열렸다.

그 문 너머에는— 변기에서 허리를 약간 든 자세의 여자애가 있었다.

"……………………."

"……………………."

속옷을 입으려던 도중인지, 손가락으로 연분홍색 팬티의 고무를 당기며, 허벅지 한가운데까지 올린 상태에서 시간이 정지됐다. 갑작스러운 난입자 탓에 움직임이 캔슬된 건지, 그것은 너무나도 얼간이 같은 광경이었다.

걷어 올린 치맛속, 원래는 속옷에 가려야 하는 부분까지 어렴풋이 보였다.

"……………………."

"……………………."

몇 초 동안, 서로를 응시했다.

상대가 남자라면, 생환 가능성이 있었을지도 모른다.

하지만, 상대는 여자애다.

게다가, 하필이면, 끝내주게 귀여운 여자애다.

첫인상은, 만지면 그대로 녹아버릴 듯한 백설공주다.

색소가 옅은 실버 블론드 단발머리, 차가운 느낌이 감도는 파란색과 흰색으로 구성된 패션.

목에 건 목걸이와 귀에 착용한 귀걸이가 조개를 모티프로 해서 그런지, 인어처럼 보이기도 했다.

키는 나보다 머리 하나 정도 작을까. 여자애치고도 체구

© tomari

가 꽤 작은 편이다. 전체적으로 날씬한 체형이지만, 부드러운 질감을 상상하게 하는 허벅지와 요염한 입술이 묘한 색기를 자아내고 있었다.

중학생…… 아니, 고등학생인가? 천진난만함과 요염함의 갭이 너무 커서, 나이를 예측할 수가 없었다.

—나는 왜 냉정하게 관찰하고 있는 걸까.

이럴 때가 아니잖아. 적절한 대처를 해서 상황을 호전시켜야만 한다.

설령 사고일지라도, 그 어떤 이유가 있더라도, 목격을 한다면 그대로 아웃이다.

그렇다면— 못 본 척, 사람이 있는 걸 눈치 못 챈 척할 수밖에 없다.

사람이 있는 걸 눈치 못 챈 사람이 취할 행동, 그것은 바로……!!

"이대로 있다간 싸겠어!! —한계인 척하면서 바지 벗기!!"

"꺄아아아아아아아아아아아아아아아아아아아아아아아아아아!!"

화장실에 비명이 울려 퍼지고, 나는 명치에 강렬한 일격을 맞고 그대로 널브러졌다.

*

“아하하하! 이야, 유쾌한걸. 설마 퍼스트 콘택트가 이런 럭키 시추에이션일 줄이야!”

“……유쾌하지, 않아. 불쾌해.”

“크크큭. 뭐, 나쁜 뜻이 있었던 건 아닐 거란다. —이야, 너는 참 운이 좋은걸.”

“일행이 화장실에 갔으면 미리 말해주세요. ……하마터면 전과 1범이 될 뻔했잖아요!”

미지와의 조우 소동이 일어나고 30분 후.

어찌 된 영문인지, 나는 아까 전의 반라 백설공주와 한 테이블에 앉아있었다.

아무 맛도 안 나는 이탈리안 햄버그를 입에 넣으면서, 히죽거리고 있는 삼촌과 무표정한 얼굴을 옆으로 돌린 채 토마토 주스를 홀짝이고 있는 백설공주를 번갈아 쳐다보았다.

내 부주의가 초래한 사태라고는 하지만, 정말 거북한 식탁이었다.

빨대를 거칠게 깨물며 토마토 주스를 마시고 있는 소녀의 모습을 보며, 그러고 보니 이로하도 토마토 주스를 좋아하던데 요즘 여고생 사이에서 유행하는 걸까. 나도 좋아해서 냉장고에 상비해두는데, 그럼 나도 실질적 여고생인가? 하고 현실도피 느낌의 생각에 빠져 들어봤지만, 이대로는 이야기가 진행되지 않을 것이기에 어험 하고 헛기침을 한 후에…….

"……그런데, 츠키노모리 사장님. 이 애는 누구죠……?"

"어라, 못 알아보는 거야? 어릴 적에는 우리 집에 와서 자주 같이 놀았잖아."

"같이…… 어."

그 말을 듣고, 고개를 돌린 채로 있는 여자애의 얼굴을 쳐다본 나는— 눈치챘다.

"혹시…… 마시로……?"

"더러운 입으로 마시로의 이름을 부르지 마. 신격(神格)이 떨어져."

신격이 대체 뭘까.

"진짜로 마시로인 거야? ……너무 예뻐져서 못 알아봤어."

"……읏!"

새하얗다는 의미의 이름에 걸맞게 백옥 같은 피부가 희미하게 빨개졌다. 형태가 바뀔 정도로 세게 문 빨대로 토마토 주스를 힘차게 빨아 마시는 모습은 수줍음 많은 흡혈귀 같아 보일 정도였다.

—츠키노모리 마시로.

삼촌의 딸. 즉, 내 사촌이다.

십 년 전만해도 친척들이 가깝게 지냈기에 매달 만났었고, **이 녀석의 오빠를 포함해 셋이서**, 밖에서 뛰어놀곤 했다. 요즘은 서로의 부모님이 일 때문에 바빠지면서, 차가 없는 아이들이 서로를 만나러 가는 건 어려운지라 자연스레 교류가 뜸해졌지만—.

들은 이야기로는 도쿄의 유명 상류층 여학교에 입학했다던데…… 납득이 됐다.

지금 마시로가 두른 완전무결한 상류층 아가씨의 아우라. 이의를 제기할 여지가 없었다.

"그런데, 마시로가 왜 여기 있는 거죠?"

"내가 데려왔어. 뭐, 패밀리 레스토랑에 도착한 후로는 계속 화장실에 틀어박혀 있었지만 말이야. 생리인지 변비인지 모르겠지만, 저 나이 때 여성은 여러모로 고생이 많은걸."

"아빠, 괜한 소리 하지 마. 성희롱 죄로 죽여버릴 거야."

"아아, 신랄하구나……. 옛날에는 그렇게 어리광쟁이였는데 말이야. 이게 반항기라는 건가!"

"방금은 삼촌이 잘못했어요."

"맞아. —하지만, 볼일 보는 모습을 훔쳐본 아키는 더 저질이야. 죽어."

"으…… 부정은 못 하겠지만, 대미지가 어마어마하네……."

이걸로 완벽하게 미움을 산 건가……. 어릴 적에 친남매처럼 놀던 나날을 떠올리니, 저 매몰찬 목소리가 마음속 깊숙이 박히는 것 같았다. 자업자득이니 더 그렇다.

어떻게든 관계를 수복하고 싶다.

"애초에 마시로는…… 이런 곳에, 오고 싶지 않았어……."

"너무 그러지 마렴, 마시로. 이 아빠는 마시로를 진심으로 걱정하고 있단다."

"믿음이 안 가. 이 성희롱 아버지."

"으음, 부정을 할 수 없으니 말문이 막히는걸. 하아."

볼을 부풀린 마시로가 삐친 듯한 태도로 그렇게 말하자, 삼촌은 난처한 표정으로 수염을 쓰다듬을 뿐이었다.

역시 딸은 아버지에게 강한 건가. 저 가족의 서열 관계를 한 눈에 알 수 있는 광경이었다.

"뭐, 좋아. 아무튼 본론에 들어가도록 할까."

"아, 예."

이대로는 죽도 밥도 안 된다고 생각한 것 같은 삼촌이 『츠키노모리 사장』으로서의 표정을 지었다.

갑자기 위험을 되찾은 남자를 본 나 또한 긴장하며 등을 꼿꼿이 세웠다.

"네가 만든 애플리케이션 게임 제작 팀, 『5층 동맹』의 멤버들을 허니플레에 취직시킨다는 것에 대한 교환조건 말인데—."

움찔. 옆에 있는 마시로의 어깨가 떨리는 모습이 눈에 들어왔다.

왜 저러지? 나는 의문이 들었지만, 지금은 눈앞에 있는 사장의 목소리에 집중하기로 했다.

"—졸업할 때까지, 네가 마시로의 가짜 남친이 되어줬으면 해."

한순간, 무슨 말을 들은 건지 이해하지 못했다.

세상에 넘쳐나는 러브코미디에서 실컷 들었던 단어가 들린 것 같았는데, 내 착각일까.

"…………."

"…………."

너무 황당무계한 말이기에, 나도, 마시로도, 그 말에 즉시 반응하지는 못했다.

하지만 시곗바늘이 시간을 돌려주자, 차츰 머릿속이 냉정해진 나는 방금 들은 말을 되새겼다.

"으음, 뭐가 되어달라고요?"

"가짜 남친 말이야."

아무래도 내가 잘못 들은 것 같지는 않았다.

……어? …………어어~?

"……영문을 모르겠네. 바보 아냐? 왜 마시로가 그런 고문을 당해야 하는 건데?"

그렇다. 내가 하고 싶을 말이 그거라고. 마시로가 내 뜻을 대변해줬다.

그래도 고문은 좀 심하지 않나는 생각이 들지만 말이다.

"더는 억지를 부리지 마!!"

삼촌은 테이블에 세게 내려치더니, 마시로를 향해 얼굴을 쑥 내밀었다.

노골적으로 질색을 하며 고개를 돌리는 마시로를 향해, 침이 튀지 않을까 싶을 정도의 기세로 말을 쏟아냈다.

"명문 여고에서 공학인 공립 고교로 전학 가고 싶다는 부탁을 들어주는 것만으로도 가슴이 찢어질 것만 같았어!! 그렇다면 하다못해 공학의 성욕 몬스터들이 들러붙지 못하도록, 경호원을 붙이고 싶다는 생각이 잘못된 것이냐?!"

"……그래서, 가짜 남친이라는 발상으로 이어진 게 이해 안 돼. 정말 싫어."

"진짜 경호원을 교내에 대기시켰다간, 학교에서 너무 튀겠지? 소중한 딸이 내 과보호 탓에 집단 괴롭힘을 당하기라도 하면 땅을 치면서 후회하겠지!"

"으으. 그냥 내버려 둔다는 선택지는 없어?"

"없어."

주저 없이 답했다.

"잘 들으렴, 마시로. 공학은 위험하단다. 거기는 성욕이 폭주하는 인싸 몬스터들이 우글거리는 마계야. 청초하고 순진하며 세상 물정 모르는 아가씨가 그런 곳에 들어갔다간, 순식간에 순결을 잃고 말 거라고!"

"학교가 무슨 슬럼가예요? ……아니, 잠깐만요."

질문 하나만 할게요, 하고 운을 뗀 후에 물어보았다.

"듣자 하니…… 마시로가 우리 학교로 전학 오는 건가요?"

"그래. 그렇게 됐어, 아키테루 군. 역시 감이 좋은걸. 이미 수속은 다 마쳤지. 내일부터 너와 마시로는 클래스메이트야."

"왜 갑자기 그런 거죠? 마시로가 다니는 학교는 엄청난 명문 여학교잖아요."

명문 여대의 부속 고등학교. 누구나 동경하는 최상위 대학에 바로 입학할 수 있기에, 엘리트 여성이 되기 위한 급행 코스라고 불리는 학교다. 행실에 문제가 없고 성적만 중간 수준을 유지하면, 그냥 학교를 다니기만 해도 대학에 진학할 수 있는 것이다.

입학 시점에서 효율적인 인생 설계가 약속된 것이나 마찬가지인데…….

왜 그 특권을 내팽개치고, 우리 학교 같은 곳으로 전학을 오는 걸까?

"그게, 실은—."

"아, 안 돼. 그걸, 아키에게 알려주긴, 싫어."

"그럴 수는 없단다. 이 부탁을 하기 위해서는, 마시로의 상황을 대략적으로라도 알려줘야 해."

마시로는 고개를 숙인 채, 삼촌의 소매를 잡아당기며 애원했다. 하지만 삼촌은 난처한 듯이 미간을 찌푸리면서 입을 열었다.

"실은 말이지— 마시로는 학교에 거의 가지 않았단다."

"등교 거부, 인가요?"

“…………윽.”

“뭐, 그렇다고 할 수 있지.”

입술을 깨물며 무릎을 끌어안은 마시로를 힐끔 쳐다보며, 삼촌은 고개를 끄덕였다.

알려지고 싶지 않은 과거였던 걸까. 고개를 숙인 마시로의 속눈썹이 희미하게 떨렸다.

“무슨 일이 있었는지 설명하려면, 이야기가 길어질 텐데―.”

“그럴 필요 없어요.”

나는 삼촌의 말을 끊으며, 딱 잘라 말했다.

마시로는 고개를 들더니, 의아한 듯이 눈을 깜빡거리며 나를 응시했다. 왜 묻지 않는 거야? 보통 이런 건 꼬치꼬치 캐묻잖아? 그런 의심에 가까운 경계심에 사로잡힌 애완동물 같은 눈빛이었다.

“무슨 일이 있어서 등교 거부를 하게 됐지만, 바뀌고 싶어서 전학을 결심한 거죠? 필요한 정보는 그걸로 충분해요. 더 캐내려고 한다면, 그건 그저 저열한 흥미를 채우려는 것뿐이죠.”

나는 효율적으로 살자, 가 신조인 남자다. 그러니 괜한 걸 캐물을 생각은 없으며, 필요 이상으로 간섭하고 싶지도 않다. 곤란해하는 사람에게 손을 내미는데, 곤란에 빠진 이유를 물을 필요는 없다.

“아키…….”

"……후후. 너는 꽤 멋진 철학을 지녔군."

마시로는 뜻밖이라는 눈길로 쳐다보았다.

삼촌도 왠지 기뻐 보였다.

"자초지종은 알았어요. 삼촌이 뭘 걱정하는 건지도요. 하지만…… 가짜라고는 해도 저와 연인 관계가 된다면, 결국 반 안에서 괜히 튀게 될지도 몰라요."

"문제없어. 애인 있는 사람은 학급 신분 제도에서 정점이지. 마시로가 공학에서 승자가 되기 위해서는 꼭 필요해!"

"학창 시절에 대체 무슨 일이 있었던 거예요? 강렬한 열등감이 느껴지는데요."

"음? 나는 태어난 순간부터 댄디했거든?"

그런 사람은 없어.

삼촌의 암흑 청춘 시대도 신경이 쓰이지만…… 뭐, 지금은 그런 걸 신경 쓸 때가 아니다.

"양보할 수 없는 조건, 인 거죠?"

"그래. 절대 양보 못 해."

……젠장.

평소 장난스러운 어른이 장난스러운 제안을 했다. 그뿐이지만…….

진심 어린 눈으로 저렇게 단호하게 말하니, 무시할 수가 없다.

장난스러움으로 포장하고 있지만, 삼촌은 사정이 있어서

마시로를 나에게 맡기려는 것이다.

어쩌면 그것은 마시로가 등교 거부를 한 이유와 관련이 있을지도 모르지만—.

캐묻지는, 않기로 했다.

딱히 착한 척하려는 건 아니다. 그저, 우리의 진로를 위해 이용할 뿐이다.

"알았어요. 제안을, 받아들이겠어요."

"……윽!"

남은 건, 마시로의 마음에 달려 있다.

내 대답이 뜻밖이었던 건지, 눈을 치켜뜬 마시로는 잠시 생각에 잠겼다. 나에게 들리지 않을 목소리로 혼잣말을 중얼거린 후, 나를 힐끔 노려보았다.

"가짜라면…… 좋아. 조건을 받아들이지 않는다면, 전학을 시켜주지 않겠다는걸. 약속은, 지킬게. 솔직히 말해, 정말 싫지만……."

과연. 서로가 서로를 이용하는 것이다.

내가 교환 조건을 제시한 것처럼, 마시로 또한 아버지와 교섭한 끝에 이 자리에 있는 것이다.

설마 가짜 커플이 되라는 말도 안 되는 조건을 아버지가 제시할 줄은 꿈에도 몰랐겠지만 말이다.

그 조건을 받아들이면서까지 이루고 싶은 고집을 지니고 있다는 점에서는, 나와 이 녀석은 닮은꼴일지도 모른다.

그렇다면, 사양할 필요는 없다.

"잘 부탁해, 마시로."

"친한 척 하지 마, 변태 화장실남. 우리는 가짜 커플이거든? 친한 척할 생각 없어."

"……뭐, 좋아."

악수하자고 내민 오른손을, 상대방이 쳐냈다. 이렇게 명확하게 악수를 거부당한 건 처음이다.

30분 전에 자신이 한 짓을 생각하면, 경찰에 신고당하지 않은 것만으로도 운이 좋았다 해도 과언이 아니지만 말이다.

"후후후, 사이가 참 좋군. 잘 지낼 것 같아 다행이야, 커플 여러분♪"

"대체 뭘 보고 그렇게 생각하는 거예요?"

"맞아. 아빠는 눈이 썩은 것 같네."

"하하하! 이거 봐, 호흡이 척척 맞잖아. —아, 맞다. 아키테루 군."

"예?"

"너는 어디까지나 가짜 남친이야. 마시로를 덮치기라도 했다간………… 알지?"

우와, 표정이 더럽게 무섭네.

의심할 거면 애초에 이런 제안을 하지 말라고. 현실에서는 있을 수 없는 일이지만, 러브코미디에서 가짜 애인 설정은 골인 지점 직행 각이란 말이야.

"걱정하지 마세요. 마시로는 저를 엄청나게 싫어하는 것 같거든요."

"…………흥."

실제로 이렇게 싫어해서야 사람이 꽃필 리가 없다.

러브코미디에서라면 몰라도, 여기는 현실이니 말이다.

"그럼 내일부터 잘 부탁할게. 가짜 남친 씨♪"

"……옛써."

내 어깨를 두드리는 손이 엄청 묵직하게 느껴진 것은 내 기분 탓일까?

이리하여, 나는…….

허니플레 무조건 취직을 대가로, 마시로의 가짜 남친 노릇을 하게 됐다.

*

『오즈는 가짜 남친 설정을 어떻게 생각해?』

『러브코미디 수고. 리얼 남친 플래그. 처음에는 질색하지만 서서히 끌리기 시작하는 루트.』

『하지만 현실에서 그런 일이 일어나고, 상대방이 자기를 질색하는 냉혈녀라면?』

『……장래에 러브러브하게 되는 미래밖에 안 떠오르네.』

『뭐…….』

5층 동맹(4)

AKI
무라사키 시키부 선생님, 진척 상황은 어떤가요.

AKI
무라사키 시키부 선생님, 내일이 마감인데, 진척 상황은 어떤가요.

AKI
무라사키 시키부 선생님, 내일이 데드라인 마감인데 진척 상황은 어떤가요.

AKI
무라사키 시키부, 진척 상황 보고해.

마키가이 나마코
ㅋㅋ

OZ
반응이 아예 없네.

AKI
읽지도 않아.

마키가이 나마코
이거 정말 손가락 댕강 사안이군요…….

AKI
어차피 언젠가 잡히고 말 건데 왜 도망치는 건지, 이해가 안 돼.

마키가이 나마코
일시적인 도피에 불과하다는 것을 알면서도 우를 범하는 건, 인간의 슬픈 운명이지.

나마코 선생님은 시나리오 마감을 어긴 적이 없는 걸로 기억하는데

AKI

항상 감사하게 생각해요.

마키가이 나마코

뭐, 나는 천재거든!

AKI

무라사키 시키부도 마감만 지켜준다면 천재라 칭송받을 레벨인데 말이야.

마키가이 나마코

이제 이름을 막 불러대네ㅋㅋ

마키가이 나마코

저 녀석은 천재가 아니라 변태야. 머릿속 나사가 빠진 게 틀림없다고.

OZ

이렇게 잡담을 하는데도 반응이 없어…….

마키가이 나마코

폰을 아예 끈 것 같아!

AKI

오케이. 이대로 내일까지 대답이 없으면, 이번 일러스트

AKI

죽 여 서 라 도 받 아 내 겠 어

004 제4화…… 남자들이 동경하는 선생님이 내 앞에서만 에로틱하다

"오, 오늘부터 여러분과 함께 이 학교에 다니게 된, 츠키노모리 마시로, 예요. 저, 저기, 으음, 실은…… 오오보시 아키테루와, 사, 사귀고…… 있어요."

그날은 아침부터 파란이 일었다.

갑작스러운 전학생, 갑작스러운 미소녀의 습격, 갑작스러운 남친 있어요 발언— 정보량이 지나치게 많은 이 10초간의 자기소개로, 클래스메이트들은 제트 코스터에 휘둘린 듯한 얼굴로 나를 쳐다보았다.

그리고—.

"지, 진짜로…… 오오보시와……?!"

"어~, 이런 미인이 오오보시와 사귀는 거야? 아깝네~."

"모처럼 귀여운 애가 전학 왔다고 생각했는데 이미 임자가 있는 거냐고, 젠자아아아아아앙!!"

"그런데 오오보시가 누구야?"

의문과 의문과 원한의 목소리가 간헐천처럼 뿜어져 나왔다.

그건 그렇고 마지막 말을 한 녀석, 클래스메이트의 이름 정도는 외워두라고. 뭐, 나도 클래스메이트의 이름은 다 외우고 있는 건 아닌 데다 방금 그 말을 한 녀석의 이름도 모르니 남 말 할 자격은 없지만 말이야.

항상 공기나 다름없는 존재였는데, 그저 여친의 등장만으로 이렇게 주목을 받게 될 줄이야.

한창 청춘을 구가 중인 녀석들은 하나같이 머릿속이 연애로 점철된 걸까.

"저기~, 질문 있어요! 오오보시와는 어디서 만났나요?"

"예? 으음…… 화장실?"

"어?"

이 바보야. 진실을 말하면 어떻게 해.

아니, 애초에 그게 우리의 첫 만남이 아니잖아. 좀 더 평범한 시추에이션에서 만났다고. 십수 년 전에 말이야. 기억의 서랍에서 꺼내 봐, 응?

"으음…… 기, 기억 안 나요. 무, 물어보지 말아…… 주세요!"

마시로는 허둥지둥 고개를 숙이더니, 이야기를 억지로 끝내며 자신의 자리로 향했다.

학생들은 에이~ 하고 불만을 표시했지만, 더는 캐묻지 않았다.

음, 현실이군.

만약 라이트노벨이나 애니메이션 속 세계였다면 끈질기게 추궁하겠지만, 현실은 이런 것이다.

일시적으로 주목을 모을지도 모르지만, 본질적으로는 타

인에게 그다지 관심이 없다.

미소녀 전학생이라면 아이돌처럼 여겨질지도 모르지만, 남친이 있다는 걸 밝혔으니 괜히 들러붙는 남자도 없을 것이다.

그런 의미에서 본다면, 삼촌의 계략은 완벽하게 적중했다고 할 수 있다.

역시 세계적 대기업의 사장다운 수완이다.

부끄러운지 고개를 숙인 마시로는 사뿐사뿐 걸어와서 내 옆자리에 앉았다. 당연한 것처럼 내 옆자리가 비어있었는데, 삼촌의 권력은 대체 얼마나 강한 걸까. 교장의 약점이라도 잡은 걸까.

뭐, 못 말리는 어른에게 이렇게 휘둘리는 것도 문제지만—.

"서로 잘해보자."

나는 마시로를 향해 쓴웃음을 지었다.

그러자 마시로는 긴장한 탓에 굳어 있던 표정을 풀더니, 그 대신…….

"말 걸지 마. 변태 화장실 마신. 아직 용서 안 했어."

절대영도의 철가면을 쓰며, 그렇게 말했다.

"방금까지 내성적 캐릭터인 척했으면서, 왜 내가 말을 걸자마자 여왕님이 되는 거야?"

"싫어하거든. 그게 다야."

"사귀는 척할 생각 있습니까?"

"괜찮아. 대중들은 바보거든. 설정만 제시해두면 세세한 거동에 위화감이 있어도 개의치 않아. 사이좋은 척하는 것도 싫으니까, 이쪽 쳐다보지 마."

"아니, 그럴 수는 없다고……."

남들에게 들리지 않을 목소리로, 소곤소곤 이런 대화를 나눴다.

개인적으로는 남들 앞에서는 친한 척하는 편이 안전할 것 같지만, 마시로가 너무 쌀쌀맞아서 말 붙일 엄두도 나지 않았다.

(어이, 쟤들은 진짜로 사귀는 거 맞아?)

아니나 다를까, 곳곳에서 미심쩍은 눈길로 날아왔다.

(저 전학생, 엄청 기분 나빠 보이네. 오오보시를 싫어하는 것 같지 않아?)

(바보야. 동정은 뭘 모른다니깐. 커플이니까 다투는 거야. 네 아빠 엄마도 툭하면 싸우잖아.)

(아하! 듣고 보니, 저 가시 돋친 분위기 때문에 오히려 그럴듯해 보이네~!)

……다 들린다고, 이 바보들아.

뭐, 그래도 이 녀석들이 둔감해서 다행이야. 마시로가 말한 것처럼, 괜한 걱정할 필요 없이 자연스럽게 속여 넘길 수 있을 것 같았다.

하지만 문제는 이제부터다. 어중이떠중이 조무래기들은

아무래도 상관없지만, 친구가 적은 나한테도 자초지종을 제대로 설명해야만 할 상대가 몇 명 있는 것이다.

그 녀석은 내 뒷자리에서 몸을 쑥 내밀더니, 작은 목소리로 물었다.

"깜짝 놀랐어……. 아키한테 여친이 있었구나. 이제까지 비밀로 해왔던 거야?"

"오즈…… 미안한데, 설명하려면 기니까 결론부터 말하자면 아냐."

"응. 뭔가 사정이 있을 것 같긴 했어."

"너는 눈치가 빨라서 다행이야."

"—예의 건과 관련이 있는 거야?"

"……그래."

정말 눈치가 빠른 친구다.

츠키노모리 사장과의 거래에 관해, 이 친구는 알고 있다.

당연했다. 다름 아닌 당사자니까 말이다.

내가 팀원 전원을 데리고 허니플레에 취직하려고 하는 이유 중, 가장 중요한 부분을 차지하고 있는 인물이 오즈인 만큼, 이 건에 관해서도 제대로 설명해둬야 할 것이다.

……하지만, 뭐라고 설명하면 좋을까.

"뭐, 자세한 건 나중에 설명하겠지만, 이러저러하고 저러저러하다 보니, 가짜 커플을 연기하게 됐어."

내가 무난하게 설명했다고 생각하고 있을 때였다.

오즈가 아하하 하고 웃음을 터뜨렸다.

"마치 러브코미디의 주인공 같네."

"오즈, 네가 그런 소리를 하는 거야? 얼마 전만 해도 예의 그 미인 학생회장이 너한테 말을 걸었잖아."

"학생회실의 컴퓨터가 고장 나서 고쳐달라는 말을 들었을 뿐이야."

"그런 일을 한 학년 아래인 오즈한테 일부러 부탁한다는 것 자체가 말이 안 되잖아. 너한테 마음이 있는 게 분명하다고."

"이야~, 그 정도 일로 호의를 받고 있다고 생각했다간, 착각남이 될 거야."

"그것 말고도 있어. 역 앞의 쇼핑몰에서 이상한 여자와 부딪쳤지? 붕어빵을 무전취식하고 도망치던 그 크레이지한 여자 말이야. 그 후에도 몇 번 만났지 않아?"

"그러고 보니 요즘 역 쪽에 가면 자주 보긴 해. 우연이겠지만 말이야. 붕어빵 사달라더라고."

"그 정도면 공략 대상 맞네."

"에이, 상식적으로 생각하면 무섭거든? 우연히 부딪친 적 있는 남자한테 먹을 걸 사달라고 하잖아. 사기라도 치려는 게 틀림없어."

"안 사준 거야?"

"당연하지. 경찰에 신고하고 도망쳤어."

와우~, 상식적이네.

"둔감계열 주인공의 극치네. 여전히 플래그란 플래그는 다 부러뜨리고 있구나."

"하하, 아키가 괜히 오해하는 거야."

이 세상에는 주인공이 될 운명을 짊어지고 태어난 인간이 있다.

코히나타 오즈마란 이름의 내 친구는 바로 그런 별 아래에서 태어난, 선택받은 자다.

이 녀석과 친구가 된 지도 벌써 3년이나 됐지만, 옆에서 보고 있으면 그야말로 전형적인 러브코미디 주인공이다.

평범한 남자는 평생 만나보지도 못할 미소녀들과 거의 매주 마주친다.

길가에서, 교내에서, 온라인상에서, 온갖 장소에서 말이다.

게다가 그녀들은 하나같이 오즈에게 반한 기색이 역력했다.

그렇다고 오즈 본인이 여자를 밝히는 것도 결코 아니다.

오히려 연애에는 전혀 흥미가 없고, 자신의 취미인 프로그래밍과 오타쿠 콘텐츠 감상과 게임 제작에 몰두할 뿐이다. 그야말로 궁극의 경지에 오른 오타쿠 중의 오타쿠다.

여자를 만날 생각이 없는데, 만나고 만다. 게다가 본인은 자각이 전혀 없었다.

이런 녀석을 러브코미디 주인공 말고 뭐라고 부르면 될까?

"이제 브라콤인 여동생만 완비되면 완벽하겠지만…… 그

건 무리겠지."

"이로하는 아키 LOVE거든~. 내가 보기엔 아키야말로 주인공이야."

"에이, 무슨 소리야. 말도 안 돼."

내 주위에는 진짜로 나를 싫어하는 여자뿐이다.

짜증나게 굴어대는 이로하, 옆자리에서 「말 걸면 죽일 거야」 아우라를 뿜고 있는 마시로처럼 말이다.

울적할 정도로, 여자들에게 미움받고 있다.

"으음~. 아키에게는 둔감 계열 주인공이란 말을 듣고 싶지 않네."

"이로하 녀석이 내 눈을 볼 때마다 얼굴을 붉히는 것 같은, 알기 쉬운 반응을 보인다면 믿어주겠어."

뭐, 하늘과 땅이 뒤집혀도 있을 수 없는 일이지만 말이다.

*

바늘방석에 앉은 듯한 1교시 수업이 끝나고, 쉬는 시간이 되었다.

오늘 전학 와서 교재가 없는 마시로에게 교과서를 보여주는 정석 이벤트가 벌어지기는 했지만, 손이 살짝 닿기만 해도 으르렁거리며 나를 노려보는 식의 과민 반응을 보였다.

이게 앞으로 5교시 동안 이어질 거라고 생각하니, 우울해

미칠 것 같았다.

스트레스 탓에 내 공부 효율도 떨어질 테니, 좋을 게 하나도 없다.

삼촌과의 거래로 얻을 수 있는 메리트를 고려하면 플러스일까, 마이너스일까…….

그런 생각을 하고 있을 때, 한 남학생이 히죽거리며 다가왔다.

—우와, 기분 나빠. 저 표정은 뭐야. 「이제부터 심술궂은 질문을 하겠습니다」라는 속내가 얼굴이 훤히 드러난 듯한 표정을 용케도 짓네. 저 정도면 재능 아냐?

"오오보시~. 뭐야, 너 여친 있었냐?"

"……그래."

무난하게 대답해뒀다.

"항상 사이좋게 지내는 후배가 있지 않았어? 그 애와 사귀는 줄 알았는데 말이야."

……우와.

옆에 여친이 있는데, 그런 풍파 일으킬 소리를 하는 거냐고.

다행히 마시로는 가짜 여친이니 질투는 하지 않겠지만, 진짜 여친이었다면 어쩌려고 저러는 걸까.

그냥 눈치 없는 바보일까, 아니면 미소녀 전학생과 나를 갈라놓으려는 질투충인 걸까.

어느 쪽이든 간에 귀찮은 녀석이다.

“걔는 오즈의 동생이야. 그래서 알고 지내기는 하는데, 딱히 사귀는 건 아냐.”

“흐음~. 엄청 사이가 좋아 보이던데 말이야. 얼마 전에도 오오보시를 보러 이 교실에 왔었잖아?”

“오빠와 상의하기 좀 그런 일이 있어서 나를 찾아온 거였어.”

“진짜야. 수상한데~. 뭔가 숨기고 있는 거 아냐~?”

진위가 어떻든 간에 너한테 설명할 의무는 없어.

슬슬 짜증이 난 나는 이 이야기를 끝내기 위해 대책을 강구했다.

“사랑 이야기에 굶주린 너한테 좋은 걸 가르쳐줄게.”

“오오, 뭔데?”

“너, 우리 담임인 카게이시 선생님을 노리지?”

“어라, 그걸 어떻게 아는 거야?”

그야 이 반의 인간관계를 전부 파악하고 있기 때문이다.

친구는 오즈뿐이니 교우 관계는 제로에 가깝지만, 관찰은 한시도 거르지 않았다.

이 사회에서 『정보』는 절대적인 무기다. 언제 어느 때 필요해질지 모르며, 많은 수고를 들일 필요도 없기에 항상 안테나를 세워두고 있다.

뭐, 타인에게 설명할 때는 내가 쥔 패를 드러내지 않지만 말이다.

“꽤 유명하던걸. 소문이 자자할 정도야.”

"그 차가운 눈길, 정말 좋지 않아? 힐책당할 때면 확 새로운 문이 열릴 것만 같다니까."

"그 선생님의 취향을 알고 싶지 않아?"

"어, 그야 당연히 알고 싶지. 하지만 그건 무리 아냐?"

"간단해. 사이가 좋은 교사한테 들었어."

"정말?! 어이, 가르쳐줘! 그 사람과 사귈 수만 있다면 뭐든 하겠어!!"

미끼를 물었다.

진짜로 머리가 모자란걸. 왠지 장래가 걱정되기 시작했다.

"카게이시 선생님은 근육질 남자를 좋아하는 남자를 좋아한대."

"뭐? 잠깐만 있어 봐. 방금 뭐라고 했어?"

"근육질 남자를 좋아하는 남자를 좋아하는 것 같아."

"근육질 남자를 좋아하는 게 아니라?"

"근육질 남자가 아니라, 근육질 남자를 좋아하는 남자야. 즉, 근육 페티시즘이 있는 남자가 취향인 거지."

"진짜냐. 근육남이냐."

"진짜야. 근육남이지."

"즉…… 내가 근육질 남자를 좋아하는 척을 항상 하다 보면……!!"

"카게이시 선생님의 LOVE는 네 것이야."

"웨————이!!"

"엔더어어——!!"

정체불명의 괴성을 지르며 하이파이브를 했다.

내가 생각해도 참 바보 같은 대화다. 따끔한 맛을 보여주려고 이야기한 거지만, 죽고 싶어졌다.

이걸로 이 멍청이는 내일부터 근육 페티시즘이 있다고 여겨질 것이며, 이 반에서의 포지션 또한 탄탄해질 것이다.

들뜬 표정으로 자기 자리로 돌아가는 그의 등을 보며, 나는 몰래 합장했다.

청춘 탈락, 축하해.

"…………."

"어?"

불쑥 옆에서 시선이 느껴져서 옆쪽을 쳐다보았다.

그러자, 당연히 마시로가 눈에 들어왔다.

(찌릿…….)

그런 소리가 들릴 것만 같을 정도로, 나를 뚫어져라 쳐다보고 있었다.

방금 인싸 행위를 보고 짜증이 난 것일지도 모른다.

응, 미안해. 내가 생각해도 좀 짜증나는 행동이었어. 그래도 용서해달라고.

내가 그런 마음이 담긴 시선을 보내자…….

"……흥."

언짢은 듯이 고개를 홱 돌렸다.

—뭐, 이럴 줄 알았어.

짜증나는 클래스메이트에게 한 방 먹여주기 위해서라고는 해도 반성한 나는 앞으로 괴상한 인싸 무브에 어울려주지 않기로 마음먹었다.

다소 신경을 쓴다고 해서, 마시로 양의 이 매몰찬 반응에는 변함이 없을 것 같지만 말이다.

—그런 내 생각은 물렀다.

변함이 없는 건 고사하고, 2교시가 되자 마시로의 기분은 최악에 가까워졌다.

내가 보여주려고 내민 교과서를 빼앗더니, 너는 이거나 읽으라는 듯이 라이트노벨을 건네줬다. 어쩔 수 없이 수업 중에 다 읽었는데, 둔감 계열 주인공이 나오는 러브코미디였다. 딱히 선호하는 장르는 아닌데, 마시로는 왜 이걸 나보고 읽으라고 한 걸까.

그리고 쉬는 시간이 되자—.

"배고파. 주먹밥 사 와. 내용물은 해산물 계열 아니면 안 먹어."

"뭐? 왜 내가 너의 빵셔틀 같은 짓거리를 해야 하는데?"

"남친이면 그 정도는 해줘야 할 거 아냐. 아니면 사귀지 않는 거로 할까?"

"크…… 알았어. 사 오면 될 거 아냐."

—이런 식으로 심부름꾼 취급을 당했다.

마시로는 툭하면 나한테 말도 안 되는 일을 시켰고, 불합리한 심술을 부렸으며, 그 탓에 내 말문이 막히게 하는 상황이 3교시까지 이어졌다.

최악의 형태로 재회했다고는 해도, 이렇게까지 구박을 당해야만 하는 걸까.

옛날에는 그저 내성적일 뿐인 귀여운 사촌이었다. 교육을 잘못 받아서 이렇게 되어버린 걸까.

1교시까지만 해도 이렇게 심하게 굴지는 않았다.

쉬는 시간 직후에 갑자기 언짢아하는 듯한 느낌이 들었다.

혹시…… 내가 여자 후배와 사이좋다는 이야기를 듣고, 질투하는 건가?

……아니, 그럴 리가 없다.

진짜 여친이라면 또 몰라도, 마시로는 나를 엄청나게 싫어하는 가짜 여친이다.

질투할 이유가 눈곱만큼도 없다.

시간의 흐름은 이렇게 잔혹한 걸까. 옛날에는 내 뒤를 졸졸 따라다니는 강아지 같던 여자애가, 지금은 자기가 언짢다고 사람을 노예처럼 부려먹는 얼음 여왕님이다.

이 녀석도 이로하와는 다른 방향성으로 사람을 짜증나게 하는걸.

이대로 졸업 때까지 마시로의 남친인 척하는 건 솔직히

힘들 것 같다.

진짜로 삼촌이 제시한 미션을 클리어하고, 무사히 동료들과 함께 취직할 수 있을까?

머지않은 미래를 우려하며 시간을 보내다 보니, 4교시 수업이 시작됐다.

벨소리가 울린 순간, 교실 전체에 긴장된 분위기가 흘렀다.

—그렇다. 『여왕』이란 칭호를 가져야 할 사람은 결코 신출내기인 마시로가 아니다.

이제부터 시작되는 건 진정한 『여왕의 시간』—《맹독의 여왕》이라 불리는 무시무시한 여자가 지배하는, 독재주의 수업이다.

드륵!!

그저, 문이 열렸다. 그뿐인데도 학생들의 표정이 순식간에 얼어붙었다.

긴장과 정적이 교실을 지배하는 가운데, 또각또각하는 구둣발 소리만이 위압적으로 울려 퍼졌다.

머리 위편으로 올려묶은 머리카락을 흔들며, 여교사인 카게이시 스미레는 교탁을 내려치더니, 정적이 감도는 교실 안을 아무 말 없이 둘러보았다. 사람을 죽일 수도 있을 듯한 강렬한 눈길로 학생들을 둘러본 후…….

"원숭이 동물원은 문을 닫은 것 같네. 다행이야."

자신의 통치력을 실감하고 만족한 건지, 입가에 희미한 미소를 머금었다.

"―그럼, 수업을 시작하겠어. 127페이지, 3차 방정식."

스미레는 자로 교탁을 때렸다. 그와 동시에 훈련된 병사처럼 교실 안에 있는 마흔 명의 학생들이 교과서를 펼쳤다.

여기까지는 기묘한 광경이기는 해도, 평범한 수업과 다름없었다.

카게이시 스미레의 수업이 상궤(常軌)를 벗어나는 건, 이제부터다.

"우선 질문을 받겠어. 모르는 부분이 있는 사람은 손을 들어."

""""……윽!!""""

다들 올 것이 왔다, 하고 말하는 듯한 표정을 지었다.

지금은 1학기 중순이라 익숙해졌지만, 처음에는 다들 당황했다.

일본의 일반 교육에서는 교사가 일방적으로 교과서 내용을 설명한 후에 질문을 받는다.

하지만 카게이시 스미레의 수업은 정반대다.

『교과서를 줄줄 읽기만 할 뿐인 교사는 쓰레기보다 못해. 교과서에 적혀 있는 건 직접 읽으면 되잖아. 읽고도 모르는 부분을 설명하기 위해, 교사는 존재하는 거야.』

첫 수업 때, 스미레가 한 말은 지금도 기억에 생생히 남아 있다.

확실히 그 말 자체는 지극히 효율적이고 멋진 생각이었기에, 나는 매우 공감했다.

……하지만, 그런 선진적인 방식에 따라가지 못하는 인간 또한 적지 않게 존재했다.

"죄송합니다. 교과서를 읽는 걸 깜빡했어요."

성실한 인상의 안경 쓴 남학생이 손을 들며 그렇게 말했다.

그렇다…… 이것은 반발이다.

그는 이 반에서 유명한 수재다. 숙제를 안 하는 일이 절대 없는 타입의 학생이다. 그는 깜빡한 것이 아니라 일부러 읽지 않은 것이다.

스미레의 말을 어긴 이유는 단순명쾌했다.

"저기, 이런 방식은 관두면 안 될까요? 기초부터 차근차근 설명해주세요."

현 체제의 변경을 제안하는 것이다!

결사의 제안을 한 이 수재 학생을 뚫어져라 쳐다본 후, 스미레는 가볍게 한숨을 내쉬었다. 그리고…….

"그래? 유감이네. 나중에 독학하도록 해."

그 한 마디로 학생의 호소를 기각했다.

"뭐, 뭐라고요? 이, 이런 방식은 잘못됐어요. 들어본 적도 없다고요."

"없는 게 당연해. 남들과 다른 가치관으로 수업을 구성하고 있으니, 당연하잖아?"

“무, 무책임해!! 결국, 성실하게 수업을 할 생각이 없을 뿐이잖아!!”

“무책임? 그럼 미리 교과서를 읽지 않은 너는 제대로 책임을 다했다 할 수 있을까?”

“큭…….”

이 날카로운 반박에 안경 쓴 남학생은 말문이 막혔다.

그리고, 스미레는 공세를 이어갔다.

“남이 시킬 때까지 기다리기만 하는 인간으로 전락해서, 장래에 가난뱅이가 되고 싶다면 좋을 대로 해. 하지만 나는 책임은 지지 않겠어. 내 스타일로 학생들을 가르쳐서, 장래에 성공을 거두게 할 거야. 그게 바로 내가 책임을 지는 방식이거든.”

“크, 으윽, 크으으윽…….”

“『약속을 지킨다』, 『스스로에게 엄격해라』, 『에러가 발생하면 즉시 윗사람에게 보고한다』, 전부 사회인에게 필요한 자질이야. 그걸 못하는 인간 따위는 쓰레기 이하지.”

“……으으…….”

“제대로 된 사회인이 되고 싶다면 명심해둬. 이해했으면, 앉아.”

“……예…….”

완전히 말싸움에서 진 남학생은 풀이 죽은 채 자리에 앉았다.

평소 자신만만하던 안경 너머의 눈동자가, 지금은 생기를 잃었다.

—여전히 말솜씨가 끝내주네. 이 교사는 정론을 교묘하게 이용한다니깐.

“자아, 다음 질문을 받겠어.”

시종일관 긴장된 분위기 속에서 수업이 진행됐다.

학생이 두세 시간이 흐른 것처럼 착각할 정도로 시간이 더디게 흐르는 가운데, 구원의 벨 소리가 들려왔다.

“—끝났네. 다음 수업 전에 135페이지까지 읽어두도록 해. 이상이야.”

이완된 공기가 교실 안에 흘렀다.

스미레가 교재를 정리해서 옆구리에 끼고, 교실을 나서려던 순간— 우뚝 멈춰서며 나를 돌아보았다.

뭐야? 무슨 일이지? 흥미가 어린 시선이 주위에서 느껴졌다.

……또 주목을 받고 있네. 요즘 이런 일이 잦아.

“오오보시. 점심시간에 학생지도실로 와.”

“……무슨 일이죠?”

“과제 관련, 이라고 말하면 짐작이 되지?”

스미레는 죽일 듯한 눈길로 나를 노려보며, 낮은 목소리로 말했다.

“아하…… 알았습니다.”

“그럼, 늦지 말고 와.”

그 말을 남긴 스미레는 구둣발 소리를 내며 교실을 나섰다.

여왕의 기척이 복도에서 사라진 후—.

“어이, 오오보시. 괜찮은 거야?”

“뭐가?”

평소 나에게 잘 말을 걸지 않는 클래스메이트, 타카하시(가칭)가 말을 걸었다.

자리는 가깝지만, 접점이 거의 없는 리얼충 중 한 명이다.

“여왕과 맨투맨으로 학생지도실…… 너, 대체 무슨 짓을 저지른 거야?”

왜 하나같이 이럴 때만 나를 주목하는 걸까.

뭐, 이번만은 무리도 아니지만 말이다.

학생지도실은 스미레가 자기 영역으로 삼고 있는 극악 스팟으로 유명하다.

낙제점을 받거나 지각을 되풀이한 학생이 외부의 시선이 차단되는 거기로 불려가서, 교사와 일대일로 재교육을 받는다. 소문에 따르면 모히칸 헤어에 콧구멍 피어스를 한 세기말 타입 불량 소년이 한 시간 후에는 동그란 눈동자를 지닌 상고머리 보이가 되어서 나왔다고 한다.

그 방 안에는 동서고금의 다양한 조교 도구가 보관되어 있고, 방음 완비에 인터넷도 차단되어 있어서 증거도 남지 않는 완벽한 치외법권이 확립되어 있다고 한다.

그런 장소에서 《맹독의 여왕》과 단둘이 만나게 됐으니, 주목을 모으는 게 당연했다.

하지만 나한테는 그렇게 큰일도 아니기에, 가벼운 어조로 말했다.

"무슨 짓…… 극형감의 중죄, 일까……."

"장난 아니잖아. 그런데 왜 이렇게 차분한 거야?"

"괜찮아. 죽지는 않거든."

나는 담담한 어조로 그렇게 말하며 자리에서 일어났다.

바로 그때, 뒤편에 있는 오즈가 나에게 말을 건넸다.

"……진짜로 괜찮겠어?"

"오즈까지 왜 그러는 거야? 금방 돌아올 테니까 걱정하지 마."

"으, 응……."

얼굴에 불안한 기색이 역력한 오즈를 향해 웃어 보인 후, 나는 손을 흔들며 교실을 나섰다.

자아, 이제부터 싸움을 시작해볼까.

어디 솜씨 좀 보자고, 《맹독의 여왕》 님.

*

"실례하겠습니다."

노크 세 번. 예의 바르게, 매너를 지키며 했다.

문 너머에서 「들어와」 하고 묘령의 여성이 답한 후, 나는 천천히 문을 열었다.

입실 직후, 몇 미터 거리에 놓인 놋쇠로 된 소가 눈에 들어왔다. 딱 봐도 팔라리스의 황소군요. 감사합니다. 사상 가장 잔혹한 고문 도구가 이 공간에 존재했다. 이 학교는 학부모회와 치킨 레이스라도 벌이고 있는 건지, 내부 고발 한방에 바로 KO되는 짓거리를 벌이고 있었다.

그것 말고도 다양한 고문 도구가 위압적인 분위기를 자아내고 있는 이 방은 불이 꺼져 있어서 어둑어둑했고, 시대착오적인 양초의 빛만이 일렁이고 있었다.

그런 기묘한 공간의 가장 안쪽, 사형집행인이 앉을 법한 의자 앞에 카게이시 스미레가 풍경의 일부가 된 것처럼 서 있었다.

"빨리 왔네. 그렇게나 사형 집행을 앞당기고 싶나 보지?"

"시간은 단 1초도 낭비하고 싶지 않거든요."

후후, 하고 웃고 있는 스미레의 옆을 지나친 나는 처형의자에 몸을 파묻듯 앉았다.

그 모습을 본 냉철한 여교사는 또각, 하는 소리를 내며 구두의 굽을 지면에 찔러넣듯 발을 내딛더니, 무시무시한 표정으로—.

"**아키테루 님,** 저어어엉마아아알 죄송합니다아아앗!!"

넙죽 엎드리며 고개를 조아렸다.

바닥이 움푹 파이는 것을 아닐까 싶을 정도의 기세로 말이다.

영업사원의 연수에서 시범 삼아 보여줘도 될 듯한, 멋진 오체투지였다.

"아무래도 자기가 잘못했다는 건 알고 있나 보군요, **무라사키 시키부 선생님.**"

"사, 살의에 찬 시선……."

"당연하잖아. **당신을 한시라도 빨리 죽이려고** 눈썹 휘날리며 뛰어왔다고."

"으으, 그, 그, 그게 말이야! 정기 시험의 준비가 안 끝나서, 일러스트를 그릴 짬이 없었어~!"

"『마이허니』를 본방 사수한 것 같던데 말이야."

"일과 취미생활은 별개란 말이야!!"

"위성 방송 안테나를 박살 내면 마감을 지켜주려나요."

"아, 악마~!! 그것만은 안 돼! 나한테서 애니를 뺏었다간 진짜로 죽어버린단 말이야!"

"뭐, 그렇게까지는 안 할게요. ……다른 녀석들은 상상도 못하겠죠."

카게이시 스미레. 펜네임, 무라사키 시키부 선생님.

절대 왕정을 펼치며, 매일같이 사회란 어떤 것인가에 관해

정론을 늘어놓는 《맹독의 여왕》이 바로, 평생 마감을 단 한 번도 지켜본 적이 없는 일러스트레이터인 것이다.

참고로 학생지도실에 놓인 고문 도구들은 학교에서 몰래 작업을 하기 위해 스미레가 가지고 온 작화 자료이며, 정교하게 만들어진 복제품이다.

"『시간도 제대로 못 지키는 돼지는 짐을 싸서 즉시 사라져』."

"으윽……."

"『사람은 태어나는 그 순간부터 돼지야. 사회의 룰을 지켜야 비로소 원숭이 레벨이지. 너희는 대체 언제나 인간이 될래?』."

"으으윽……."

"『약속을 지킨다, 스스로에게 엄격해라, 에러가 발생하면 즉시 윗사람에게 보고한다, 그걸 못하는 인간 따위는 쓰레기 이하지』."

"죄송해요, 잘못했어요, 그 여왕 캐릭터는 역할 연기예요, 교사로서 남 위에 서는 게 기분 좋아서 거들먹거리고 있는 게 아니라고요오오오오오오!!"

체면 따위는 다 내팽개친 건지, 눈물과 콧물을 펑펑 흘리며 용서를 비는 《맹독의 여왕》님.

아~, 확 사진을 찍어서 우리 반 그룹 채팅방에 올리고 싶어.

……뭐, 나는 그 그룹 채팅방에 초대받지 못했지만 말이야.

이 냉철 여교사, 아니, 엉터리 여교사는 내가 친구가 적다는 사실에 고마워해야 할 것이다.

"용케 그런 뻔뻔한 대사를 늘어놓네요."

"어쩔 수 없잖아! 교사로서 위엄을 지켜야 한단 말이야! 한번 얕보이면 리얼충과 양아치들이 기어오르면서 그대로 학급 붕괴로 이어지거든?!"

"요즘은 그런 과격파 학생은 흔치 않을 것 같은데요. 어디서 얻은 정보예요?"

"교사가 주인공인 만화에서는 항상 그런 식으로 그려져!"

"그야 그렇겠죠."

그렇게 문제 있는 학급이니 드라마가 만들어지는 것이다.

그리고 교사라면 교육의 참고 문헌으로 만화를 언급하지 말라고.

"하아…… 교육 방침 자체에는 일리 있긴 한데……."

교과서에 적혀 있는 내용을 그저 칠판에 쓰기만 할 뿐인 교사는 필요 없다. 책 안의 내용은 수업을 시작하기 전에 읽어두면 되는 것이다. 그 의견에는 나도 얼추 찬성한다.

그렇게 자율적으로 공부를 하면서 교사라는 자원을 잘 이용한다면, 최대한의 학습 효율을 끌어낼 수 있다.

교육 방침 자체는 매우 타당하며, 정론이라 할 수 있다. 초특대 부메랑이 당사자의 머리로 되돌아와 꽂힌다는 점에만 눈을 감는다면 말이다.

"뭐, 됐어……. 그런데, 일러스트는 얼마나 완성됐죠? 진척 상황 공유만이라도 해주세요."

"아, 그게 말이야. 일단……."

태블릿PC를 꺼내든 스미레가 귀여운 척 하면서—.

"……이만큼, 그렸어……♪"

—새하얀 화면을 보여주더니, 그렇게 말했다.

"좋아. 저 소 안에 들어가."

"싫어어어어어어어어!! 팔라리스는 안 돼애애애애!!"

"뭐가 『이만큼』이야! 러프 단계에서 선 하나도 긋지 않았잖아! 장난치냐?!"

"그게에에에에에에에에, 슬럼프라서 어쩔 수 없어어어어어!!"

"그럼 일찍 이야기해. 돌이킬 수 없는 지경에 이르기 전에 말이야."

"에이~, 슬럼프라고 이야기하면 내 멋진 이미지가 박살 나지 않겠어?"

"어디에 멋진 이미지라는 게 있는데? 아앙?"

"아야야야얏! 잘못했어, 그만해, 어깨 결림에 효과적인 혈을 절묘하게 누르지 마! 흐에에에엥, 나 죽어어어어어!!"

난폭한 손놀림으로 민감한 부위를 자극해주자, 스미레는 절규 섞인 신음을 흘리며 무너졌다.

무참할 정도로 맛이 간 얼굴을 한 채 바닥에 널브러진 스미레는 경련이 일어난 것처럼 허리를 떨고 있었다.

참고로 내가 누른 곳은 견정(堅定)이란 혈이다. 내 경험에 따르면 이 혈은 꽤 효과적이다. 효율적인 건강법을 탐구하는 과정에서, 나는 온몸의 혈이란 혈은 전부 조사했다.

"정말……. 학생들이 그렇게 무서워하는 여교사가 이렇게 문제아라니……."

"하앙…… 끄, 끄런 쏘리, 해빠짜……."

"뭐, 우리가 어떻게 만났는지는 생각해보면, 멀쩡한 사람일 리가 없긴 하지만—."

다리가 완전히 풀린 여교사를 내려다보며 떠올렸다.

*

작년 여름 방학—.

최근 몇 년을 통틀어 가장 덥다고 일기 예보에서 말한 날.

나는 하필이면 오늘인 거냐고 투덜대면서 유리카모메 전철을 탄 후, 국제전시장으로 향했다.

오랜 역사를 자랑하는 오타쿠의 축제, 다양한 재능이 교차하는 이벤트— 여름 코믹마켓에 참가하기 위해서 말이다.

목적은 바로 일러스트레이터 발굴이다.

이미 게임의 기초 뼈대는 오즈와 함께 짰고, 이제 시나리오와 일러스트를 실어서 살점을 붙이는 단계다.

솔직히 말해 프로와 세미 프로가 우글대는 이 행사장에서 고등학생이 스카우트 활동을 한다는 건 무모하기 그지없다.

그것은 처음부터 알고 있었다. 그래서 장난이나 놀림이라 여기며 제대로 응대해주지 않더라도, 나는 꿋꿋이 부스를 하나하나 살피면서 괜찮다 싶은 일러스트를 그린 이에게 명함을 건네며 오퍼를 넣었다.

첫째 날과 둘째 날에는 결국 일러스트레이터를 영입 못 했지만, 포기하지 않고 셋째 날에도 참가했으며—.

78명째의 일러스트레이터가 쓴웃음을 지으며 거절을 한 후, 그 운명적인 만남이 찾아왔다.

그것은 유명 소년 만화 작품을 원작으로 한 2차 창작 동인지가 줄지어 있는 부스였다.

앳된 소년이 풍만한 육체를 지닌 도발적인 눈매의 누님에게 농락당하는 표지가 줄지어 있었었고, 남자인 나도 가슴이 두근거리게 만들 만큼 색기 넘치는 소년의 묘사, 명백하게 『진짜』만이 자아낼 수 있는 페티시즘이 가득 담긴 누님쇼타 세계관을 접한 나는 직감했다.

—이 사람은, 엄청난 실력자다.

게다가 이 자리에서 서클명과 일러스트레이터 이름을 검색해봤지만, 나오는 건 동인 서클의 공식 홈페이지뿐이었으며, 판매 사이트와 상업 실적에 관련된 정보는 나오지 않았다.

아무래도 동인지 즉매회에만 참가하고 전문점 위탁 판매도 않기에, 상업계에서 완전히 노 마크라는 사실을 안 나는 흥분했다.

이렇게 레벨이 높은 사람이 완전 프리?! 맙소사, 동인계는 진짜 재능의 보고(寶庫)네.

"저기, 실례합니다. 이 책을 그린 분 계신가요?"

무심결에 말투가 빨라진 내가 동인지를 판매하고 있는 이에게 그렇게 물었다. 아르바이트 중인 코스플레이어인지 지인인지는 모르겠지만, 이 판매원은 난처한 표정을 지으며 뒤를 힐끔 쳐다보았다.

"아, 저기, 손님이야. 으음……."

판매원이 머뭇거리면서 말을 걸자, 부스 안에 있던 인물은—.

"출판사 편집자? 으음~, 관심을 가져줘서 고맙기는 한데, 나는 상업에는—."

—거절의 의사를 밝히면서 뒤를 돌아보더니, 내 얼굴을 보자마자 그대로 석화되고 말았다.

……이때는 나도 솔직히 놀랐다.

설마 학교에서 두려움의 대상이 되던 수학 교사가, 중학생 남자×여교사 에로 동인지를 그린 사람이었던 것이다.

*

"상업 경험이 전무할 만했죠. 공무원은 부업이 절대 금지니까요. 엄밀히 말하자면, 유료로 동인지를 배포하는 것도 거의 간당간당한 짓이고요."

"어, 어쩔 수 없잖아. 무료 배포를 하면, 동인지의 시장 가치가 하락할지도 모르니까…… 나 나름의, 이벤트에 대한 리스펙트란 말이야."

"그 마음가짐은 멋지네요."

은근슬쩍 한 그 말에는 엄청난 자신감이 어려 있었다. 자신의 그림은 무료로 배포되어도 될 레벨이 아니라고 진심으로 생각하는 것 같았다. 그리고 그 자기 분석은 정확하다 할 수 있다.

카게이시 스미레, 펜네임 무라사키 시키부 선생님의 누님쇼타 동인지는 상상을 초월하는 퀄리티였다.

에로 만화 잡지에서도 표지를 장식하고 남을 레벨일 것이다.

왜 이런 인재가 전업 일러스트레이터가 아니라, 고등학교 수학 교사라는 일반인 중의 일반인의 세계에 섞여 있는 걸까.

"뭐, 그래도 나로서는 최고의 만남이었어. 언제든 원고를 뜯어낼 수 있는 하이 레벨 일러스트레이터를 확보했으니 말이야."

"으으…… 이 악마…… 교사를 협박하다니, 믿기지 않아……."

"약점을 드러낸 쪽의 잘못 아냐? 쇼타콤 여교사님?"

"끄응……."

"부업의 범주에 들어가지 않도록 세심하게 주의를 기울였으니, 그걸 가지고 비난하는 건 좀 어렵겠지. 하지만 그 장르로 활동한 순간, 운이 다한 거야."

본업, 여교사.

숨겨진 얼굴은, 누님쇼타 작가.

게다가 대부분의 동인지가 여교사가 귀여운 외모를 지닌 학생을 유혹하는 내용이었다.

학생의 나이는 초등학생에서 고등학생까지 폭넓었지만, 그래봤자 전부 문제가 된다는 점에는 변함이 없다.

"게다가 같은 맨션의 같은 층에 살고 있을 줄은 몰랐어."

"나도 깜짝 놀랐거든?! 학교뿐만 아니라 집에서도 도망칠 수가 없잖아!!"

그렇다. 우리의 팀명인 《5층 동맹》은 대부분의 멤버가 같은 맨션의 5층에 살고 있었다는 우연에서 비롯된 이름이다.

참고로 시나리오 담당인 마키가이 나마코 선생님만은 꽤 먼 곳에서 사는 것 같았다. 5층에 빈집이 하나 있어서 이사를 권해볼까도 생각했지만, 관뒀다. 프로 작가 선생님께 우리 쪽에서 시나리오를 요청한 것만으로도 황송한데, 근처로 이사를 오라는 말은 입이 찢어져도 할 수가 없다.

고독만이 명작을 만들어낸다, 는 말이 있다. 그 독특하면서도 재미있는 텍스트와 시나리오를 납품해주고 있는 점을 고려해볼 때, 이렇게 떨어져 지내는 것에도 의미가 있을 거라는 생각이 들었다.

뭐, 《5층 동맹》이란 이름의 유래 같은 건 이제 와서는 아무래도 상관없다.

"자아, 그럼 하던 이야기를 계속해볼까."

나는 마음을 다잡기 위해 의자에 앉은 채로 발을 꼰 후, 무릎을 꿇고 있는 스미레를 내려다보며…….

"학교 측에 들통나기 싫다면, 알고 있지?"

교섭, 재개.

"일러스트를…… 완성할게요……."

스미레는 넙죽 엎드리며 기어들어가는 목소리로 말했다.

그러나 곧 고개를 벌떡 들더니…….

"하지만, 슬럼프라는 건 진짜야! 일러스트는 꼭 완성할 테니까, 그 대신 내 모티베이션 상승에 협력해줘!"

"모티베이션 관리도 프로듀서의 업무지. 그림만 문제없이 납품해준다면, 뭐든 할게."

"—방금 뭐든 다 한다고 말했지?"

"할 수 있는 일이라면 말이야. 참고로, 마감 연장은 안 돼."

"그런 거창한 건 바라지도 않아. 아키테루 님의 몸만 있으면 할 수 있는 일이야."

후후, 하고 매력적인 미소를 머금으며…….

스미레는 이렇게 말했다.

"일단 바지 벗고 『거O기』를 보여줘."

………………….

………….

"……여보세요? 경찰서죠?"

“아아아아아아아아아안돼애애애애애애애애애애애애, 경찰 안 돼애애애애애애애애애애애!! 징계 면직 시러어어어어어, 월급 받고 시퍼어어어어!!”

“시끄러워, 망할 음란 교사! 너, 방금 뭐랬어? 태연한 목소리로 뭐라고 지껄였냐고!”

“그치만, 그치만, 그치만!! 이번에는 내 취향이 전혀 아닌 남캐를 그려야 하거든?! 쇼타라면 망상에 따라 무한히 그릴 수 있지만, 이딴 건 자료가 없으면 못 그린단 말이야!!”

사상 최악의 어리광쟁이다. 이딴 대사는 태어나서 처음 듣는다.

“그렇다고 왜 대뜸 거○기를 보여달라는 건데? 그런 부분까지 꼭 볼 필요는 없잖아.”

“나는 나체를 이미지해야 그림을 그릴 수 있어. 알몸이 어떻게 되어있느냐에 따라, 옷을 입었을 때의 실루엣도 달라지잖아.”

“뭐, 그건 그렇지.”

“대략적인 이미지만으로 잘 그리는 사람도 있을지도 모르지만……. 나는 이 부분을 소홀히 하면 눈에 띄게 퀄리티가 떨어져. 그러니 타협하고 싶지 않아.”

스미레는 갑자기 진지한 톤으로 그렇게 말했다.

뭐…… 언동에 문제가 많기는 하지만, 그림에 대한 그녀의 집착은 진짜배기다.

그러니 그 의지를 존중해주고 싶지만—.

"이유의 95%는 이해했어. 남은 5%의 본심은 뭐야?"

"현역 남고딩의 훌륭한 거○기 님을 배알할 찬스를 잡았다?"

"여보세요? 경찰—."

"거짓말! 거짓말이야! 여교사 조크거든?!"

"그딴 조크가 어디 있어."

연이은 밤샘 탓에 멘탈이 꽤 박살이 난 것 같았다.

요즘 여교사 모드 때에 독설 및 매도가 장난 아닌 것도 그 탓이리라.

"하아…… 일단, 자자."

"미안해. 나, 열다섯 살 이상의 남자는 사양이야."

"동침하자는 게 아니거든?"

그리고 딱 잘라서 거부하지 말라고. 아무리 상대가 안중에도 없는 여자라도, 그딴 소리 들으면 상처 입는단 말이다.

가시가 꽂힌 것처럼 따끔거리는 가슴을 움켜쥐며 말을 이었다.

"푹 자서 머리를 회복시키라는 말이야. 슬럼프라 초조해진 나머지, 요즘 거의 못 잤지?"

"……으, 기분 나빠."

"야, 시비 거는 거냐?"

"아, 아냐! 험담한 게 아니거든?! 무심코 입에서 튀어나왔을 뿐이야!"

"그걸 변명이라고 하는 거야?"

"그, 그러니까, 내 머릿속을 완전히 읽고 있는 것 같다고나 할까. 그런 유형의 기분 나쁨이야."

"뭐, 1년 가까이 거의 매일 이야기를 나누고 있잖아."

"그렇다고 이렇게 정확하게 맞추다니……. 맞아. 요즘 거의 못 잤어."

스미레는 볼에 손을 대며 한숨을 내쉬었다.

저렇게 권태로운 표정을 짓고 있을 때는 어른스러운 미인 누님인데 말이다. 인생의 득실을 생각하면 항상 저러고 다니는 편이 유리할 것이다.

"아무튼 눈 좀 붙여. 한숨 자고 탄수화물 섭취해서, 머리에 피가 돌기 시작하면 그때부터 그려. 마감은 한나절 연장해줄 테니 말이야."

"응. 고마워."

"그럼 나는 가볼게."

이곳에 오래 있을 수는 없다. 같은 반 애들이 이상한 소문을 퍼뜨리면 성가실 테니 말이다.

옥좌 같은 처형 의자에서 몸을 일으킨 후, 가볍게 손을 흔들면서 학생지도실을 나서려 했다.

그런 내 등을 향해—.

"—아, 잠깐만 있어 봐. 할 이야기가 하나 더 있어."

"하나 더? 마감 말고도 무릎 꿇고 싹싹 빌만한 짓거리를—."

"아냐! 조금은 나를 신용해주면 안 돼?!"

"『신용』 같은 소리를 늘어놓을 자격이 너한테 있다고 생각해? ……그래서, 무슨 일이야?"

"츠키노모리 마시로 양에 관한 거야."

"……그거 말이구나."

"응. 이건 《5층 동맹》의 일러스트레이터로서가 아니라, 한 사람의 교사로서 묻는 거야. **오오보시 군**이 그 애의 남친이라는 건—."

"그건 거짓말이야."

"역시 그랬구나."

내가 딱 잘라 부정하자, 스미레는 바로 납득했다.

나에게 여친이 생긴 것을 눈곱만큼도 믿지 않는 것을 보면, 동맹 멤버들은 하나같이 너무한 녀석들이다.

"**예의 이야기**를 츠키노모리 사장님에게 했더니, 교환 조건을 제시하더라고."

"아…… 역시 그랬구나."

스미레는 이해했다는 듯이 고개를 끄덕였다.

그리고 곧 고개를 푹 숙였다.

"미안해. 우리 탓에…… 고생하게 된 거네."

"WIN-WIN이니까, 사과할 필요도, 고마워할 필요도 없어. 동맹 멤버는 절대 버리지 않을 거야. 허니플레 건은 나와 오즈와 네가 원하는 길로 나아가기 위한 최선의 답이야.

너는 어른이지만 직업 탓에 움직일 수 없으니, 내가 나서는 게 당연하지 않겠어?"

"그건, 그렇지만……."

"나는 낭비가 가장 싫어. 특히 재능의 낭비를 질색해. 되고 싶지도 않은데 될 수밖에 없었던, 고등학교 교사라는 굴레에서 너를 탈출시켜주겠어. ……그걸 위해서라면 그 어떤 무모한 짓도 다 할 거야."

"…………."

하고 싶은 말이 있지만 말할 수가 없는, 그런 복잡한 표정을 지은 스미레가 고개를 숙였다.

—뭐, 나도 일부러 들춰낼 생각은 없다.

정면에서 마주하지 않고, 못 본 척을 하며 현재를 즐겁게 살아간다. 그러면 된다.

그러면, 된다.

"그 애의 처우에 대해, 학교 측에서 직접적으로 명령을 내렸어. 오오보시 군의 옆에 앉힐 것, 문제아가 다가가지 못하게 할 것, 그 외에도 주의사항이 있긴 한데…… 그중에서 신경 쓰이는 게 있어."

"전학 오기 전에 등교 거부를 했다는 것 말이지."

"……알고 있었구나. 이유도 알아?"

"아냐. 이유까지는 묻지 않았어. 괜히 캐물을 일도 아니잖아."

"일단 들어둬."

스미레는 나를 향해 얼굴을 살며시 내밀더니, 목소리를 낮추며 말했다.

"그 애— 집단 괴롭힘을 당했던 것 같아."

알고 있다.

등교 거부를 할 이유는 여러 가지가 있겠지만, 그래도 선택지 자체는 한정된다.

집단 괴롭힘이 원인일 거라는 생각은 가장 먼저 떠올랐다.

"비밀로 해뒀던 일을 클래스메이트에게 들켜서, 놀림감이 됐던 것 같아."

"비밀?"

"구체적인 내용은 담임인 나한테도 가르쳐주지 않았어."

"뭐, 부모의 심정을 생각하면 당연하겠지."

삼촌이 나에게 가짜 남친이 되라고 한 이유를 왠지 알 것 같았다.

교실에 아군이 한 명도 없는 상황을 만들고 싶지 않은 것이다.

누구라도 한 명, 그것도 남자를 방패로 삼을 수 있다면 괜히 조롱거리가 될 가능성이 매우 낮아진다.

"그러니 나도 부탁할게. 츠키노모리 양을, 신경 써줬으면 해. 앞으로는 즐겁게 학교에 다닐 수 있도록 말이야."

"……알았어."

"후후, 고마워. 역시 오오보시 군은 오지랖이 넓다니깐."

"그건 칭찬이 아니잖아."

"칭찬 맞아. 왜냐하면 나도, 오즈마 군도, 네 덕분에 지금처럼 지낼 수 있는걸."

"……이러다 점심 먹을 시간이 없겠네. 이만 가볼게."

"후후, 부끄러워하기는."

여유를 되찾은 여교사의 표정으로 돌아온 스미레의 웃음소리가 등 뒤에서 들렸다.

정말, 조금만 물러터진 모습을 보이면 이렇게 기어오른다니깐.

좋은 분위기 속에서 퇴실하는 게 스마트하겠지만, 나는 뒤를 돌아보며 쓴웃음을 지었다.

"그렇게 추켜세워봤자, 마감은 안 늘려줄 거야."

"쳇."

야, 인마.

*

『스미레 선생님은 엄청 위험한 사람이지만, 보기보다 성실하게 학생들을 잘 챙겨줘. 수학 수업 때도 엄격한 소리를 하는 것 같지만, 의외로 합리적이거든. 이과 계통으로 명석한

두뇌를 지닌 건지, 나의 마니악한 대화에도 이해를 표시한다니깐.』

『침이 마르도록 칭찬하네. 그럼 오즈가 그 사람의 남친이 되어서, 두들겨 패서라도 일러스트를 완성하게 만들어.』

『아, 평범한 감성을 지닌 나는 그런 모난 짓은 무리야. 그런 건 아키한테 맡길게.』

『……나도 지극히 평범한 고등학생이라고.』

『에이, 농담하지 마. 하하하.』

『무미건조한 웃음 흘리지 마앗!』

005 제5화 …… 친구 여동생이 나한테만 찌찌하다

학교에 울려 퍼지는 벨 소리가 수업 종료를 알렸다.

재미없는 학교에서 해방되었다는 기쁨을 온몸으로 표현하며 앞다퉈 귀가하는 이, 부활동에 힘쓰려고 의기양양하게 어깨를 돌리는 이, 과제가 안 끝나서 교실에 남아 공부를 하게 된 이를 쳐다보며 하교 준비를 하던 와중, 문뜩 옆을 쳐다보니 백설공주가 멀뚱멀뚱 자리에 앉아있었다.

—말이라도 걸어볼까. 삼촌과 담임에게 부탁을 받았으니, 챙겨줘야겠지.

말을 걸자마자 독설을 듣고 즉시 대화 종료, 라는 미래가 눈앞에 어른거리지만 말이다.

"어이—."

"남친이라도 된 것처럼 굴지 말아줄래?"

말을 끝까지 잇기도 전에 대화를 거부당했다.

저기, 미사로 양? 가짜 커플을 연기할 마음이 있긴 한 겁니까?

"오오, 저게 전통 예능, 요즘 멸종 위기종이라는 츤데레구나."

"남들 앞에서 애정행각을 벌이는 걸 싫어하나 보네. 조신한 요조숙녀, 멋져~."

“저 매몰찬 태도를 보니, 커플이 아니라 거의 부부나 다름없네.”

교실에 남아 있던 클래스메이트들(남녀 불문)의 정답과 거리가 먼 감상이 들려왔다.

어이, 너희들. 현실을 똑바로 봐. 딱 봐도 우리는 상성이 최악이잖아.

만약 나와 마시로가 교실에서 주먹다짐을 벌이더라도, 다들 훈훈한 눈길로 관전할 것 같았다.

그리고, 자신이 주목받고 있다는 것을 눈치챈 마시로는…….

“저, 저기…… 쳐다보지, 마……세요…….”

부끄럽다는 듯이 볼을 붉히더니, 껍데기 속에 틀어박힌 소라게처럼 목을 움크렸다.

허둥지둥 짐을 싸더니, 도망치듯 교실을 나서는 마시로의 뒷모습을 응시한 후, 나는 몸에서 힘을 쭉 빼며 중얼거렸다.

“……다른 사람 대할 때는 태도가 완전 딴판이네…….”

“아하하. 나쁜 애는 아닌 것 같아.”

내 옆으로 온 오즈가 쓴웃음을 지었다.

“연인까지는 아니더라도, 친구라고 할 만큼은 가까워져야겠는걸. 이래서야 돌봐줄 수도 없잖아.”

겉모습뿐만 아니라 성격도 미남이며 주인공 속성을 지닌 오즈라면 잘 지낼 수 있을 것도 같았다.

하지만 내가 가짜 남친 역할을 맡은 만큼, 그것은 위험하다.

오즈와 가까워진 마시로가 그에게 진짜로 반하기라도 했다간, 삼촌의 민감 그 자체인 역린을 독 묻은 손으로 만지는 것이나 다름없다.

취직 건이 물 건너가는 것은 물론이고, 친척들에게 왕따 당하면서 고립무원 상태가 될 것이다.

"저 언짢은 공주님과 친해질 좋은 방법 없을까?"

"으음, 글쎄. 저 정도로 호감도가 마이너스 상태라면 쉽지 않겠네."

역시 호감도 맥스에서 시작하는 남자는 입에서 나오는 말도 남들과 달랐다.

"지금 이대로도 딱히 곤란할 건 없긴 한데—."

이대로 바늘방석에 앉은 듯한 학교생활을 하는 것은 피하고 싶다.

아마 마시로에게도 좋지는 않을 것이다.

"……뭐, 앞으로 해결해야 할 과제겠네. 일단 오늘은 돌아가자. 오즈도 하교할 거지?"

"아, 미안해. 회장님에게 부탁을 받았어."

"회장님? ……아, 그 미인 학생회장 말이구나. 네가 참 마음에 들었나 보네."

"잡일꾼 취급을 당하는 것뿐이야. 나는 심약한 편이잖아."

"그래? 중학생 때는 그랬을지도 모르지만……."

"아무튼, 그렇게 됐으니까 오늘은 같이 하교할 수 없어.

미안해."

"뭐, 어쩔 수 없지. 힘내라고."

미인 학생회장 루트의 공략을 말이다.

"응. 탄원서의 정리정돈, 힘낼게."

—으음, 이 둔감 계열 주인공.

그럼 바이바이, 하고 상큼한 목소리로 말하며 손을 흔드는 오즈의 등이 멀어져가는 모습을, 나는 내심 어이없어하며 지켜보았다.

결국, 나와 같이 하교할 사람은 없는 건가.

뭐, 됐다. 앱스토어의 랭킹이라도 살피며 천천히 돌아가자.

그런 생각을 하며 신발장에 와서 실내화를 갈아신었을 때였다.

"—크억?!"

"누구~게♪"

뒤편에서 다가온 누군가와 몸이 부딪쳤다. 아니, 상대가 누구인지는 안다. 이런 묻지마 범죄 같은 돌격을 감행할 지인은 내가 아는 한 딱 한 명뿐이다.

"고막에 닿기만 해도 불쾌해지는 이 목소리로 볼 때, 이로하가 틀림없어."

"에이, 괜한 수식어 붙이기는~!"

방울이 굴러가는 듯한 웃음소리가 들렸다. 참고로 방울

을 예로 든 건, 안이 텅 비어 있기 때문이다.

등에 찰싹 달라붙은 이로하의 높은 체온, 그리고 향수를 뿌린 것도 아닌데 코끝을 스치는 달콤한 향기에 괜히 가슴이 뛰는 것을 자각한 나는 억지로 마음을 진정시키며 말했다.

“무슨 일이야? 그리고 떨어져.”

“방과 후 외톨이라 불쌍~한 선배를, 귀여운 후배가 위로 해줄까 해서요♪”

“괜한 참견이야. 그리고 떨어지라고 했지?”

“흐음, 진짜로 떨어져도 괜찮겠어요?”

“……하고 싶은 말이 뭐야?”

이로하의 말에 담긴 『숨겨진 무언가』를 느낀 내가 물었다.

이로하는 잘 물어봤다는 듯이, 빙그레 웃으며 내 귓가에 속삭였다.

“눈치 못챘어요? 등에서 느껴지는, 말랑말랑, 탱글탱글 한…… 감, 촉♪”

“흥. 어차피 가슴이 닿아 있을…… 뿐……?!”

“아핫☆ 눈치챘나 보네요, 선~배♪”

내 표정이 굳어진 것을 재빠르게 눈치챈 이로하는 간드러진 어조로 그렇게 말하며 더욱 기어올랐다.

젠장. 맙소사. 어떻게, 이런 일이 있을 수 있냐고.

여성의 몸에 관한 견식은 부족하지만, 소문 자체는 자주 들었다.

유연한 곡선을 그리는 가슴이란 2차원의 산물은 현실에는 존재하지 않으며, 브래지어에 감싸인 가슴을 옷 너머로 만지면 딱딱함, 즉 인공물의 무자비함만을 느끼게 된다.

그래서 부드러운 감촉을 느낄 수 없다는 설이 있는 것이다.

예외가 있다면, 그것은 브래지어를 착용하지 않았을 때다. 혹은 그 이상의—.

"선배. 실은 저— 속옷을 입는 걸 깜빡했어요. 게다가 교복 셔츠 앞부분을 활짝 벌린 상태예요."

"거, 거짓말하지 마. 속을 것 같아? 애초에, 어떻게 하면 그런 꼴이 되는 거냐고."

나는 말라비틀어진 목으로, 겨우겨우 그렇게 말했다.

이로하가 등 뒤에서 나를 안고 있기에, 그녀가 한 말의 진위를 확인할 방법은 없다.

"또 가슴이 성장했다고나 할까요~. 셔츠가 너무 갑갑해서요~. 자세를 바꾸려고 했더니 토옥~! 하면서 단추가 떨어지지 뭐예요☆"

"뭐, 설마……."

"YES! 선배가 저를 돌아본 순간, 성인물급 방송사고!! 예이~!!"

이 녀석, 당치도 않은 소리를 즐거워 죽겠다는 듯이 늘어놓고 있어.

"어이, 헛소리 그만해."

"아하하하! 진짜예요~. 부끄러워서 떨어질 수가 없다고요~. 꺄아~."

"어조가 교과서 읽는 것 같거든?"

젠장. 이로하 녀석, 내가 여친이 있으면 곤란해진다는 것을 안 후로 행동이 더욱 악랄해지고 있어.

진짜, 왜 이렇게까지 나를 괴롭히는 거냐고.

—그래도, 진짜로 맨가슴을 내 등에 대고 있지는 않겠지?

이건 어디까지나 이로하의 허풍이다. 그냥 돌아보더라도 문제 될 것은 없다.

………………….

…………….

……하지만, 만일의 사태가 벌어졌다면 어쩌지?

가슴이 성장해서 셔츠의 단추가 떨어졌다는 건 거짓말 같다.

하지만 거짓말이라고 단정 짓고 행동했다간, 지나가던 학생들이 이로하의 훤히 드러난 가슴을 보게 될지도 모른다. 솔직히 말해, 이 짜증나는 여자가 어떻게 되든 내가 알 바 아니지만…….

그래도 내 절친의 여동생이다. 이 녀석의 평판이 나빠져서 오즈가 슬퍼하는 상황만큼은 좌시할 수 없다.

하지만 이대로 몸을 밀착시킨 채로 멀뚱멀뚱 서 있는 것도 피하고 싶다.

대외적으로는 마시로와 사귀는 것으로 되어있는데, 교복

앞섶을 벌린 후배 여자애와 몸을 밀착시키고 있다간 내 평판이 나빠질 것이다. 최악의 경우, 그 정보가 삼촌의 귀에 들어가서 말짱 꽝이 될지도 모른다.

그것만은 피해야 한다.

"훗훗훗, 사면초가! 란 거네요~! 항복하면 순순히 떨어져 줄 수도—."

"후회하지나 마."

"—어?"

"네 체면을 지키면서, 나도 무사히 생존한다. 그 정도는 식은 죽 먹기라고!!"

"어, 아, 자, 잠깐, 꺄앗?!"

덥썩!

자세를 약간 낮추며 이로하의 무릎 뒤편에 팔을 둘러서 꽉 잡았다. 그리고 힘차게 일어섰다.

내 목을 끌어안듯 팔을 두르며 나에게 체중을 맡긴 이로하는 그대로 꼭 들러붙었고…….

어엿한 『어부바』 자세가 완성됐다.

"서, 선배, 이건 너무 부끄럽거든요?! 내려줘, 내려줘, 내려달라고요~~!!!"

"가슴을 훤히 드러내는 것보다는 낫잖아. 아니면 뭐야? 『그건 거짓말이었어요』 하고 실토하며 항복할래?"

"윽……! 이, 이익……!"

?!
?!
© tomari

신음을 흘리며 분통을 터뜨리고 있는 이로하의 얼굴을, 나는 직접 보고 있는 것처럼 상상할 수 있었다.

이로하는 갈등을 하듯 잠시 뜸을 들인 후…….

"이, 이래도 괜찮겠어요~? 남들이 봤다간 러브러브 커플 지정 확정이거든요?"

"문제없어."

"어, 꺄앗?!"

나는 이로하를 업은 채로 출입구로 나선 후, 그대로 정원수 뒤편으로 향했다.

그리고 주저 없이 발걸음을 옮겼다.

"자, 잠깐, 망설임 제로예요?! 진심이냐고요! 어이~! 이 자신감 넘치는 행군은 대체 뭐죠?!"

"남들 눈에 띄지 않는 루트로 돌아가려는 것뿐이야. 적당한 길이 있거든."

"예엣?! 그런 것도 파악하고 있어요?!"

"무슨 소리야? 파악해두는 게 당연하잖아. 나는 효율을 중시하는 남자라고."

최고 효율의 루트를 찾기 위해 모든 루트를 살펴보는 건, RTA(리얼 타임 어택)[#2]에서 기초 중의 기초다.

집에서 학교, 아니, 학교 교실까지의 온갖 루트가 내 머릿

#2 리얼 타임 어택 게임 스타트에서 클리어까지 걸리는 현실 시간 줄이는 것을 목표로 하는 플레이 스타일의 일종.

속에 들어있다.

그중에서 방과 후 시간대, 인적이 적어 목격될 위험이 적은 길을 고르면 된다.

"전부터 생각했던 건데, 선배는 절대 평범한 고등학생이 아니거든요?"

"아니, 평범해."

"거짓말~! 이딴 고등학생은 없쨔아아아아아아아아?!"

"남들 눈에 띄고 싶지 않다면 목소리 낮춰, 바보야. 떨어지지 않게 꼭 잡고 있으라고."

기습적인 맹렬한 가속으로, 괜한 반론을 늘어놓는 이로하의 입을 틀어막았다.

이로하의 몸은 놀라울 정도로 가벼웠다.

평소 그렇게 먹어대고 퍼질러 자기만 하면서, 이렇게 군살하나 없는 몸매와 몸무게를 유지하고 있는 게 용했다.

뇌의 무게와 체중은 비례한다는 가설에 따라 연구를 진행한다면, 뜻밖의 상관관계를 찾을 수 있을지도 모르겠는걸. ……아니, 없으려나.

"~~~~~~!! ————————?!"

"응? 방금 무슨 말 했어?"

"~~~~~~~~~!! ————?!"

안 들린다.

눈에 보이는 인간의 시야 범위를 예상해 포착되지 않도록

유의하며 달리고 있는 탓에, 등 뒤에 업힌 이로하가 늘어놓는 말을 소리로 인식할 수 없었다.

나는 지금, 바람을 추월하고 있었다.

"……복…… 항복, 할게요!! 그러니까, 내려주세요!!"

그 내용을 이해한 것은 학교 뒷문을 빠져나와서 골목으로 들어선 후, 모퉁이 앞에서 속도를 늦췄을 때였다.

내 목을 끌어안고 있던 손으로 내 등을 때리며 울음 섞인 목소리로 그렇게 호소하는 이로하를, 나는 힐끔 돌아보며 말했다.

"항복하기 전에, 할 말이 있지 않아?"

"윽…… 자, 잘못했어요."

"뭘 잘못했다는 건지 모르겠는걸."

"교, 교복 단추가 떨어져서 상반신 누드 상태라는 거짓말을 해서 죄송해요……."

"거짓말을 한 것만 사과하는 거야?"

"거, 거짓말로 선배를 놀려서 정말 죄송합니다!!"

"좋아."

성의가 느껴지는 사과를 받고 만족한 나는 이로하의 무릎에서 두 팔을 뗐다.

그러자 이로하는 그대로 지면으로 낙하하며 엉덩방아를 찧었다.

"꺄앗?! 으으~, 너무해……."

"툭하면 나한테 민폐를 끼쳐댄 벌이야."

"여자애는 상냥하게 대하라고 초등학교에서 배우지 않았어요?! 이래서는 여자한테 인기 없을걸요?!"

"배운 적 없고, 인기 얻고 싶지도 않아~."

"우우……."

뒤를 돌아보니, 엉덩방아를 찧은 이로하가 불만을 표시하듯 볼을 부풀리고 있었다.

본인의 자백대로, 이로하는 단추가 멀쩡히 달린 교복 셔츠를 입고 있었다.

찌찌 그랑프리가 개최되지 않아 다행이지만, 그 대신 치맛자락이 흐트러지면서 건강미 넘치는 허벅지가 훤히 드러나 있었기에 허둥지둥 고개를 돌렸다.

—이 짜증나는 여자애는 툭하면 쓸데없이 여성미를 주장해댄다니까.

무심결에 에로스를 느낄 뻔 했다고.

"으~, 쪽팔려. 이 나이에 어부바를 당하다니~~~!! 굴욕의 극치~~~!!"

"너한테도 『수치』라는 개념이 있긴 했구나. 이거 좋은 걸 들었네."

"읏."

이로하는 당했다는 듯한 표정을 지었다. 여전히 새빨간 얼굴은 어부바의 수치심이 여전히 남아 있다는 것을 말보다 더 확연히 알려주고 있었다.

"아무렇지도 않게 몸을 밀착시키지를 않나, 에로 조크에도 전혀 당황하지를 않길래 역습의 수단이 없다고 생각했는데—."

"아, 아니, 딱히……."

"—설마『어린애 취급』이 이렇게 잘 먹힐 줄은 몰랐어. 오~, 우쭈쭈. 아빠 여기 있어요~."

"스톱~!! 울 거예요! 확 울어버릴 거라고요!"

"우리 이로하는 울보구나~."

"우갸아아아아아아아아아! 그만해애애애애애애애애애애!!"

아이를 어르는 시늉을 하며 그렇게 말하자, 이로하는 머리를 감싸 쥐며 괴로워했다.

오오, 잘 통하네.

"자식을 과보호하는 엄마한테, 고등학교 입학 때까지 갓난아기 취급을 당한 바람에 생긴 트라우마를…… 설마, 선배 따위한테 들키다니……."

"이제 두 번 다시 건방진 소리를 못 하겠네."

"으으윽…… 두, 두고 보자~. 이번에는 졌지만, 다음에는 선배를 골려주고 말 거예요!"

"얼마든지 덤벼 봐. 경향과 대책만 확립되면 너 따위는 한 방 감도 안 되거든."

말은 그렇게 했지만, 이건 대체 어떤 승부일까. 뭐, 아무래도 상관없지만 말이다.

이로하는 옷매무시를 가다듬으며 몸을 일으키더니, 불만을 드러내듯 투덜거렸다.

"아아~, 졌어. 모처럼 노브래지어로 공세를 펼쳤는데……."

"훗. 셔츠 단추가 떨어졌다는 비현실적인 허풍이 통할 거라고 방금 뭐라고 했어?"

"응? 졌어?"

"그 뒤에 말이야."

"공세를 펼쳤는데?"

"그 앞— 아니, 됐어. 들렸거든. 좀 현실도피를 하고 싶었을 뿐이야."

"어?"

고개를 갸웃거리는 이로하의 의아한 시선에서 도망치듯, 나는 초고속으로 뒤돌아섰다.

이제 와서 심장이 격렬하게 뛰기 시작했다.

—노브래지어는 진짜였던 거냐.

하긴, 그러니 그렇게 부드러웠던 거겠지.

상반신 노출은 좀 과하다고 생각했지만—.

셔츠 너머라고는 해도, 노브래지어 상태의 가슴을 내 몸에 대고 있었던 거냐.

나는 코히나타 이로하란 여자를 얕보고 있었다.

설마 나를 놀리기 위해 노브래지어 상태의 찌찌를 밀착시킬 줄이야.

……아니, 상식적으로 생각해보면 말도 안 된다. 보통은 그런 짓을 하지 않는다.

어라, 혹시 이 녀석은 내 생각 이상으로 나를…….

내가 생각했던 것보다 훨씬…….

……나를, 싫어하는 건가?

이로하가 자기 가슴을 상대의 몸에 대면서까지 놀리는 사람은 나뿐이다.

그 행동에서는 여자의 온갖 무기를 이용해서라도 골려주고 말겠다는 강철 같은 의지가 느껴졌다.

무엇이 이 녀석이 이렇게까지 하게 만드는 건지 이해가 안 되지만, 아무튼 나를 철저하게 싫어하는 것 같았다.

짜증나게 굴지만 않더라도 호의를 드러내는 거라고 판단했겠지만…… 으음.

"이로하…… 너는 정말 대단해……."

"그게 무슨 소리예요?"

이로하가 영문을 모르겠다는 듯이 고개를 갸웃거리는 가운데, 나는 감탄을 금치 못했다.

*

어부바를 끝나서 남들 시선을 신경 쓸 필요가 없어진 나와 이로하가 맨션으로 향하고 있을 때였다.

문뜩 뭔가가 생각난 나는 T자로 팔을 벌린 채 연석 위에서 걷고 있는 이로하에게 말을 걸었다.

“저기, 부탁이 하나 있어.”

“오~. 동정 선배, 뭔데요? 이 이로하 누님이 뭐든 다 들어줄게요.”

“또 갓난아기 취급을 당하고 싶나 보네.”

“으아~!! 그 이야기 좀 하지 말라고요~!!”

으음, 효과가 끝내주는걸.

이로하는 불만 섞인 표정을 지으면서도, 진지한 분위기를 눈치챈 건지 표정을 약간 굳혔다.

“……그래서, 무슨 부탁인데요?”

“나한테 짜증나게 구는 성가신 여자인 너한테 물어볼 게 있는데—.”

“아하~. 대박 무례한 서두네요.”

“—어떻게 해야 성가신 여자애와 친해질 수 있을까?”

“…………예?”

시간이 정지됐다.

무슨 말을 들은 건지 모르겠다는 것처럼 한동안 얼어붙은 후, 이로하는 입을 열었다.

"어, 저기, 선배. 좋아하는 사람이라도 생겼어요?"

목소리가 떨리고 있었다. 마치 우주인에게 습격을 당한 미국 대통령 같았다. 얼굴도 창백해졌을 정도다.

아니, 그렇게 뜻밖이라는 표정을 지을 건 없잖아. 나는 좋아하는 애가 생기면 안 되는 거냐?

뭐, 딱히 좋아하는 애가 생긴 건 아니지만 말이다.

"그런 게 아니라—."

나는 상황을 설명했다.

현재 나는 《5층 동맹》의 장래를 위해, 물밑작업을 하고 있다.

그 첫걸음으로, 츠키노모리 사장에게서 미션을 받았다.

그 때문에, 츠키노모리 마시로와 가짜 커플 행세를 하게 됐다.

마시로는 전학을 오기 전에 이런저런 일이 있었고, 스미레 선생님으로부터도 잘 챙겨달라는 부탁을 받았다.

가짜 커플이라고는 해도, 친구 사이 정도로 가까워져야 마시로가 앞으로 학교생활을 하는 데 좋을 거라는 생각이 든다.

내가 생각해도 참 엉망진창인 상황이라고 생각하며 설명을 했다.

처음에는 이로하도 「어, 그게 무슨 소리예요?」 하며 얼이 나간 표정을 지었지만, 곧 상황을 파악하더니—.

“아~, 그래요. 선배는 진짜 오지랖이 넓다니까요~.”

“세상이나 남을 위해서가 아니라, 전부 나를 위한 일이지만 말이야.”

“마시로 씨, 랬죠? 그 사람과 꼭 친구가 될 필요는 없지 않나요?”

“뭐, 그건 그래. 그래도 외톨이로 지내게 두고 싶지는 않네. 그냥 내 아집이야.”

“그게 바로 오지랖이자, 선배의 장점이기도 하지만요.”

이로하는 재미있다는 듯이 웃음을 흘렸다.

어쩌면 옛날 일이 생각난 것일지도 모른다.

“하지만 어쩌면 좋을지 모르겠어. 친해지고 싶지만, 상대방의 태도가 너무 쌀쌀맞거든.”

“첫 만남이 최악이었으니까요~. 화장실에서 볼일 보는 사람한테 돌격하면 어떻게 하냐고요~.”

“그건 나도 잘못했다고 생각해…….”

“그래요~. 반성하세요.”

말로는 저러지만, 어조에서는 비난하는 기색이 느껴지지 않았다.

이로하는 이런 녀석이다. 사람 열불 터질 정도로 짜증나게 굴기도 하지만, 결코 남을 비난하거나 진심으로 설교하지는 않는다.

이번 화장실 오폭 사건을 듣고도 그냥 웃으며 지나갔다.

표리부동하지 않으며 항상 담담한 태도로 남을 대하는 이 분위기를, 나를 싫어하지 않는다.

친구처럼 지낼 때는 이야기 나누기 참 쉬운 녀석이니, 짜증나게 굴지만 않는다면 완벽할 텐데 말이다. 역시 하늘은 완벽한 존재를 창조하지는 않는 것 같았다.

"흐음, 마음을 열지 않는 츤데레 독설 미소녀인가요. 에로게임에 나오는 전형적 캐릭터 같네요."

"어이, 에로게임 같은 말을 입에 담아도 되는 거야? 너는 현역 여고생이잖아."

"괜찮아요. 요즘은 전연령판 에로게임도 유통되고 있거든요. 에로게임 전개, 같은 단어에 직접적인 19금의 의미는 담겨 있지 않다고요."

"밈 오염은 무시무시하네……."

"문명의 진보는 참 위대하다, 고나 할까요~☆"

까하, 하고 이로하는 즐겁게 웃더니…….

"—뭐, 이 일은 저한테 맡겨줘요."

툭, 출렁, 하고 브래지어를 안 한 가슴을 두드리며 말했다.

"여자 마음을 모르는 선배를 대신해, 마시로 씨 공략법을 화끈하게 가르쳐줄게요☆"

*

『찌찌가 등에 닿았다며? 확 산산조각이 나버리는 게 어때?』

『오, 오해하지 마, 오즈. 내가 네 동생한테 이상한 짓을 한 게 아니라…….』

『아, 그건 괜찮아. 동생의 인생은 동생의 것이고, 나는 시스콤이 아니거든.』

『그, 그럼 너한테서 뿜어지는 거무튀튀한 아우라의 정체는 뭐야?』

『아, 찌찌 감촉까지 즐긴 녀석이 인기 없는 남자 어필을 하는 게 솔직히 좀 그렇거든. 이 리얼충, 폭발해버려, 라는 대중의 원념을 대변할까 해.』

『너는 대체 누구의 마음을 대변하는 거야…….』

006 제6화 …… 삼촌의 딸이 나한테만 짜증나게 군다

다음 날 아침부터 나는 마시로의 노예(서번트)가 됐다.

애완견이 착용하는 줄 달린 개목걸이를 장비하고 아침에 교문 옆에서 대기하다, 등교한 마시로의 눈앞으로 미끄러지듯 나서며 짐꾼을 자처했다. 경애하는 마시로의 손을 번거롭게 하는 고얀 가방을 대신 들어서, 스트레스 받지 않는 간편 등교를 즐기게 해드렸다.

"……………………."

마시로도 나의 적극적인 봉사에 감격한 건지, 교실에 들어갈 때까지 침묵을 지켰다.

점심 식사 시간이 되면 매점으로 뛰어가서 네기토로[#3] 주먹밥을 세 개 조달했고, 그중 하나는 특제 육수를 섞은 차에 말아먹을 수 있게 준비했다. 철저한 조사를 통해, 마시로가 선호하는 음식을 파악한 것이다.

"……………………."

마시로는 너무 기쁜 나머지, 음식이 목에 걸린 것 같았다.

#3 네기토로(ネギトロ) 참치의 뼈에 붙은 살점을 긁어모아 다진 것. 김말이 초밥에 주로 쓰인다.

방과 후 벨소리가 울리자, 그녀의 자리 앞에서 무릎을 꿇으며 등을 내밀었다.

마시로 전용 인력 택시다.

“…………………….”

서번트의 철저한 헌신에 이 독설 공주도 마음이 움직인 건지, 아무 말 없이 가느다란 손을 부들부들 떨더니…….

“……이게, 정……말! 따라, 와……!”

“예, 분부에 따르겠습니다.”

내 목덜미를 잡고 질질 끌면서 복도로 향했다.

인적 없는 계단 밑 창고 앞에 도착한 순간, 나를 벽 쪽으로 몰아넣은 마시로가—.

“—정말 짜증나. 사람 괴롭히는 거야?”

불같이 화를 냈다.

말투는 얌전하지만, 그 낮은 어조에는 진정한 분노가 어려 있었다.

“그런 것 같지요~?”

“왜 남 말 하듯 이야기하는 거야? 아키, 오늘 믿기지 않을 정도로 짜증나.”

“뭐, 나도 어렴풋이 『이건 아니네』 싶기는 했어.”

"뭐? 그냥 죽지 그래?"

"마시로 양, 너무 신랄한 거 아닙니까……. 그래도 내 말 좀 들어줘."

사실 이 철저한 접대에는 다른 의도가 숨겨져 있다.

내가 노예가 되어서 짐꾼, 심부름꾼, 택시 역할을 맡는다—이것은 내 아이디어가 아니라 100% 코히나타 이로하가 프로듀스한, 츠키노모리 마시로 공략 작전이다.

상식적으로 생각해봐도, 꽤 짜증나는 짓거리라는 생각이 들었다.

하지만 어중간하게 해서는 이 작전이 효과적인지 아닌지 판단을 내릴 수 없다. 앞으로 효율적인 작전을 입안하기 위해서는 100% 다 해보며 검증을 할 필요가 있다.

……그런 생각으로 실행에 옮기기는 했지만, 중간부터 이건 아니라는 생각이 들긴 했어.

좋아하지도 않는 남자가 이런 짓을 한다면, 그건 기분 나쁜 스토커 행위에 지나지 않는다.

그리고 노예는 또 뭐냐고.

내가 교실에서 아무리 해괴망측한 짓을 하더라도 클래스메이트들은 「츠키노모리 양과 사이가 좋네. 역시 커플이야」 같은 말만 하기에, 내 명예에 전혀 상처가 나지 않았다는 점은 불행 중 다행이다.

그 녀석들은 집단 최면에 걸린 거 아냐?

이제는 상식 개변 세계에 온 것 같은 느낌이라고.

—그런 식으로 내가 자초지종을 설명해주자, 분노 탓에 치켜뜬 눈을 아주 약간 누그러뜨린 마시로는 거기에 티스푼 한술 정도의 연민을 섞으며 이렇게 말했다.

"……바보 아냐?"

"이번만큼은 뭐라 대꾸조차 못 하겠어……."

젠장, 이로하 녀석한테 힌트를 달라고 한 내가 바보였어.

그 녀석이 으스대는 표정이 눈앞에 어른거렸다.

『잘 들어요, 선배. 여자애와 친해지려면, 우선 상냥하게 대해주세요!』

『……그러면 되는 거야?』

『당근이죠. 여자애는 기본적으로 쉽게 넘어오는 존재거든요! 좀 상냥하게 대해주기만 해도, 상대방이 신경 쓰여서 밤에 잠도 못 잔다고요~……. 진짜 그런지는 모르지만요!』

『모르는 거냐.』

『그야 저는 아직 첫사랑 처녀거든요~. 그래도 아마 틀림없을 거라고요!』

『대충대충이네…….』

『에이, 속는 셈 치고 제가 시키는 대로 한번 해 봐~요!』

—그리고, 속아 넘어갔다.

복장도, 대사도, 전개도, 눈곱만큼의 오차도 없이 이로하의 제안대로 한 결과가 바로 이 꼬락서니다.

역시 이로하. 타인을 짜증나게 하는 데는 천재적이다. 순순히 속아 넘어간 내가 할 말은 아니지만, 정말 반해버릴 것 같을 만큼 끝내주는 솜씨다.

"무릎 꿇어."

"……예입."

틈새 바람 때문에 차가운 계단 아래편의 딱딱한 복도에 무릎을 꿇고 앉은 나에게, 차가운 시선이 꽂혔다.

교실에 드문드문 있는 상급자 여러분이라면 『포상』이라며 기뻐할지도 모르지만, 그런 성적 취향을 지니지 못한 나로서는 그저 고통에 지나지 않았다.

"짜증나는 짓거리라는 걸 알면서도 했다는 게 이해 안 돼. 마시로가 그렇게 싫은 거야?"

"아, 그런 게 아니야. 그냥, 뭐랄까……."

"……뭐?"

내가 말끝을 흐리자, 마시로의 기분은 더욱더 언짢아졌다.

—난감하네. 뭐라고 설명하지.

이로하 탓으로 돌리고 싶지는 않다.

그 녀석의 아이디어가 짜증나는 짓이라는 게 문제이긴 하지만, 책임은 그것을 채용해서 실행에 옮긴 나에게 있다.

마시로를 불쾌하게 한 것은 다름 아닌 나 자신이며, 거기에는 변명의 여지가 존재하지 않는다.

그러니, 이로하의 이름을 언급하는 건 옳지 않을 것이다.

—하지만 그럴 경우, 어떻게 설명하면 될까…….

그런 생각을 하고 있을 때—.

"와우~ 방과 후 러브러브 커플 발견~♪ 쪽~하는 거야? 쪽 하는 거지?"

듣자마자 사람 됨됨이를 알려주는 게 아니라, 사람을 짜증나게 하는 고음 보이스가 머리 위편에서 들려왔다.

고개를 들어보니, 계단 난간에서 몸을 쑥 내밀면서 커다란 가슴을 흔들어대고 있는 황금색 머리칼의 여자애가 문어처럼 입술을 쑥 내밀며 우리를 내려다보고 있었다.

"……이로하. 너, 일부러 구경하러 온 거야?"

"슈퍼 어드바이저로서, 결말을 확인해야겠네~ 하고 생각했거든요☆"

"네가 지금 보고 있는 대로야, 바보."

"아하하하하!! 선배가 무릎 꿇고 있네~! 저를 골탕 먹인 벌을 받고 있는 거예요~? 푸풉."

젠장. 남 일이라고 깔깔 웃어대기는.

두고 봐. 나중에 혼쭐을 내주겠어.

"……이 애, 누구야……?"

마시로는 미심쩍다는 듯이 눈을 가늘게 떴다.

뭐, 저런 반응을 보이는 게 당연했다.

“헬~로☆ 이번 마시로 선배~ 접대 작전의 입안자예~요!”
“어이, 인마. 멋대로…….”
“에이, 진실이니 괜찮잖아요.”
그건 그렇지만…….
이로하에게 책임을 떠넘길 생각은 없었는데……. 뭐, 자기 입으로 밝혔으니 어쩔 수 없나.
“짜증나. 마시로를 제쳐두고 자기들끼리…… 어, 어머? 이 애…….”
마시로는 이로하의 얼굴을 뚫어져라 쳐다보았다.
그리고—.
“흐음, 그렇게 된 거구나. 아하. 완전히 이해했어.”
감정이 사망한 듯한 무덤덤한 목소리로 그렇게 말했다.
어이, 왜 이 타이밍에 언짢음 게이지가 천장을 돌파한 거냐고. 마시로의 급격한 태도 변화에 내가 당황한 사이, 그녀는 끼익! 하고 실내화가 복도와 마찰하는 소리를 내며 돌아섰다.
“돌아갈래.”
“어, 어이, 잠깐만 있어봐. 왜 갑자기—.”
“사이좋은, 귀여운 여자 후배. 이 애 맞지?”
“딱히 사이가 좋지는 않고, 귀엽지도 않거든? 툭하면 짜증나게 굴 뿐이라고.”
“그게 애정행각이야.”

"뭐엇?!"

"둘이서 사이좋게 마시로를 놀리면서, 비웃어댄 거지? 죽어, 커플."

그런 말을 내뱉듯이 토한 후, 마시로는 걸음을 옮겼다.

아무 말 없이 멀어져 가는 마시로의 등에서는 거절의 아우라가 넘쳐흐르고 있었다. 나와 마시로 사이에는 얼음으로 된 벽 정도가 아니라 빙하로 된 절벽이 존재하는 것만 같았다.

"…………."

"아차…… 미움 받았네요."

계단의 난간을 미끄럼틀 타듯 미끄러져 내려온 이로하가 아무 말도 하지 않는 내 옆에 섰다.

"이게 누구 탓이야?"

"80% 정도는 선배 탓일 거예요."

"괜히 정확한 수치를 내놓으니 열받네."

개인적으로 대부분의 책임은 나에게 있다고 생각했다.

마시로에게 미움받은 것도 나, 이로하에게 도움을 청한 것도 나, 이로하의 짜증 만땅 작전을 결행한 것도 나, 변명을 제대로 못한 것도 나다. 이로하의 책임은 작전을 내놨다는 점 뿐이다.

"그럼 이제 어떻게 할 거예요?"

"이대로 포기할 수는 없어."

관계를 복구해야만 한다고 생각하면서도 구체적인 아이디

어는 없기에, 그저 한숨을 내쉴 뿐이었다.

"일단 내일 다시 만날 거잖아. 그때 무슨 이야기를 할지 오늘 밤에 생각해두겠어."

*

"넥스트으으으 대, 형, 텔, 레, 비, 전! 너희 모두 기합 단단히 넣고 조심해서 옮겨라!!"

""""써~! 옛써~!!""""

내가 지금 거주하는 맨션을 선택한 건, 인생 효율을 최대한 추구한 결과다.

중학생 시절, 부모님의 해외 부임에 따라 혼자 생활하기 부족하지 않을 정도의 예산을 얻게 된 나는 다니게 될 학교에 걸어서 다닐 수 있는 입지의 부동산을 철저하게 조사했다.

그리고 방범 면에서 가장 안전한 최상층인 5층을 선택했다.

방 번호는 502호실.

모퉁이방인 501호실을 선택하지 않은 건, 인접한 빌딩과의 거리가 너무 가까워서 방범 및 아늑함에 있어 좋지 않은 영향이 있을 거라고 판단했기 때문이다.

이곳에서 생활한 지도 3년이나 됐지만, 그동안 501호실에 아무도 거주하지 않았다. 그런 점에서 보자면 이건 나 혼자만의 신경질적인 가치관은 아닌 것 같았다.

어쨌든 그런 이유로 나는 이 맨션을 선택했으며, 옆집인 503호실에 사는 코히나타 일가와 좋은 인연을 맺었다. 그리고 무라사키 시키부 선생님, 즉 스미레 선생님도 504호실에 살면서 《5층 동맹》 풀 컴플리트가 목전에 이른 것은 재미있는 우연이라 여겼다.

마음을 터놓을 수 있는 이들만 살고 있는 이 낙원 같은 5층에서 오랫동안 지낸 우리는 망각하고 있었다.

"넥스트으으으으 책, 장! 이걸로 너희 모두 지식층이다!!"

""""써~! 옛써~!!""""

빈 방에는, 언젠가 누군가가 들어올 거라는 당연한 사실을 말이다.

하지만, 어떻게 이런 일이 벌어질 수 있을까?

학교에서 돌아온 후, 이삿짐 트럭과 힘찬 구호를 외치며 가구를 옮기는 건장한 남자들(업자)이 맨션 앞에 있네~ 하고 생각하며 엘리베이터로 5층에 올라간 나를, 학교에서 옆자리에 앉아있었던 여자애가 맞이해줄 줄이야…….

"…………."

"…………."

둘 다, 침묵에 잠겼다.

당연했다. 어떤 표정을 지으면 좋을지 알 수가 없었다.

내 입에서 가장 먼저 나온 것은 진심에서 우러난 솔직한 말이었다.

"……우와, 믿기지가 않네."

"와우, 엄청난 우연이네요. 굿모닝애프터눈이브닝이에요~."

학교에서 함께 하교한 이로하가 내 뒤편에서 고개를 쑥 내밀더니, 느긋한 목소리로 인사를 건넸다.

이 비상사태를 보고도 평소의 텐션을 유지하다니, 이 녀석은 정말 거물이다.

그렇다. 이것은 있을 수 없는 일이다.

모퉁이방인, 501호실. 그 앞에서 이사 업자들의 작업을 우물쭈물 지켜보고 있던 이는 바로, 몇 시간 전까지 내 옆자리에서 퉁명한 표정으로 나를 노려보던 **츠키노모리 마시로**였다!

마시로는 볼에 힘을 한껏 주며 인상을 찡그리더니—.

"어, 뭐야? 너, 스토커였어?"

"아냐. 여기는 우리 집이야."

"그런 변명이 통할 것 같아?"

"참고로 저의 집이기도 해요~!"

"뭐?"

손을 번쩍 들면서 토끼처럼 깡충깡충 뛰듯 앞으로 나선 이로하가 그렇게 말하자, 마시로의 눈썹이 움찔거렸다.

"아까부터 신경 쓰였는데, 너는 아키의 뭐야?"

"친동생이에요!"

"어, 아키한테는 동생이 없는데……."

"친구의 여동생이니 줄여서 친동생, 이란 자기소개를 보급하고 싶다는 생각을 가지고 있어요!"

"바보 아냐?"

"우와, 신랄하다! 마시로 선뷀~는 선배 못지않게 말에 가시가 무지 돋쳐있네요. 뭘 먹으면 이렇게 강렬한 독을 입으로 토할 수 있게 되나요? 역시 붉은사슴뿔버섯인가요? 먹으면 그대로 골로 갈 것 같은데요!"

"……이, 이 애, 뭐야……. 엄청 짜증나게 구네……."

매몰찬 반응을 보인 마시로의 어깨를 찰싹찰싹 소리가 나게 두드리면서 계속 짜증나게 구는 내 친구의 여동생, 이로하.

이렇게 옆에서 보니, 이 녀석이 얼마나 대단한지 확연하게 알 수 있었다.

인싸의 화신인 거냐. 어떻게 초면인 사람한테 이렇게 무례를 범할 수 있는 거냐고.

"어이, 이로하. 그쯤 해. 그리고 왜 짜증나게 구는 거야? 너, 학교에서는 평범하게 행동하잖아."

"저는 때와 장소를 가리는 타입이거든요. 마시로 씨한테는 이런 태도로 대하는 편이 정답이라는 생각이 드네요~. 이러면, 선배를 곤란해 할 게 틀림없다는 느낌이 팍팍 와요!!"

—이 녀석은 진짜 한결같네.

나는 힘차게 엄지를 치켜든 후배가 새하얀 치아를 드러내며 환하게 웃는 모습을 보고 어이없어한 후, 나와 엮이는 식으로 휘말린 마시로를 향해 고개를 숙였다.

"내 짜증나는 후배가 폐를 끼쳤네."

"……됐어. 이 애가 짜증나는 건, 이 애 개인의 문제인걸."

이런 식으로 사과해봤자 곤란하다는 듯이 고개를 돌린 마시로가 작은 목소리로 거북한 듯이 중얼거렸다.

그리고 눈만 돌려서 나를 쳐다보았다.

"친구 동생이라면, 결국 타인인 거지? 타인과 같이 살고 있다는 거야? 혹시 동거해?"

"어. ……아~, 그런 식으로 오해할 수도 있겠네."

한 지붕 아래에서 지낸 시간이 길었던 만큼, 자초지종을 모르는 사람이 오해할 수도 있다는 것을 깜빡했다.

한창때인 남녀가 같은 맨션으로 같이 하교해서, 두 사람 다 이곳에 산다고 말한 것이다.

동거 커플, 이란 생각이 가장 먼저 떠오르는 것은 어찌 보면 당연했다.

"아, 그런 게 아냐. 나는 저기 있는 502호실에 살고—."

"저는 503호실에 살아요~!"

"……뭐."

"참고로 오즈— 반에서 나와 자주 이야기를 나누던 코히나타 오즈마도 여기 살아. 이 녀석의 오빠거든."

"아하하하! 『이 녀석』이라니, 너무해~☆ 멋쩍어하지 말고 평소처럼 달콤~하게 『이로하』라고 불러줘도 되는데~."

"어…… 어어……?"

뭐가 그렇게 웃기는지 이로하 혼자만 웃어대는 가운데, 당혹스러운 표정을 짓고 있는 마시로의 머리 위에서 물음표가 난무하고 있었다.

그리고 종종걸음으로 우리 옆을 지나친 마시로는 차례차례 문패를 확인했다.

"오오보시…… 코히나타…… 지, 진짜잖아……."

"참고로 거기 옆에 있는 504호실에는 우리 담임인 카게이시 스미레 선생님이 살아."

"왜, 왜, 다들 여기 모여 있는 거야?"

"우연히, 어쩌다 보니, 신의 농간."

"어……."

표정을 보아하니 눈곱만큼도 납득한 것 같지 않았다.

하지만 그것도 당연했다. 이사온 곳의 이웃 전원이 아는 사람이었다면, 나도 저런 표정을 지을 것이다.

"어라?"

마시로는 갑자기 진지한 표정을 짓더니, 나에게 들리지 않을 만큼 작은 목소리로 중얼거렸다.

"그럼 혹시, 《5층 동맹》은……. 아, 하지만……."

"무슨 혼잣말을 그렇게 하는 거야?"

"…………."

마시로는 내 의문에 답하지 않았다. 그리고 중대한 가설을 세운 과학자 같은 표정으로 생각에 잠겼다.

화가 난 건지, 아니면 다른 감정에 사로잡힌 건지, 마시로의 새하얀 목덜미는 붉게 달아올라 있었다.

뭔가 거북한 것처럼 입가를 꼼지락거린 마시로는 나와 이로하의 얼굴을 번갈아 손가락으로 가리키더니…….

"아키는, 짜증나. 코히나타, 양, 도 짜증나. 너희가 있는 이 환경 자체도 짜증나."

거부의 뜻을 말로 표현한 마시로는 뒤돌아섰다.

"마시로에게 괜히 치근덕거리지 마. 이웃이라도, 너희와 엮일 생각 없어."

"자, 기왕 이렇게 됐으니 그냥 사이좋게 지내지 않겠어? 그편이 서로를 위해서도…… 우왓?!"

"넥스트으으으 냉, 장, 고! 이 자식들아, 다들 분발해라!!"

""""써~! 옛써~!!""""

자신의 보금자리에 틀어박히기 위해 걸음을 옮기는 마시로를 쫓아가려던 순간, 근육으로 된 벽에 가로막혔다.

건장한 남자들이 나란히 서서 밀집 전투 대형으로 돌격하는 광경에 시야가 가려서 마시로의 뒷모습을 잠시 놓친 사이, 그녀는 501호실 안으로 사라졌다.

"젠장, 왜 이 타이밍에 업자가 지나가는 거냐고."

"기합 넘치는 시로네코 이삿짐센터 직원, 최고~☆ 이로하양 조사에 따르면 시로네코 직원 중 90% 이상이 근육 페티시즘 환자라서, 동인 업계에서도 저 사람들 가지고 동인지를 엄청나게 찍어낸대요."

"그딴 토막 지식은 필요 없다고……."

"선배도 겉보기에는 삐쩍 마른 것 같지만 벗기면 끝내주잖아요~. 표적이 될지도 몰라요☆"

"내 알몸을 본 적 있다는 듯한 발언 좀 삼가 해."

"본 적 있거든요? 목욕하고 팬티 차림으로 방에 들어온 적이 몇 번 있잖아요. 눈이 마주치자마자 부리나케 문을 닫기는 했지만, 그 찰나의 순간은 머릿속 메모리에 보존되어 있다고요. 저는 선배의 약점을 잡는 데 있어서는 천재거든요!"

"지금 바로 네 머리를 리셋할 방법을 알고 싶어. 전극이라도 네 머리에 꽂아볼까?"

"발상이 너무 고어한 거 아니에요?!"

"누구 탓에 고어에 눈뜨려고 하는 건지 알기는 해? 그리고 내가 목욕하는 시간대에 몰래 우리 집에 숨어드는 것 좀 관둬. 네가 침실에 몰래 숨어드는 고양이냐?"

목욕을 마치고 기분 좋게 콧노래를 부를 때에 이로하가 말을 걸어오자, 반사적으로 경찰을 부를 뻔했다.

"남이 본다고 부끄러워할 만한 몸도 아니니 괜찮잖아요. 복근도 쩍쩍 갈라져 있던데요?"

"미세하게 말이야. 뭐, 매일 운동을 해주기만 하면 이 정도는 평균 레벨이야. 프로레슬러나 럭비부 녀석들에 비하면 아무것도 아니라고."

"선배의 『평균』은 잘못됐다고 생각하는데 말이죠. 통계의 마술이라고나 할까……."

근력 운동은 내 일과다.

다치거나 병으로 누워 있을 때는 인생을 낭비하고 있는 느낌이 어마어마하게 든다.

귀중한 인생 리소스를 효율적으로 활용하기 위해서는 건강 유지가 전제조건이며, 그것을 위해 나는 인터넷과 책을 통해 다양한 건강법을 조사했다.

그 결과, 도달한 것은 규칙적인 생활과 운동이 최고라는 당연한 결론이었다.

그 후로 나는 매일 근력 운동을 하고 있다.

딱히 단백질 보충제를 먹거나 체육관을 다니지는 않지만, 그래도 매일 꾸준히 운동해준 덕분에 평범한 일반인보다 몸에 근육이 붙었다고 할 수 있는 육체를 손에 넣었다.

"뭐, 지금 중요한 건 그런 게 아니잖아. 그것보다 문제는……."

"마시로 씨를 놓친 거예요?"

"아, 그건 괜찮아. 그 문제는— 마시로가 이 5층으로 이사를 온 시점에, 해결된 거나 다름없어."

나는 씨익 웃었다.

그 모습을 본 이로하는 눈을 동글동글하게 떴다.

"오~, 선배의 진심 모드를 오래간만에 본 것 같아요."

"일전에 무라사키 시키부 선생님을 숙청할 때도 진심이었어. 그 사람, 꼴사나울 정도로 맛이 간 얼굴로 싹싹 빌더라니까."

"아, 악마……."

"멋대로 떠들어. 아무튼, 마시로 녀석도 절대 놓치지 않을 거야."

나는 미소를 지으며 우드득 소리가 나게 주먹을 쥐었다.

교실에서 옆자리라는 것만으로는 할 수 있는 일에 한계가 있다.

담임이 신경을 써달라고 했지만, 사장이 나를 가짜 남친으로 임명해줬지만, 고독에 빠져있는 마시로에게 의미 있는 조치를 취할 수가 없었다.

하지만, 그 녀석은 제 발로 내 보금자리에 들어왔다.

그야말로 섶을 지고 불에 뛰어든 것이나 다름없다.

원망할 거면, 나와의 물리적 거리를 좁힌 너의 불행을 원망하라고.

짜증스러워하든, 위선에 불과하든, 상관없다. 나의, 나에 의한, 나를 위한—.

"진정한 오지랖이란 걸 보여주겠어."

"라스트으으!! 침대가 엘리베이터에 안 들어간다!! 이 자식들아, 창문으로 밀어 넣는 거다!!"

""""써~! 옛써~!!""""

이삿짐 업자의 후덥지근한 고함을 멀찍이서 들으며, 나는 몰래 득의만만한 미소를 지었다.

성에서 나와 외톨이가 된 백설공주를 포위한 건, 유쾌하고 개성적인 난쟁이들이었다.

지금, 저 독설 공주에게 필요한 것은 이런 녀석들이다.

괜한 오지랖이면 어떻게 하지, 같은 생각은 하지 않는다. 마시로가 겉으로 드러내는 감정 또한 헤아려줄 생각은 없다.

진짜로 외톨이가 되고 싶어 하는 거라면…….

집단 괴롭힘을 당했던 학교라는 곳에 다시 다녀보자는 생각은 하지 않았을 것이다.

집에서도 충분히 학교에 다닐 수 있는데, 일부러 안전한 집을 나와 이사까지 하면서 환경을 바꿨다는 건—.

그 녀석은 그 녀석 나름대로 인생을 리셋하려 하고 있다. 이번에야말로 즐거운 학교생활을 바라고 있다. 그렇지 않다면 이런 행동들이 설명되지 않는 것이다.

그러니, 내가 해야 할 일은 단 하나다.

효율적으로, 그리고 최대한 효과가 발휘하도록, 마시로에게 지금 해줄 수 있는 일을 전심전력으로『계산』하는 것이다.

*

『……예의 가짜 여친이 옆집으로 이사 왔어.』

『아키의 하렘 왕국이 순조롭게 건설되고 있네. ……뭐, 얼마나 재미있고 성가신 수라장이 펼쳐질지 고대하며 지켜보도록 할게.』

007 제7화 …… 나와 이로하와 오즈와 스미레가 마시로한테만 짜증나게 군다

"신규 캐릭터&신규 시나리오 업데이트를 축하하자! 다들 잔은 들었지?!"

""""건배~~~!!""""

쨍, 하고 유리잔이 부딪치는 소리가 울려 퍼졌다.

금요일 밤. 방이 세 개인 우리 집의 거실에는 축제 기분에 젖어 있는 남녀 네 사람이 모여 있었다.

손님을 위해 산 6인용 원형 식탁에는 수제 로스트비프와 배달 피자, 시마네 지역에서 생산되는 귀중한 일본주, 20년 산 위스키병, 우롱차와 콜라 페트병 등이 즐비하게 놓여 있었다. 그야말로 지상 낙원이라 해도 과언이 아니었다.

냉장고 안에는 스미레 선생님의 친구가 경영하는 역 앞 케이크점에 주문한 프랑스 유학파 일류 파티시에의 홀 케이크가 들어있었다.

주말 정례—『이번 주도 일주일 동안 힘들었다, 다음 주도 어찌어찌 살아보자 위문 파티』다.

최고급 위스키에 콜라를 타서 만든 불경한 음료를 호쾌하게 들이켠 카게이시 스미레는 키야~ 하고 아저씨 같은 탄성을 흘렸다.

"푸하~~~♪ 역시 마감을 끝내고 마시는 술이 가장 맛있어."

"하아, 이번만큼은 진짜 마음을 졸였다고요."

나는 밤샘을 하며 일러스트를 완성하느라 눈 밑에 다크서클이 생긴 스미레를 쳐다보았다.

참고로 나는 존댓말을 썼다. 원고를 독촉할 때는 마음을 굳게 먹고 표독한 말을 쓰지만, 이런 문제 교사라도 일단은 연상이기에 가능하면 존댓말을 쓰려고 했다.

뭐, 그래도 그 문제가 내 허용 레벨을 넘어선 순간에는 반말을 허용하고 있지만 말이다.

"스미레 선생님, 술 냄새 나요! 파티를 시작하기도 전에 대체 몇 병이나 마신 거예요~?"

"으음~, 기억 안 나~. 이로하는 지금까지 술을 몇 병이나 마셨는지 기억해~?"

"아하하! 술 마시면 안 된다고요~. 30대인 선생님과 달리, 저는 아직 미성년자거든요. 미, 성, 년, 자."

"30대 아냐~!! 아직 20대 중반이거든?! 아줌마 취급하지 마~!!"

"알고 있어요. 진짜로 30대면 그걸로 안 놀린다고요~. 제가 안 놀리면 그게 위험 신호예요☆ ……아, 잔 비었네요. 다음에는 뭘 마실래요?"

"보드카를 온 더 락으로!"

스미레가 호탕하게 빈 바카라 글라스를 들자, 이로하는

능숙하게 술을 따랐다.

이렇게 이상적인 후배 무브를 펼치는 것만 봐도, 이로하가 평소에 나를 일부러 놀린다는 걸 알 수 있었다.

"우물…… 이 로스트비프, 맛있네. 아키가 직접 만든 거라며?"

"그래. 밥솥으로 만드는 방법이 인터넷에 있더라고. 처음 만든 거지만, 의외로 쉽게 완성했어."

"정말 가정적이네. 이거, 가게에서 파는 것보다 더 맛있는 거 아냐?"

"그렇다면 입맛이 저렴한 거야. 요리사분들에게 실례라고."

이로하와 스미레의 스물다섯&여고생 콤비가 즐겁게 떠드는 모습을 보며, 나와 오즈는 식사를 했다.

잘 요리하기는 했지만 인근 슈퍼에서 산 저렴한 고기에, 오즈는 감동했다.

여전히 타인을 치켜세우는 게 능숙한 남자다.

"우물, 우물…… 응, 맛있어. 아키와 결혼하는 사람은 참 행복하겠네. 내 동생을 잘 부탁해."

"됐어. 저 짜증나는 애와 같이 살았다간 스트레스로 수명이 줄어들 거야."

"유감이네. 아키처럼 다재다능한 사람과 동생이 결혼한다면, 오빠로서 안심될 것 같거든."

"항상 하는 말이지만, 오즈에게 다재다능하단 말을 듣고 싶지는 않아. 이번에도 다른 프로그래머였으면 업데이트가 미뤄졌을걸?"

"일러스트가 정말 촉박한 상황에서 완성됐으니까 말이야. 마지막 착색이 끝난 순간에 선생님의 컴퓨터에서 자동으로 데이터가 삽입되는 시스템을 만들어두지 않았다면 위험했을 거야. 선생님은 항상 작업이 끝나면 녹초가 되어서 데이터를 삽입하지도 않고 곯아떨어져 버리잖아."

"대체 프로그램을 어떻게 짜면 그런 말도 안 되는 시스템을 만들 수 있는 거야……."

"이런 시스템이 있으면 편리하겠다는 생각이 들어서, 그걸 실현해보려고 시스템을 짰을 뿐이야."

"별것 아닌 것처럼 말하지 말라고."

역시 이 남자는 천재라는 생각이 절실하게 들었다.

일본인이 일본어를 읽을 수 있는 거나 마찬가지라는 표정으로 프로그램 언어를 자유자재로 다룬다. 태어날 때부터 계산 능력이 뛰어난 천재(기프티드)— 초등학생 때 수학 올림픽에서 압도적인 성적을 남겼으며, 실황 해설을 하러 온 그쪽 업계의 1인자가 전 세계에서 열 손가락 안에 들어갈 거라고 평가했을 정도다.

"하지만 내 능력은 별것 아냐."

"또 겸손한 소리를 한다. 너와 어깨를 나란히 할 수 있는 인간은 몇 안 되잖아."

"그럴지도 몰라. 하지만 제대로 활용할 줄 모른다면, 이건 그저 『질병』과 다를 게 없어."

"…………."

"아키가 내 삶을 이끌어준 덕분에, 지금은 다른 사람들과 즐겁게 지내면서 평소보다 조금 더 맛있는 진저에일을 마실 수 있어. 내가 보기엔, 아키가 훨씬 특별해."

"옛날이야기는 그다지 하고 싶지 않아."

"아키는 부끄럼쟁이니까 말이야~."

아하하, 하고 웃은 오즈가 잔 안의 내용물을 단숨에 들이켰다.

오즈의 과거는 딱히 떠올리고 싶지 않으며, 이제 와서 괜히 들추고 싶지도 않다.

특출난 재능을 받아줄 그릇을 지닌 이가 학교라는 좁은 사회 안에는 없었다는 흔하디흔한 사실이, 한 명의 천재를 궁지에 몰았다. **그것**은 그저 그뿐인 이야기다.

불쑥 오즈가 물었다.

"참, 마키가이 선생님은 뭐래?"

"이번 주는 참가 못 하겠대. 소설 쪽의 마감이 코앞인가 봐."

나는 스마트폰을 조작해서, 미끈미끈한 고형물에 눈과 입이 달렸을 뿐인 데포르메 캐릭터에 『마키가이 나마코』라 표시된 계정과의 메시지 이력을 보여줬다.

기획·나, 프로그램·오즈, 일러스트레이터·스미레로 구성

된, 인디즈 애플리케이션 게임 제작 집단 《5층 동맹》에는 잊어선 안 되는 주역이 한 명 더 있다.

선전력과 지명도가 없는 우리에게 압도적인 승리를 가져다준, 믿음직한 외국인 용병 격의 인물이다.

참고로 당사자는 외국인이 아니라 엄연한 일본인 같지만, 방금 그 말은 어디까지나 비유다.

마키가이 나마코.

3년 전에 UZA문고에서 신인상을 수상했고, 수상작이 시리즈 누계 300만 부가 넘는 대히트를 거두며 화려하게 데뷔한 초대형 신인 라이트노벨 작가다.

해산물에 대한 깊은 조예와 야유가 섞인 문장, 상식과 동조 압력을 비꼬는 듯한 통쾌한 작풍과 주인공 조형이 평가를 받았다. 또한, 작품이 엄청난 히트를 거뒀는데도 만화와 애니메이션 및 실사화 같은 미디어믹스에 전혀 흥미를 보이지 않으며 사양하고 있다…….

시대착오적인 문호(文豪) 타입, 현대에 태어난 아쿠타가와, 정체불명의 미스터리 작가 등으로 SNS 상에서 화제를 독점하고 있다.

나 또한 문자 마약이라 불러야 할 그 독특한 캐릭터와 문장에 빠져들어서 팬이 됐다.

그리고 팬레터 구석에 편집부 체크를 통과할 수 있을 만큼 은근슬쩍 시나리오 의뢰와 연락처를 기재해봤더니, 기적적으로 그 사람은 우리에게 흥미를 가져주었다.

그리고 지금은 《5층 동맹》의 멤버로서 메시지 애플리케이션을 통해 속내를 털어놓으며 이야기를 나누는 사이가 됐다.

만난 적은 없지만, 음성 채팅을 통해 목소리를 들어보니 소탈한 느낌의 형님 같았다.

"드문 일도 다 있네. 마키가이 선생님이 마감 때문에 참가 못 하다니 말이야."

"아~, 듣고 보니 그렇네. 평소 같으면 음성 채팅으로 참가하면서 타이핑 작업을 했을 거야."

"다른 볼일이 있는 걸지도 몰라. 여친이 집에 온 것 아닐까?"

"그 사람이라면 여친을 내버려 두고 참가할 것 같은데……. 뭐, 사회인이니 나름대로 사정이 있겠지."

"뭐야~, 내 험담 하는 거야~? 확 운다~? 울어버릴 거야~."

사회인, 이라는 단어에 반응한 것 같은 스미레가 좀비처럼 흐느적거리며 귀찮게 굴었다.

너는 『사회인』이 아니라 『사회 파괴자』라고.

"마키가이 선생님 이야기를 하고 있어요. ……술 냄새 나니까 떨어져! 벌써 주정뱅이가 된 거냐!"

"이야~. 이 선생님, 기분 참 좋아~. 아키테루 니임~, 달아오른 내 몸을 달래줘~♪"

"헛소리 말라고, 이 음란 교사! 징계 면직 당해도 나는 모…… 어이, 이로하! 대체 뭘 먹인 거야?!"

"제가 먹인 게 아니에요. 병을 빼앗겼거든요. 아마 보드카를 한 열 병 정도 마셨을걸요?"

"맙소사……. 러시아 사람도 그렇게는 안 마실 거야."

"나중에는 이걸로 희석해서 마시는 것 같았으니까, 아마 괜찮지 않을까요?"

이로하가 그렇게 말하면서 내민 투명한 액체가 든 병을 본 나는 안심했다. 물이나 탄산수로 희석했다면 그나마 괜찮…… 어이, 잠깐만 있어봐. 그건―.

"소주잖아."

"아~, 세상이 빙빙 돌아~. 아키테루 님이 초등학교 5학년 정도의 쇼타로 보여~."

"쓸데없이 구체적인 환각 보지 마! 하다못해 나 가지고 망상하지 말라고!"

"우와, 저항하니 끝내주네! 황홀해~!! 츤데레 쇼타 최고~♪"

얼굴이 새빨개진 스미레가 고양이처럼 응석을 부렸다.

Q, 미인 여교사에게 볼 부비부비를 받는다고 하는, 남자 고등학생이라면 군침을 삼킬 시추에이션에서 눈곱만큼도 기쁘지 않은 건 어째서인가?

A, 페로몬이 아니라 술 냄새만 나기 때문입니다.

때때로 술에 곯아떨어진 여자에게 남자가 나쁜 짓을 하는 사건이 보도되지만, 그런 뉴스를 볼 때마다 나는 고개를 갸웃거렸다. 용케도 이렇게 성가신 상태의 여자를 건드릴 마음이 드네, 하고 생각하면서 말이다.

부드러운 피부가 닿거나, 말캉말캉한 가슴의 감촉을 옷 너머로 느낀다면 다소 흑심이 들기는 하겠지만…… 그렇다고 확 덮치고 싶단 생각은 전혀 들지 않았다.

게다가, 이 여자는—.

“으음~, 쇼타는 조찌마안, 먼가 뿌조케~. 어머나, 쪼기에 쇼타가 한 명 떠 이써~.”

“어, 나?”

갑자기 지명을 당한 오즈가 당혹스러운 목소리로 그렇게 말했다.

뜬금없이 쇼타 인증을 받았으니, 저런 반응을 보이는 것도 당연했다.

“응! 머리 색깔이 날라리 같고 성격은 왕자님 같은 상냥 쇼타! 이쪽에 오렴~, 우쭈쭈~.”

“무슨 소리를 하는 건지 도통 모르겠는데…….”

“오즈, 이 멍청아!! 이쪽으로 오지 마!! 나까지— 우읍.”

휘말린다고, 라는 말은 입에 담지 못했다.

자신에게 다가온 오즈의 팔을 잡아당긴 스미레 선생님은 그대로 **내 얼굴을 오즈의 가슴팍에 파묻히게 했다.**

“그래, 이거야~!! 평소 귀축 타입인 아키테루 님 쇼타가 왕자님 타입인 오즈마 군 쇼타에게 어리광을 부리는 구도~!!"

찰칵찰칵찰칵.

나와 오즈를 엉키게 한 후에 물러난 스미레 선생님이 스마트폰의 카메라 기능으로 촬영을 시작했다.

스미레 선생님은 하악하악거리면서 셔터 버튼을 눌러댔다.

"오오~, 오즈×아키!! 스미레 쌤은 천재 아니에요?"

"이로하도 아는구나?! 이 존귀함을!! 푸하~~, 못 참겠네!! 술 추가!!"

여자 두 명이 흥분해서 난리를 피웠다.

—그렇다. 술에 취한 스미레는 **이렇게** 성가시다.

남을 멋대로 쇼타로 착각할 뿐만 아니라, 나와 오즈를 억지로 들러붙게 한 후에 망측한 망상의 소재로 삼는 것이다.

나와 오즈는 전혀 그런 취향이 아니기에 그저 민폐에 지나지 않지만, 이 여교사는 몇 번을 설교를 해도 술에 취하면 꼭 이런 짓을 벌인다.

술은 이성이란 족쇄를 풀고, 본인의 가슴에 숨겨진 본성을 끄집어낸다고 한다.

그렇다면 이 교사는 나와 오즈가 쇼타라면 좋겠다, 두 사람이 커플이면 좋겠다, 같은 생각은 마음속에 품고 있는 건가.

자기가 담임인 반의 학생을 가지고 망상을 하다니, 업이 너무 깊은 거 아니냐고.

"미안해, 오즈. 이 바보들 때문에 폐를 끼쳤네."

나는 오즈에게서 떨어지며 그렇게 말했다.

"아, 아냐. 나는 괜찮, 아."

"오즈, 너는 진짜 성인군자네. 이 상황에서는 화내도 된다고."

"선생님도 나쁜 뜻이 있는 건 아니니까, 좀 봐주는 거야."

오즈는 손과 목을 가볍게 흔들며 그렇게 말했다. 얼굴이 약간 빨간 것 같은데, 분명 빛의 반사 때문에 그렇게 보이는 것이리라.

"아앙, 왜 벌써 떨어지는 거야~!! 쇼타 BL을 좀 더 구경하고 싶은데~!!"

"이제 그만 환각의 세계에서 돌아와."

"꾸엑."

내가 전광석화 같은 손날치기를 목덜미에 먹여주자, 스미레는 짓밟힌 개구리 같은 소리를 내며 철퍼덕 쓰러졌다.

그리고 화들짝 놀라며 고개를 들더니, 주위를 두리번거렸다.

"내가 대체…… 무슨 짓을……?"

"자기가 가르치는 학생들에게 성희롱을 했어."

"뭐? 에이, 말도 안 돼. 나, 현실에서는 자제하는 타입이야."

"네 뇌는 진짜 자기 합리화의 화신인가 보네."

깨어난 후에도 잠꼬대 같은 소리를 늘어놓는 스미레에게 질린 나는 어험 하고 헛기침을 했다.

그리고—.

"아, 저기 말이야. 할 이야기가 있어. 꽤 진지한 이야기야."

내가 심각한 분위기에서 그렇게 말한 순간— 실내에서 잡음이 사라졌다.

방금까지 시끌벅적했던 파티장이, 회의실처럼 딱딱한 공기에 휩싸였다.

오즈도, 스미레도, 이로하조차도 말이다.

바보짓을 할 때는 정말 바보 같지만, 진지할 때는 무척 진지하다.

이런 완급조절이 철저하게 가능한 집단이 바로 《5층 동맹》.

우리가 이렇게 함께하는 이유다.

나는 다른 이들의 얼굴을 차례차례 둘러본 후, 입을 열었다.

"이 맨션의 새로운 주민인 츠키노모리 마시로에 관한 건데—."

나는 이제까지의 경위를 전부 이야기했다.

츠키노모리 사장과의 거래를 했고, 그 때문에 가짜 커플 계약을 맺었지만, 자신을 미워하는 그녀가 거리를 두고 있으며, 또한 어찌 된 건지 그녀는 이 맨션의 501호실에 이사를 왔다.

예전 학교에서 잘 지내지 못해 전학을 왔으며, 이사까지 온 것을 보면 인생을 리셋해 심기일전하려고, 앞으로 나아가려고 하는 듯하다.

하지만 지금의 학교생활은 전혀 즐거워 보이지 않는다.

그리고…….

이대로 내버려 둘 수는, 절대 없다고 말했다.

"나는 무슨 수를 써서라도 마시로를 우리 동지로 만들고 싶어. 괜한 오지랖일지도 모르고, 그 녀석은 그걸 바라지 않을지도 몰라. 그래도 수완가인 삼촌이 마시로를 나에게 맡긴 의미를 헤아리고 싶어. ……도와주지, 않겠어?"

"…………."

다들, 침묵을 지켰다. 다들 입을 다문 채, 깊은 생각에 잠겨 있었다.

정적이 감도는 이 방안에서 초침 소리가 다섯 번 정도 울렸을 때였다.

"아핫☆"

누구보다 먼저 이 분위기를 박살낸 이는 분위기 파악 못하는 여자의 대명사 같은 인물이었다.

"돈벌레 효율충이면서 땡전 한 푼 안 되는 오지랖을 떨려고 하다니, 선배다워서 최고~예요♪"

"응. 아키다운 행동이야. 인정미와 엄격함을 정신없이 오가고 있는 느낌이네. 진정한 의미에서 AI가 인간을 흉내를 내는 건 어려울 거라는 생각이 들게 해."

"나도 찬성이야. 마시로에게는 자신이 있을 곳이 필요해. 그리고 그 애도 분명 그것을 원하고 있을 거야."

이로하의 뒤를 이어 오즈와 스미레도 입을 열었다.

"그런데, 선배는 구체적으로 뭘 할 생각이에요?"

"환영회를 하고 싶어."

"오늘 이 자리 같은 걸 말이야?"

"그래. 정신 나간 놈들의 파티에 불러서, 우리 색깔로 물들여버리는 거지."

"으~~~음, 하지만 순순히 참가하지는 않을 것 같은데요~?"

"작전이 있어. 그리고 그 작전에는 너희의 도움이 필요해."

"작전! 재미있을 것 같네요! 좋아요~. 그런 거라면 원츄~!"

"그래. 내 작전은 바로—."

탄로 날 걱정은 할 필요 없을 만큼 벽이 두껍지만, 그래도 나는 목소리를 낮추며 작전의 개요를 설명했다.

너무나도 황당무계하고 어처구니없는 작전이라는 건 안다.

그래도 우리에게는 절대 불가능하지 않은 방법이다.

내 말을 들은 이로하와 오즈와 스미레도 그 점을 이해하고 있기에, 괜스레 놀리지 않으며…….

"히힛☆ 완전, 최고~. 엄청 잼날 것 같아요~♪"

"내 부담이 꽤 큰 걸. 뭐, 할 수 있는 데까지 협력하겠어."

"포상 기대할게♪"

“결정됐네. 좋아, 개최는 다음 주 금요일, 밤 여덟 시. 시간 엄수 및 전원 참가―.”

다들 얼굴을 마주하며 고개를 깊이 끄덕인 후…….

“우리가 얼마나 짜증나는 녀석들인지, 똑똑히 알려주자고.”
“““오~~~!!!”””

한밤의 맨션에 우리의 불온한 함성이 울려퍼졌다…….

*

그 후로, 다음 주 금요일을 위한 노도와도 같은 마시로 권유 주간이 시작됐다.

《엿새 전(토요일)》

딩동.
“…………………….”
딩동, 딩동.
“………………………………………….”
딩동, 딩동, 딩동딩동딩동딩동딩동딩도―― 딸깍.

"시, 시끄러워. 휴일, 아침에, 비상식적이야……!"

무한 연타 인터폰을 견디다 못해 영원히 걷히지 않을 구름 같은 현관문을 열며 모습을 드러낸 해님, 마시로. 나는 잠옷 차림에 머리가 헝클어진 상태인 그녀를 향해 환한 미소를 지으며 이렇게 말했다.

"다음 주 금요일에 우리 집에서 파티하자."

"……돌아가!!!"

《닷새 전(일요일)》

찰칵.

"……어라?"

찰칵, 찰칵, 찰칵, 찰칵.

"이상하네. 소리가 안 나. 어떻게 된 거야?"

찰칵, 찰칵, 찰칵찰칵찰칵찰칵찰칵찰칵찰칵찰칵찰칵찰칵찰칵찰칵찰칵찰칵찰칵찰칵…….

버튼을 아무리 눌러도 인터폰이 울리지 않았다.

당연히, 은둔형 외톨이 여왕님께서도 모습을 보이지 않았다.

"설마 전원을 뽑은 건가?"

어제 일로 학습을 한 것 같다.

인터폰이 울리지 않으니, 휴일에는 어택을 할 방법이 없다.

유감이지만, 오늘은 후퇴해야 하려나.

……같은 생각을 할 만큼, 나는 성격이 원만하지는 못하다.
이럴 때를 위해 만들어둔 파티 홍보 포스터 서른 장 정도를 우편함에 집어넣었다.

《나흘 전(월요일)》

『할 이야기가 있어.』
수업 도중, 나는 메시지를 쓴 공책 귀퉁이를 뭉쳐서 옆자리에 있는 마시로를 향해 던졌다.
마시로는 그것을 읽고 발끈하며 나를 쳐다보았지만, 곧 무시하듯 칠판을 향해 고개를 돌렸다.
하지만 마시로는 곧 뭔가 생각난 것처럼 공책에 뭔가를 적더니, 찢어서 뭉친 그 쪽지로 증오심이 담긴 강속구를 선보였다.
『어제 그건 무슨 짓이야? 심술? 괴롭힘?』
『너도 알다시피 파티 초대야.』
『남의 집 우편함을 쓰레기통으로 만들어놓고 무슨……. 됐어, 너 같은 건 정말 싫어.』
『그것보다 LIME의 ID를 가르쳐줘. 수업 중에 이야기를 나눌 거면 그쪽이 편리하잖아.』
『절대 안 가르쳐줄 거야. 죽어.』
거절당했다.

난공불락의 성에 틀어박힌 백설공주를 납치하는 건 쉬운 일이 아닌 것 같았다.

—뭐, 좋다. 아직 시간적으로 여유가 있다.

《사흘 전(화요일)》

"저기, 이번 주 금요—."

"교실에서 말 걸지 마."

《이틀 전(수요일)》

"저기, 이번 주 금요—."

"통학로에서 말 걸지 마. 스토커야?"

《하루 전(목요일)》

"저기, 이번 주 금요…… 그러니까, 내일 말인데—."

"…………."

"우리 집에서 네 환영회를 할까 해. 피자 같은 배달 음식을 시켜서, 스미레 선생님은 술, 그리고 우리는 음료수로 한잔하는 거지. 모처럼 같은 맨션의 같은 층에서 살 게 됐으니까, 기왕이면 잘 지내보자는 거야. 응?"

"……저기……."

오오! 껍질 안에 틀어박혀 있던 마시로가 처음으로 입을 열었다!

"이런 장소에서 환한 표정으로 그딴 소리를 하면 곤란하거든?"

역시 학교 여자 화장실 앞은 좀 그럴까. 배설 욕구 때문에 판단력이 약해졌을 타이밍에 파티 초대를 하면 의외로 쉽게 오케이할 거라고 생각했는데 말이다.

사람들도 점점 몰려들었다. 화장실 앞에서 여자애를 막고 있는 거동 수상자를 다들 미심쩍은 눈길로 쳐다보고 있다. 이대로 있다간 연락을 받은 교사가 뛰어오는 것도 시간문제일 것이다.

이곳에 오래 있을 수는 없다. 아무 말 없이 돌아선 나는 그대로 쿨하게 사라졌다.

결국…….

몇 번이나 방법과 장소와 미끼를 바꾸며 권유해봤지만, 그때마다 마시로는 눈곱만큼도 흔들리지 않으며 고고한 태도를 관철했다.

*

환영회를 전날, 저녁때.

방과 후, 나는 근처 슈퍼마켓으로 향했다.

카트를 밀자, 바구니 안에 식재료가 쌓여갔다.

아까부터 가게 안을 돌아다니며, 꿀벌처럼 필요한 물품을 가져다주고 있는 이는 바로 이로하다.

당근, 양파, 감자, 쇠고기, 반찬류와 500ml 페트병 물과 각종 음료 등. 또한 이로하가 선호하는 과자도 잔뜩 들어있었다.

"선배도 내일 환영회가 참 기대되죠?"

이로하는 담담한 어조로 그렇게 말하며 청순한 미소를 머금었다.

하교 도중이라 교복 차림이며, 헤드폰도 목에 걸치지 않은 내추럴 스타일이었다.

자연스레 묻어나는 화려함까지는 숨기지 못하고 있지만, 느껴지는 분위기는 우등생 같았다.

……솔직히 말해, 기분 나쁘다.

"슈퍼마켓에 보는 눈이 많다고는 해도, 우등생 모드가 될 것까지는 없잖아."

"이 모드면 좀 깎아주기도 하거든요. 선배도 그런 거 좋아하잖아요?"

"그건 그렇지만……."

동료들 간의 파티나 뒤풀이, 혹은 동료에게 투자할 때는 돈을 아끼지 않는 스타일이라고 자부하지만, 절약을 할 수 있는 부분은 절약하는 게 좋다.

그래도 우등생 모드인 이로하와 쇼핑을 하는 것은 가능하면 피하고 싶었다.

왜냐하면—.

"어머, 어머어머어머어머, 자주 보는 학생 커플이네!"

"안녕하세요, 시식판매원 언니."

"어머나. 이로하 양은 나 같은 아줌마를 언니라고 불러주는구나! 아키 군은 멋진 여친을 둬서 참 좋겠네~."

"몇 번이나 말했지만, 우리는 그런 사이가……."

"또 부끄러워한다~."

내 부정을 전혀 믿지 않는 시식판매원 아주머니가 내 어깨를 두드리며 그렇게 말했다.

—그렇다. 이래서 성가시다.

이웃사촌이니 당연하겠지만, 저녁거리를 사러 슈퍼에 왔다가 이로하와 마주칠 때가 잦았다.

처음에는 우연히 마주친 느낌으로 함께 슈퍼 안을 돌아봤지만, 언제부터인지 함께 저녁 시장을 보러 오는 것이 습관화됐다.

그 탓인지 매우 유감스럽게도, 최근 몇 년 동안 바뀌지 않는 이 슈퍼마켓의 파트타임 아주머니들에게 『자주 둘이서 시장을 보러 오는 커플』로 여겨지고 있었다.

게다가 문제는 그것만이 아니라…….

"오늘은 외국산 비엔나소시지인가요?"

"그래~. 독일에서 건너온 두껍고 씹는 맛있는 소시지란다. 괜찮다면 맛 좀 보겠니? 이로하한테는 서비스해줄게~♪"

"우물, 후우후우…… 아, 맛있어. 안에서 진득한 게 줄줄……."

이로하는 뜨겁고 두꺼운 비엔나소시지를 조그마한 입에 쏙 넣었다.

기묘한 표현을 듣고 한순간 흠칫했지만, 패키지에 적힌 「농후 치즈 IN」을 보고 납득했다.

그런 나를 향해 돌아선 이로하가 나에게만 보이게 히죽 웃었다.

"선배도 맛볼래요? ……자아, 아~♪"

이로하는 이쑤시개에 꽂힌 비엔나소시지를 나에게 내밀었다.

"바보, 이러지 마."

"정말. 부끄러워할 필요 없잖아요."

팔을 밀어내며 거절하자, 이로하는 「후후, 어쩔 수 없는 사람이네요」 하고 남편에게 말하는 유부녀처럼 여유 넘치는 미소를 지었다.

이미 두들겨 패주고 싶을 만큼 짜증나게 굴고 있지만, 더 성가신 건—.

"맞아!! 『바보』란 말은 너무 심하잖니, 아키 군!! 이렇게 멋지고 헌신적인 여친은 상냥하게 대해주렴!!"

—바로 이거다.

이로하의 장난에 통명하게 반응했을 뿐인데, 마치 못된 남친인 것처럼 꾸지람을 듣는다. 솔직히 어처구니가 없지만, 남들 눈에는 그렇게 보일지도 모른다. 나도 스쳐 지나간 커플이 집에서 어떤 관계인지 정확하게 상상할 자신은 없으니 말이다.

하지만 우리가 커플인 게 기정사실처럼 여기며 말을 늘어놓으니 솔직히 짜증났다.

딱 잘라 부정해도 「부끄러워하지 않아도 되는데」 하며 웃어넘긴다. 이 무적의 이론이 완성된 이상, 도망칠 길은 없다.

그래서 가능하면 이로하와 단둘이 슈퍼에 가는 건 피하고 싶었지만, 오즈 녀석에게 같이 가자고 말하면…….

『사양할게. 아무도 방해꾼의 동행을 바랄 것 같지 않거든.』

이런 소리를 늘어놓으며 딱 잘라 거절했다.

그 녀석은 나와 이로하가 가까운 사이라고 착각하고 있는 것 같다……. 명백한 오해지만 말이다.

……이런 생각을 하는 사이에도, 이로하는 나를 향해 비엔나소시지를 내밀었다.

감미로운 훈제 향, 열기와 함께 피어나는 김 너머에 존재하는 이로하의 촉촉한 눈동자가 나를 지그시 응시하고 있었다.

"선배, 안 먹을 거예요?"

"……안 먹어. 자아, 가자."

"……그런, 가요. ……………………."

이로하는 풀이 죽은 것처럼 고개를 숙였다.

비엔나소시지를 든 손의 각도, 그리고 시식판매원 아주머니의 눈빛에 어린 온기가 30도 정도 내려갔다.

힐끔힐끔……. 힐끔힐끔…….

이 부근의 분위기가 명백하게 『나쁜 방향』으로 흐르고 있다는 것을 눈치챈 건지, 지나가던 다른 손님들도 딱히 흥미를 가지지는 않으면서도 한순간 기대에 찬 눈길을 우리에게 보냈다.

"큭……."

"…………하아."

"머, 먹으면 될 거 아냐."

무언의 압력을 견디다 못한 나는 빨리 비엔나소시지를 내놓으라는 듯이 퉁명하게 손을 내밀었다.

그러자 이로하는 비엔나소시지를 가슴 쪽으로 가져가며 조용히 고개를 저었다.

"괜찮아요. 먹기 싫어하는 선배한테 억지로 권해서 죄송해요."

"머, 먹기 싫다고 말한 적 없거든?"

"……정말, 인가요? ……그럼 진심에서 우러난 먹고 싶다

는 마음을 프레젠테이션하면서 사랑스럽게 졸라보세요."

—이 녀석!! 사람이 양보하니 더 성가신 반응을 보이는 거냐!!

게다가 방금 한 말의 후반부는 시식판매원 아주머니에게 들리지 않도록 작게 말했다. 이 여자는 풀이 죽은 표정을 짓고 있지만, 속으로는 히죽거리고 있는 게 틀림없다.

이 녀석이 시키는 대로 하는 건 싫지만, 제삼자의 눈길이 집중된 상황에서 이 녀석에게 설교를 할 수도 없다.

"저, 정말 먹고 싶어. 진짜로 먹고 싶네."

"그딴 프레젠테이션으로 기획을 통과시킬 수 있겠어요?"

"당사의 조사에 따르면 비엔나소시지를 먹고 싶은 마음이 98%, 그 중 이로하가 직접 『아~』 해줬으면 한다는 마음이 84%라는 결과가 나왔습니다. 즉, 엄~~~청 먹고 싶사와요!"

"풉, 크크큭……!"

지식층 느낌 나게 숫자를 언급하며 프레젠테이션을 한 후에 귀여운 어조로 애원하자, 이로하는 손으로 입을 막으며 고개를 돌렸다. 등이 부들부들 떨리고 있었다.

남에게 어마어마하게 수치를 안겨줬으면서, 폭소를 터뜨리고 있는 거냐. 이 망할 여자…… 두고 보자…….

"하, 합격이에요. 이렇게까지 할 줄은 몰랐어요. 푸, 푸풉."

"저기, 시식판매원 아주머니. 이 녀석이 웃는 거 봤죠? 이제 그만 얘의 본성을 눈치채는 게 어때요?"

"어서 오세요, 어서 오세요!! 오늘의 추천 상품은 독일산

치즈 IN 비엔나랍니다~!!"
"일하고 있어?!"
방금까지 대화에 참가했었잖아!!
젠장, 이 세상에는 이로하의 가면이 벗겨지지 않도록 하는 기묘한 힘이 작용하고 있는 건 아닐까.
나는 마음속으로 이딴 짓을 벌이는 천상의 신들에게 불만을 토하면서, 비엔나소시지를 깨물었다.
"우물, 후우, 후우…… 젠장……."
"선배, 맛있나요?"
"……엄청 맛있어."
"아하☆ 저는 선배의 그런 솔직한 면을 좋아해요!"
시식판매원 아줌마의 눈길에서 벗어나자마자, 이로하는 원래 모습으로 되돌아가며 웃음을 터뜨렸다.
"네가 짜증나는 것과 비엔나소시지의 맛은 상관이 없어."
뜨거운 육즙이 입안에서 폭발하는 이 맛에, 나는 저항할 수가 없었다.
……이로하에게 놀림을 당한 건 짜증나지만 말이다.
"그건 그렇고, 아무리 거짓말이라도 너는 좋아한다는 말을 서슴없이 늘어놓는구나."
"어~, 아무한테나 그런 소리를 하지는 않거든요? 진짜로 선배를 좋아하기도 하고요!"
"……그 녀석과는 완전 정반대네."

“으음~, 마시로 선배 말이에요?”

“그래. 얼굴을 마주할 때마다 『싫어』 아니면 『죽어』란 소리만 해.”

농담 투로 좋아한다는 말을 듣는 것도 싫지만, 아무 잘못도 안 했는데 싫다는 말을 듣는 것도 싫다.

이로하와 마시로를 더해서 반으로 나눈 듯한 여자가 최고겠지만, 세상일이라는 것은 그렇게 뜻대로 되지 않는 것이다.

“그러고~ 보니, 아직 파티 초대에 성공하지 못했죠?”

“……그래.”

상온 음료가 줄지어 놓인 선반의 가장 위쪽, 토마토 주스 캔을 꺼내려고 발돋움을 하면서 이로하가 그렇게 묻자, 나는 겸연쩍은 표정을 지으며 대답했다.

이번 작전에서는 오즈와 스미레가 막대한 공헌을 해주고 있다. 이로하도 장보기를 도와주고 있으며, 요리의 준비와 반찬을 옮겨 담는 것도 부탁해뒀다.

현재, 아무런 진척도 없는 건 나의 마시로 초대 세션뿐이다.

“그 녀석이 철저하게 나를 피하고 있거든. 어떻게 하면 좋을까?”

“으음…… 영, 차…….”

이로하는 껑충껑충 뛰면서 뭔가를 생각하고 있었다. 그리고…….

“겨, 우…… 선배, 혹시 마시로 선배를 배려하고 있어요?”

"뭐?"

"요 며칠 동안의 공세는 일반적으로 보면 엄청 짜증나는 수준이지만, 선배를 기준으로 본다면 귀여운 수준이라는 생각이 들거든요…… 에잇."

몇 번이나 시도했는데도 이로하의 손은 허공을 갈랐고, 토마토 주스는 꺼내지 못했다.

착지를 한 이로하는 분하다는 듯이 선반 위를 노려보며 말했다.

"선배는 훨씬 짜증날 정도로 억지스러운 사람이잖아요. —**저한테 했을 때라든가**, 저와 오빠와 스미레 쌤을 데리고 허니플레에 입사하기로 결심했을 때도 그랬고요."

"어쩔 수 없잖아. 그게 최선이라는 생각이 들면, 나 자신을 막을 수가 없어."

"그리고, 결국에는 남들을 이해시키죠. 그게 옳네~ 하고 생각하게 만들어요. 선배는 사람을 보는 눈이 너무 좋아서, 상대방이 필요한 것을 정확하게 꿰뚫어 본다니까요."

"가진 자가, 있어 마땅한 장소에 있지 않은 게 마음에 안 들 뿐이야. 실은 재능이 넘치는데, 하고 싶은 일이 있는데, 주위의 환경이 그것을 허락하지 않는다— 그런 건 안타깝다고."

"그런 꿈과 현실의 갭에 고민하는 사람에게 손을 내밀어서, 현실로 데려오는 프로듀스력. 그게 선배의 힘이잖아요."

이로하는 힘차게 점프했다.

그 결과, 그녀의 손은 토마토 주스 캔을 정확하게 캐치했다!

"만세! ……어, 우와아아앗?!"

하지만 착지 과정에서 균형을 잃으면서, 그대로 선반을 쓰러뜨릴 기세로 넘어지려 했다.

나는 재빨리 이로하의 복부에 팔을 두르며, 그녀의 가벼운 몸을 부축했다.

"바보, 조심하라고."

"아하하, 덕분에 살았어요~."

내 품속에서 쓴웃음을 지은 이로하가 캔을 소중히 끌어안으며 그렇게 말했다.

"그리고 우리가 자유롭게 일을 벌이다 문제를 일으킨다면, 어떻게든 해결해주죠. 선배가 그런 사람이니까, 오빠도 선배를 따르는 거예요. 무식하게 밀어붙여도 될지, 마시로 선배가 정말 그것을 바라고 있는지 자신이 없어서 망설이고 있는 건가요? 그렇다면 선배의 안목을 믿어도 오케이라고, 제가 보증할게요☆"

"진심으로, 전력으로, 억지스럽게……. 확실히 나답지 않게 좀 소극적이었을지도 몰라."

합리적인 전략을 취했다고 생각했지만, 아무래도 자기 평가 기능이 무뎌졌던 것 같다.

최종적으로는 마시로의 자주적인 결정에 맡기자는 물러터진 생각이 나의 내면에 존재했다.

그렇다. 이 길이 올바르다고 예상했으니, 그 예상에 모든 것을 걸어야 나답다고 할 수 있으리라.

분명 마시로를 위한 것이기도 했다. 이것은 마시로의 미래를 좋게 만드는데 필요한 통과의례다.

그렇게 생각한다면 일시적으로 짜증스럽게 여겨지더라도 개의치 않겠다.

오즈와 스미레에게, 함께 허니플레에 취직하자는 제안을 했을 때를 떠올렸다.

느닷없이 무슨 소리를 하냐며 놀란 그 두 사람은 그런 건 불가능하다며 어처구니없어했지만, 나는 그것이 모두를 위한 길이라며 설득한 끝에 동의를 얻어냈다.

압도적인 재능을 지녔지만, 최소한의 두뇌도 없는 상대와는 대화를 나눌 수도 없어서, 나나 가족 같은 일부 인간하고만 커뮤니케이션을 취할 수 있는 오즈.

어릴 적부터 그림을 좋아했고, 압도적인 그림 능력과 창작을 향한 천성적인 열정을 지녔으면서도, 교사 일가의 압력 때문에 되고 싶지도 않던 교사의 길을 걸을 수밖에 없었던 스미레.

그 두 사람의 꿈을 이뤄주고, 걸리적거리는 장애물 또한 치워주고 싶다. 그 모든 것을 한꺼번에 이룰 묘안이 바로, 츠키노모리 사장과의 연줄을 이용해 허니플레에 무시험 무조건으로 입사한다는 것이다.

그때의 무모한 제안에 비하면, 최근에 내가 마시로에게 한

권유는 미적지근한 수준이다.

안고 있던 이로하를 자기 발로 서게 한 후, 나는 토마토 주스 캔을 손에 쥐며 말했다.

"—땡큐, 이로하. 네 말이 맞아."

"아핫☆ 선배의 진심이 어떤 건지, 대박 고대하고 있을게요♪"

나와 이 장난 좋아하는 후배는 서로를 향해 음흉한 미소를 지었다.

—각오해, 마시로.

네가 질색을 하더라도, 나는 너를 봐주지 않을 거야.

네가 가장 효율적으로 친구를 사귀고, 가장 효율적으로 즐거운 학교생활을 할 수 있도록…….

철저하게, 짜증나게 굴어주마.

*

『자아, 이제부터 분위기가 달아오르겠네. 아키의 비책이 적중할지, 나도 벌써부터 기대돼.』

『어디까지 할 수 있을지 모르겠지만, 일단 할 수 있는 데까지 해보겠어.』

interlude 막 간 ····· 마시로의 마음

침대 위에서 이불로 몸을 감싸자, 계속 이 기분 좋은 졸음 속에 잠겨 있고 싶었다.

모래사장에 묻혀 있는 조개처럼, 껍데기 밖의 세상과 닿는 일 없이 그저 파도에 흔들리며 지내고 싶다.

그렇게 생각했고, 지금도 때때로 그런 생각이 들었다.

—그러면 안 된다는 것을, 알고 있는데도 말이다. 알기 때문에 전학한 건데도 말이다.

아키와 재회했을 때, 마시로는 정말 기뻤다. 재회의 장소가 최악이었던데다, 대충 고른 속옷을 아키에게 보여주고만 것이 죽고 싶을 정도로 쇼크였지만…….

그래도 다시 만나, 대화를 나눠서, 정말 기뻤다.

알고 있었지만, 아키는 역시 변함이 없었다.

『이번 주 금요일에 마시로의 환영회를 하고 싶어—.』

통학로에서, 학교에서, 집 앞에서, 끈질기게 권유를 하는 아키의 얼굴을 떠올리니 가슴이 아팠다.

그 오지랖에 악의가 없다는 것은 알고 있다.

오랫동안 얼굴을 마주하지 않았지만, 이해하고 있다.

왜냐하면, 그가 해온 일을 멀리서나마 쭉 지켜봐 왔던 것이다.

그래서 자신도 걸음을 내디디고 싶어졌다.

그의 옆으로 가면, 자신도 달라질 수 있을지도 모른다고 생각했다.

—하지만 현실은 달랐다.

아키의 옆에 있는 저 여자 후배는…… 누구지?

저런 사람, 마시로는 모른다.

코히나타 오즈마, 카게이시 스미레라는 인물이 아키의 주위에 있다는 것은 어렴풋이 알고 있었다.

아버지와 아키의 통화를 몰래 훔쳐 들었을 때도, 드물게 그 두 사람의 이름이 언급됐던 것이다.

하지만 저렇게 귀여운 여자애가 있다는 이야기는 듣지 못했다.

게다가, 마치 연인처럼 사이좋은 모습을, 저렇게 과시하듯 보여주다니…….

………….

아니다. 이건 흉한 질투다.

몇 년이나 만나지 못하며 지냈던 자신조차, 추억과 정보만으로 아키에게 애틋한 감정을 품게 됐다.

친구 여동생이라는 가까운 위치에 있는 여자애가, 그를 좋아하게 되는 것도 이상할 게 없다.

솔직히 말해, 아버지에게 가짜 커플 이야기를 들었을 때만 해도 「좋았어」 하고 마음속으로 쾌재를 불렀다.

부끄럽기는 했지만, 그것을 아득히 능가하는 기쁨을 느꼈다.

그래서 아키의 옆에 있던 애— 코히나타 이로하를 보고 느낀 실망감도 컸다.

한심한 이야기라고 스스로도 생각한다.

전에 다니던 학교에서는 클래스메이트와 잘 지내지 못해서 학교에 가는 게 싫어졌고…….

우연히 《5층 동맹》에 대해 알게 된 후로 그들이 어떤 사람들일지 상상의 나래를 펼친 끝에…….

"『스토커야?』라고? 마시로, 너는 바보야."

아키에게 의지할 요량으로 아버지에게 억지를 부린 끝에, 약아빠진 방법으로 아키와 같은 학교, 같은 반에 다니게 된 주제에 『스토커』는 무슨. 자신이야말로 훨씬 악질적인 스토커다.

가슴 속에서 부풀어 오른 질투심에 휩쓸린 채 아키에게 독설을 뱉은 자신이 싫다.

그와 친해지려고 노력했다가, 거부당하는 것도 싫다.

아키에게 친한 여자애가 있는 것도 싫다.

전학하기 전처럼 아무도 자신의 편이 되어주지 않아서, 비참한 기분을 맛보는 것도 싫다.

싫은 것 천지다. 엄마가 손을 잡아끄는데도 말을 듣지 않는 꼬맹이 같다.

"금요일…… 내일, 이구나……."

몸을 돌려서, 한쪽 벽을 지그시 응시했다.

저 벽 너머에 502호실이 있다.

어쩌면 아키가 자는 침대가 있을지도 모르지만, 눈에 아무리 힘을 줘도 벽을 투시할 수는 없었다.

이불로 입가를 가린 마시로가 중얼거렸다.

"파티에는…… 안 갈 거야."

아키와 단둘이서 파티를 하는 거라면, 갈지도 모른다.

하지만 자신과 정반대인 인싸들 사이에 섞이는 건 무리다. 자신만 붕 뜰 게 뻔하다.

아키와 대화를 나눌 권리 또한, 적극적이고 밝은 성격인 다른 사람들에게 빼앗길 것이다.

그렇게 되면 주위에는 모르는 사람뿐이다.

즐거워야 하는 장소에서, 자신이 외톨이라는 사실을 더욱 실감하게 된다.

……그런 건, 절대 싫어. 마시로는 절대, 파티에 가지 않을 거야.

좋아하는 사람이 아무리 초대해도, 절대 안 갈 것이다.

008 제8화 …… 나와 내 친구가 마시로를 위해 짜증나게 군다

금요일. 마시로 환영회 실행 당일이 찾아왔다.

1교시, 2교시, 3교시, 4교시, 점심 시간— 나는 틈만 나면 마시로에게 말을 걸었지만, 역시 얼어붙은 마음은 꿈쩍도 하지 않았고, 억지로 비집고 여는 것 또한 무리였다.

그리고 방과 후…….

종례가 끝나는 것과 동시에 옆을 쳐다보니, 마시로가 짐을 손에 들고 재빨리 교실을 나서고 있었다.

내가 말을 걸기도 전에 도망칠 심산 같지만, 지금은 됐다.

"준비는 됐어?"

뒤편에 있는 이에게 말을 건네자, 오즈가 책상 위에 노트북 컴퓨터를 꺼내며 웃었다.

"준비 완료야. 일주일 만에 이런 시스템을 만들라고 시키다니, 이걸 시킨 프로듀서는 블랙 기업 빰친다니깐."

"디버그를 포함해서 어제 이미 작업을 완료했잖아, 천재 프로그래머."

"귀중한 수면시간을 제물로 바쳐야 했지만 말이야. ……하암."

"뭐, 이 빚은 언젠가 갚겠어. 지금은 일단 도와달라고."

"응, 오케이."

나는 스마트폰을 꺼내 LIME을 켠 후, 동료들에게 일제히 전화를 걸었다.

"오퍼레이션 PT 개시. 전원, 맡은 자리로 이동하도록."

『『『라져!!』』』

이로하, 오즈, 스미레가 한목소리로 답하자, 그것을 들으며 몸을 일으킨 나는 전속력으로 마시로를 쫓았다.

복도를 미끄러지듯 내달리고, 몸을 던지듯 계단을 내려간 나는 이 건물의 입구에서 마시로의 등을 포착했다.

"마시로!"

"……읏! 뭐, 뭐야…… 왜 쫓아온 건데?"

"볼일이 있어."

"파, 파티에는 참석 안 할 거라고 말했잖아."

"날짜는 기억하고 있었구나. 완전히 흥미가 없는 건 아닌가 보네."

"……아! 궤, 궤변 늘어놓지 마. 네가 매일같이 그 소리를 하니 저절로 기억하게 된 거야."

"그럴지도 모르겠네. ……뭐, 걱정하지 마. 네가 제 발로 파티장에 오지 않으면 의미가 없거든. 억지로 끌고 갈 생각은 없어."

"……정말?"

"그래. 나, 거짓말, 안 해."

"더듬더듬 말하니 수상한데…… 그럼 왜 쫓아온 거야?"

"내 볼일은 환영회가 아냐. 그냥 너와 같이 하교할까 싶어서 말이야."

"…………."

마시로가 경계심에 사로잡힌 고양이처럼 나를 올려다보았다.

우와~, 나를 전혀 신용하지 않는 것 같네. 뭐, 오늘까지 내가 했던 짓을 생각하면 어쩔 수 없나.

"어차피 같은 맨션으로 돌아갈 거잖아. 나와 같이 가도 문제 될 건 없지?"

"…………."

역시 이 정도 제안이라면 받아줄 것이다. 친분이 없는 녀석도 있는 파티에 참석하는 건 정신적 허들이 높을지도 모르지만, 이것은 그저 같이 걸으며 집으로 돌아갈 뿐이다. 작위적이지 않은 일상 행동의 연장선인 것이다. 만약 이 제안을 거절한다면, 마시로에게 나는 반경 1미터 안에 있는 것조차 거부하고 싶은 대상인 게 된다. 아무리 그래도 그렇게 나를 질색하지는—.

"……윽."

후다닥!!

신발을 갈아신자마자 냅다 뛰기 시작한 마시로의 등이 점점 멀어져갔다.

"—맙소사, 이 정도로 나를 싫어하는 거야?"

아연실색.

다시 생각해보니, 미움받고도 남을 짓을 해댔으면서 왜 충격을 받나 싶기는 했다.

하지만 만약 이게 러브코미디였다면, 말로는 싫어하면서도 같이 하교를 해야 하는 상황 아냐?

……아, 그렇지도 않을까. 오즈라면 몰라도 나는 그럴 그릇이 아니니까 말이다.

내 주위에 있는 여자들은 하나같이 나를 싫어한다.

내가 데이트하자고 했을 때 무조건 받아주는 그런 쉬운 여자는 내 주위에 한 명도 없다.

하늘은 나에게 그런 재능은 주지 않은 것이다.

그러니, 철저하게 생각하고 또 생각해서 원하는 결과를 거머쥐고 말겠다.

그것이 나— 오오보시 아키테루란 인간이다.

"절대, 놓치지 않겠어!! 무슨 수를 써서라도 너와 같이 하교할 거라고, 마시로——!!"

*

"하아, 하아, 하아…… 왜, 왜 쫓아오는 거야?!"

"자의식 과잉 아냐?! 나는 그저 집으로 돌아가려는 것뿐이거든?!"

"그럼 전력 질주를 할 필요는…… 없잖아……!"

나와 마시로는 숨을 헐떡이며 보행로를 뛰었다.

출발은 마시로가 빨랐지만, 그녀는 지난주까지 은둔형 외톨이였다. 금방 숨이 턱까지 차더니, 걸음도 흐트러졌다. 매일 운동하는 나를 따돌릴 수 있을 리가 없다.

하지만 거의 다 따라잡은 순간, 내가 뻗은 손은 허공을 갈랐다.

"방……향…… 전환……!"

마시로는 보행로에서 뒷골목으로 들어섰다. 허를 찔린 나는 급히 브레이크를 걸었다.

"윽! 기다려!"

"지금 『기다려』라고 말했어! 거짓말쟁이. 역시 마시로를 쫓아온 거잖아!"

"시끄러! 쫓아가는 게 뭐 어때서?! 아앙?!"

"왜 정색하는 거야——?!"

마시로는 비명을 지르며 좁은 뒷골목으로 뛰어 들어갔다.

쌓여 있던 종이 상자와 음식점 쓰레기통을 닥치는 대로 쓰러뜨린 그녀는 안에 든 내용물을 바닥에 흩뿌려 내 추적을 방해하면서 냅다 뛰었다.

꼬리를 밟힐 뻔한 검은 고양이가 겁먹으며 도망쳤지만, 나는 눈길도 주지 않으며 마시로만 필사적으로 쫓아갔다.

"대체, 왜…… 마시로를 신경 쓰는 거야? 아키는…… 마시로가 없어도, 즐겁게 지낼 수 있잖아. 완성된 커뮤니티에…… 끼어드는 건, 무리야……!"

"그럼…… 우리의 동료가 안 될 거면…… 너는 어디로 갈 건데?"

"……윽."

"이 일주일 동안 나 말고 다른 사람과 이야기했어? 마흔 명이나 되는 클래스메이트 중에서 대체 몇 명과 대화를 나눠봤어?"

"그, 그만…… 그런 소리 하지 마……."

심술궂은 질문이라고 생각했다.

월요일부터 금요일까지, 아침부터 밤까지, 이 일주일 동안 쭉 마시로를 쫓아다녔다.

다른 누구보다도 마시로를 지켜본 나는 그 답이 『제로』라는 것을 알고 있는 것이다.

잔혹한 현실을 알면서도 그것을 억지로 떠올리게 하는 듯한 질문을 던진 건, 물론 마시로를 괴롭히기 위해서가 아니다.

"네가 전학을 하면서까지 손에 넣고 싶었던 게, 이런 생활이야?! 아니잖아!"

"……윽! 그렇, 지……!"

"확실히 패밀리 레스토랑에서는 내가 잘못했어. 그건 몇 번이든 사과할게. 무릎 꿇고 빌라면 빌겠어. 평생 나를 욕해도 돼. 달콤한 걸 사달라면 얼마든지 사줄 거고, 나를 심부름꾼처럼 부려먹어도 돼. 그러니 용서하라고는 말 안 할게. 나를 계속 미워해도 상관없어. 하지만―."

온갖 마음을 담아, 진심으로 애원했다.

"―『지금이 즐겁지 않다』는 마음을, 속이려 하지 마!!"

"……윽?!"

마시로의 등이 떨렸다. 하지만 나를 돌아보지는 않은 채, 고개를 저으며 고집스럽게 도망쳤다.

우리는 어느새 골목을 빠져나와 큰길로 나왔다. 시끄러운 경적의 파도를 헤치고, 운전사의 「큰일날 뻔 했잖아, 이 망할 꼬맹이야!」 라는 목소리에 목청껏 사과하면서도, 도망치는 마시로에게서 눈을 떼지 않은 채 강가의 제방으로 뛰어올라갔다.

오르막을 선택한 것은, 마시로가 냉정한 판단력을 잃었다는 증거다.

"잡, 았……다!!"

제방에 올라가자마자 다리가 풀린 마시로는 그대로 주저앉았고, 나는 그제야 그녀를 따라잡았다.

하지만 바로 그때, 예정된 불행이 두 사람을 덮쳤다.

"어?"

"아—."

실 끊어진 꼭두각시처럼 급정지한 마시로에게, 나는 전속력으로 돌진했고…….

체구가 작은 여자애가 성인 남성과 덩치가 비슷한 남자 고등학생의 돌진을 버텨낼 수 있을 리가 없다.

"꺄아아아아아?!"

"우오오오오오?!"

그대로 상반신을 내밀듯 난간을 넘어간 두 사람은 그대로 포개진 채 반대편 내리막을 그대로 데굴데굴 굴러 내려갔다.

첨버——엉!!

게다가 더욱 불행하게도, 그 내리막의 종착지는 바로 강이었다.

불행 중 다행인 것은 그 강이 꽤 얕다는 점뿐이다.

익사는 피한 것이다.

하지만 그 외에는 전부 최악의 상황이다.

"푸웁! 우웩…… 젠장, 코가 삐뚤어지겠네. 유독 공업 폐수가 섞인 건 아니겠지?!"

나는 입안에 들어온 물을 토하면서 욕지거리를 뱉었다.

옆에서 상반신을 일으킨 마시로 또한 콜록거리면서 애처로운 목소리를 토했다.

"으으…… 흠뻑 젖었어……."

"괜찮아? 마……시로……?!"

"어? 왜 그래, 아……키……."

경악을 금치 못하는 나를 보며 고개를 갸웃거린 마시로는 곧 내가 놀란 이유를 눈치챘다.

강에 빠진 자가 도달하게 되는 당연한 말로…….

입고 있는 교복이 흠뻑 젖어서 몸에 찰싹 달라붙었다. 바닥에 철퍼덕 주저앉은 그녀의 허벅지와 양말, 그리고 기품있게 정돈된 머리카락 끝부분, 그리고 촉촉하고 새하얀 피부도 전부 젖어버렸으며, 눈 녹는 아침을 연상케 하는 맑고 아름다운 광경이…… 좀 그럴듯하게 묘사해봤지만, 솔직히 고백하자면 내 머릿속에 가장 먼저 떠오른 말은 아래와 같다.

—에로티이이이익~.

문학성이라고는 눈곱만큼도 느껴지지 않는 감상이라 송구하기 그지없다. 하지만 이보다 더 정확한 표현은 없을 것이다.

뜻밖의 트러블이 발생한 직후라 방심하기도 했다.

평소 이성으로 억누르고 있는 그런 감정이 폭발적으로 샘솟아 나오고 말았다.

그 정도로 마시로가 물에 젖은 모습은, 손댈 수 없을 정도의 신비가 깃든 매력 폭탄이었기에…….

넋을 놓고 쳐다볼 수밖에 없다 해도, 과언이 아니었다.

"……으——……~~~……!!"

자신이 물에 홀딱 젖었다는 것을 눈치챈 것일까.

이마에서 목덜미까지 새빨개진 마시로가 입술을 부들부들 떨고 있었다.

"쳐…… 쳐…… 쳐다, 보지 마…… 변태……!"

"미, 미안해! 너무 에로틱해서 넋놓고 쳐다봤어!"

"너무 솔직하잖아!"

마시로가 전력으로 딴죽을 날렸다.

그런 말을 들어도 싸다. 아무리 혼란스럽더라도 입을 너무 멋대로 놀리고 있다.

마시로는 양손으로 몸을 가리더니, 첨벙첨벙 소리를 내며 뒷걸음질쳤다.

"아……."

하지만 장거리 달리기 직후라 한계 상태인 다리는 물속에서 만족스럽게 걸음을 옮기지 못했고…….

"위험해!"

"꺄아…… 잠깐……."

나는 재빨리 다가가서, 쓰러지려 하는 마시로를 부축했다.

젖은 몸이 밀착되었고, 서로의 얼굴 또한 제로에 가까울 정도로 인접했다.

가슴이 뛰어도 이상하지 않을 자세지만, 같은 실수를 반복하지 않는다고 자부하는 나는 재빨리 고개를 돌렸다.

"혼자 설 수 있을 것 같으면 말해. 너를 계속 안고 있으려는 건 아냐."

"으, 응……."

고개를 돌린 채 그렇게 말한 덕분인지, 마시로는 당혹스러워하면서도 몸의 긴장을 풀며 얌전히 내 품에 안겼다.

그리고 발치를 신경 쓰며 조심조심 균형을 잡더니, 가슴을 쓸어내렸다.

"이제, 괜찮아."

"그래. ……이번에는 넘어지지 마."

"응……."

다리가 풀린 듯한 마시로를 언제든지 부축할 수 있도록 신경 쓰며, 나는 천천히 강에서 빠져나갔다.

난간을 넘어서 제방 위의 길로 돌아간 우리는 거의 동시에 지면에 주저앉았다.

"오늘은 최악의 하루야."

"그건 마시로가 할 말이거든?"

"아직도 인정 안 할 거야? 이 **페어 룩**이면, 영락없는 커플이잖아."

우리의 몰골을 본 내 입에서 자연스럽게 그런 말이 튀어나왔다. 그 꾸밈없는 투덜거림에…….

"……풉."

마시로의 얼음이, 녹아내렸다.

"아하하하. 뭐? 바보 아냐? 이런 최악의 페어 룩은 처음 봐."

"가짜 커플에게 이런 게 딱 어울린다는 신의 계시일지도 몰라."

"그딴 신은 확 죽어."

"말이 되게 심하네. 일단 신에게 기도해두면 나중에 좋은 일이 있을지도 모른다고."

"기대 안 해. 어제까지 나를 미워했던 사람이 오늘 대뜸 나를 좋아해 줄 리 없는걸."

그렇게 중얼거리는 마시로가 내 눈에는 너무나도 왜소해 보였다.

부모에게 꾸중을 듣고 방구석에서 주눅이 들어 있는 어린 애 같았다.

"그것도 맞는 말인지도 몰라. ……저기, 왜 그렇게 고집을 피우는 거야?"

실은 쓸쓸할 것이다.

아버지에게 억지를 부리면서까지 전학을 왔지만 친구를 한 명도 만들지 못했고, 교실에 있을 때도 전혀 즐거워 보이지 않았다. 그런 녀석이 행복해요, 만족해요 같은 소리를 늘어놓는다고 납득이 될 리가 없다. 적어도 나는 그렇게 둔감한 뇌를 가지고 있지 않다.

그래서, 찔러봤다. 아파할지도 모르지만, 인정사정없이, 껍질을 깨봤다.

그 껍질에 틀어박혀 있는 『진짜 마시로』와 이야기를 나누

© tomari

고 싶었기에…….

"……아키는, 참 이상해. 왜 마시로한테 이렇게 끈질기게 구는 거야? 진짜 이상하잖아."

"날카로운걸. 교실에서는 평범한 척하지만, 사실 나는 꽤 이상한 녀석이야."

"교실에서도 전혀 숨기고 있지 않거든? ……그래도 아키는 이런 식으로 이상한 애였구나. 그래서 다른 사람들도……."

다른 사람들이라면 《5층 동맹》 녀석들을 말하는 걸까?

하지만 왜 이 상황에서 걔들을 언급하는 걸까, 란 의문은 삼켜야 했다.

마시로가 이어서 말을 했기 때문이다.

"미안해……. 아키는, 아무 잘못 없어. 아키를, 싫어하는 건, 아냐. 그러니까 마시로를, 싫어하지 말아줘."

"너를 싫어한다고 말한 적 없어. ……미움받고 있다고는 생각했지만 말이야."

마시로가 울음 섞인 목소리로 애원하자, 나는 볼을 긁적이며 그렇게 대꾸했다.

마시로가 밝힐 수 없는 사정을 숨기고 있다는 건 알고 있다. 그래서 나 또한 그녀와 친해지기 위해 짜증나게 굴기는 해도, 과거를 파헤치는 언동은 가능한 한 피했다.

하지만 지금, 마시로는 필사적으로 말을 자아내려 하고 있었다.

스스로, 자신을 감싼 껍질을 깨려 하는 것이다.

"으음…… 저기…… 마시로는, ……무서워."

"무섭다고?"

"아키의 친구들과 가까워지지 못할까 무서워. 마시로만 공기가 되어서 남들 눈에 보이지 않게 된 그 순간, 아키에게도 마시로가 보이지 않는 게 아닐까 싶어서……. 이상하지? 정상이 아니지? 하지만—."

"아냐. 전혀 이상하지 않아."

"뭐?"

마시로가 절실한 목소리로 한 말을, 나는 아무렇지 않게 긍정했다.

그렇다. 그녀가 한 말은 헛소리가 아니다.

"가짜 연인 설정 탓에 주목을 모은 바람에 마시로한테는 그렇게 안 보였을지도 모르지만, 나는 원래 교실에서 공기 같은 녀석이었어. 그 느낌이라면, 누구보다도 잘 안다고."

"거, 거짓말…… 아키가, 공기……?"

마시로는 믿기지 않는다는 듯이 눈을 동그랗게 떴다.

"딱히 괴롭힘을 당하는 건 아니지만 말이야. 별다른 특기가 있는 것도 아니고, 공부는 열심히 하지만 천재라고 불릴 정도는 아닌 데다, 끝내주는 미남이나 못난이도 아냐. 하나부터 열까지 전부 평균 수준인 재미없는 녀석. 평범남. 그게 바로 나야."

"그, 그렇지 않아. 아키는 《5층 동맹》의 리더—."

"어라, 《5층 동맹》을 아는 구나."

맨션 5층에서 환영회를 한다는 건 가르쳐줬지만, 동맹의 이름까지 가르쳐줬던가?

"아…… 으음, 아빠가, 가르쳐줬어."

"하긴, 너는 삼촌의 딸이지. 알고 있는 게 당연하겠네."

츠키노모리 사장은 바람둥이 기질이 있는 데다, 팔불출이기도 했다. 묵비 의무가 뭔데? 먹는 거? 같은 느낌으로 정보를 늘어놓더라도 이상할 게 없다. 애초에 묵비 의무 계약을 맺지도 않은 것이다.

"어, 엄청난 게임을 만들고 있다며? 아직 고등학생인데, 돈도 엄청 벌었다고—."

"멤버들과 나누는 데다, 수익 대부분은 다음 애플리케이션 게임의 제작비로 삼고 있거든. 거의 못 벌었어."

"하지만, 아키가 주도해서 작품을 만들었고…… 다양한 곳에서 남녀노소가 즐기고 있잖아……. 대단, 하다고 생각해. 반에서 인기가 좋더라도, 이상할 게 없어."

"아, 게임을 만든다고 인기가 좋아지지는 않아. 게다가 학교 측에는 숨기고 있거든."

"…………윽!"

마시로의 눈썹이 희미하게 움직였다.

"어째……서야? 다른 사람한테, 바보 취급당할 것…… 같아서?"

"그렇지 않아."

나는 마시로의 질문에 바로 답했다.

"칭찬 좀 받았다고 기고만장해진 나 자신을 상상할 수 있거든."

"뭐…… 남들에게 칭찬받는 게, 싫어?"

"물론 칭찬이야 받고 싶지. 나도 인간이라고."

나 또한 남에게 인정받고 싶다는 욕구를 지녔다. 공기 취급을 당할 때면 좀 슬프기도 했다. 하지만—.

"—자기가 칭찬을 받고 우쭐대며 헛되이 낭비할 시간을 계산해보니, 아무한테도 밝히지 않는 편이 좋겠다는 생각이 들었어. 효율을 따진 결과야."

"……………………."

마시로는 그 말을 듣고 한동안 멍하니 나를 응시한 후…….

"……괴짜네."

오늘 들어 최고의 미소를 입가에 머금었다.

*

"진짜로 안 올 거야?"

흠뻑 젖은 우리는 헨젤과 그레텔이 일부러 흘린 빵부스러기처럼 물방울을 지면에 뿌리며 나란히 걸었다. 그리고 도착한 맨션의 로비에서 멈춰서며 내가 그렇게 묻자, 마시로는 나를 힐끔 쳐다보며 천천히 고개를 저었다.

"……미안해. 초대해준 건 고맙지만……."

"다들 좋은 녀석들이야. 절대 마시로를 따돌리거나 없는 사람 취급하진 않을 거야."

"알아. 그래도, 이건 내 마음의 문제야."

"뭐, 그렇다면 어쩔 수 없네. 오케이, 더는 귀찮게 굴지 않겠어. 나도 포기할게."

로비에 도착한 엘리베이터에 탄 우리는 한동안 아무 말도 하지 않았다.

결국, 마시로를 설득하는 건 실패했다.

그녀가 안고 있는 마음의 어둠은 내가 생각하는 것보다 훨씬 깊었으며, 동료나 친구라는 존재를 꺼리고 있었다.

재회한 지 며칠 안 된 나 따위가 그 마음의 얼음을 녹이는 건, 도저히 무리였다.

함께 강에 빠졌고, 서로의 마음을 드러냈으며, 같이 웃었다.

이렇게까지 했는데도 앞으로 나아갈 수 없을 만큼, 마시로는 마음에 깊은 상처를 입은 것이다.

그렇다면 나는, 아무리 납득할 수 없을지라도, 그녀의 의지를 존중할 수밖에 없다…….

"……그럼 안녕."

5층에서 내린 마시로는 허둥지둥 걸음을 옮겼다.

나는 그녀의 쳐다보며 웃음기 섞인 목소리로 말했다.
"하다못해 다음 주부터는 학교에서 나를 편하게 대해줘."
"……………………응."
어린애처럼 고개를 끄덕이며 종종걸음으로 걷는 마시로의 등을 응시했다.
501호실, 5층 복도 끝. 내 방 바로 옆의 방.
내가 기나긴 복도 도중에 멈춰서며 현관과 마주했을 때, 목소리가 들렸다.
"어. ……잠그는 걸 깜빡했던 걸까?"
고개를 돌려보니, 마시로가 문손잡이를 쥔 채 고개를 갸웃거리고 있었다.
"왜 그래?"
"아, 그게…… 문이, 열려 있어. 분명 잠갔거든."
"—도둑이 든 거야?"
"모, 모르겠어. 하지만……."
불안 섞인 눈길이 나를 향했다.
처음 하는 자취, 이사를 온 지 얼마 안 되어 익숙하지 않은 방, 부자연스럽게 열려 있는 문.
그저 잠그는 것을 깜빡했을 뿐이라면 다행이지만, 그런 게 아니라면……?
빈집털이나 강도가 지금 이 집 안에 있다면……?
그런 상상을 하는 건지, 마시로의 입술이 새파랗게 질렸다.

"……확인해보자. 나도, 같이 들어갈게."

"응……."

마시로를 지키려는 듯이 앞장을 서며 문을 연 나는 어두운 실내로 들어섰다.

신발을 벗고 복도에 올라선 우리는 몸을 밀착시킨 채 살금살금 나아갔다.

복도에는 정적이 감돌고 있었다.

인기척은 느껴지지 않았다.

우리의 걸음에 맞춰 복도 바닥이 삐걱거리는 소리가 괜히 크게 느껴졌다.

한 걸음 내디딜 때마다 긴장감이 상승하고, 땀이 배어 나오는 것을 실감했다.

옷자락을 움켜쥔 마시로의 모습이 평소보다 훨씬 작아 보였다.

거실로 이어지는 문.

나는 아무 말 없이 마시로를 쳐다보았다.

마시로는 마른 침을 삼키더니, 고개를 끄덕였다.

나는 문손잡이를 잡고, 힘차게 열어젖히면서……!

동시에, 마시로의 등을 밀었다.

"어."

"네 마음이 아직 걸음을 내딛지 못한다면, 포기하겠다. 네 마음을 존중하겠다……."

거실 중앙으로 밀쳐진 바람에 당혹스러운 표정을 지으며 돌아보는 마시로를 향해—.

"—그럴 생각은, 추호도 없다고~."

라이벌을 속이고 완전 범죄에 성공한 신세계의 신 같은, 음흉한 미소를 지었다.

펑! 펑펑!!

그 뒤를 이어 들려온 것은, 격렬한 총성—이, 물론 아니었다.

망연자실한 표정으로 서 있는 마시로의 머리에 쏟아진 것은 무자비한 총탄 세례가 아니라, 형형색색의 리본이 자아낸 무지개였다.

""""5층에 어서 와!!""""

『마시로 양 열렬히 환영해』—.

거실 중앙에는 그런 횡단막이 걸려 있었고, 식탁에는 동서고금의 차와 술, 병에 든 주스, 비싼 배달 요리가 놓여 있었으며, 맛있는 향기가 감도는 커다란 냄비에는 이로하가 직접 만든 카레가 들어있었다.

그리고 최후의 만찬 뺨치는 이 식탁 주위에 편한 복장을 한 이로하와 오즈, 스미레가 이미 사용한 축하 폭죽을 손에

쥐고 서 있었다.

그렇다. 나와 마시로는 헨젤과 그레텔처럼 표식을 남기며 걸어왔지만…….

두 사람이 향한 곳은 먹잇감이 찾아오기만 기다리고 있는 교활한 마녀의 집이었다.

불쌍한 그레텔~, 설마 헨젤이 자기를 마녀의 집으로 인도할 거라고는 생각도 못 했을 것이다.

"……뭐, 뭐가 어떻게 된, 거야?"

"오늘 마시로의 환영회를 할 거라고 말했잖아?"

"그게, 아니라…… 왜 마시로의 집에서 하는 거야? 불법, 침입……!"

"불법 침입은 나쁜 짓이지. 나도 이로하 녀석한테 입에서 신물이 나도록 하지 말라고 말해."

"그럼—."

"하지만, 이건 아냐. 우리는 불법 침입을 하지 않았다고. 왜냐하면, 여기는 **내 집이거든.**"

"뭐? 영문을, 모르겠어. 여기는, 마시로의 집……."

"문패에 그렇게 적혀 있었어?"

"문패는, 없어. 이사 온지 얼마 안 되어서……."

"그래서 속이기 쉬웠지. 우리 집 문패를 떼어놓기만 하면 됐거든. 진짜 식은 죽 먹기야."

"하, 하지만, 마시로는 분명……."

“가구의 배치와 거실의 구조를 봐. 이 방이, 눈에 익어?”

“…………그렇진, 않아.”

“그걸로도 증명 종료라고 생각하는데 말이지.”

“……하지만, 어떻게 한 거야? 마시로는, 마시로네 집 문을 열었는데…….”

마시로의 머리 위에 물음표가 잔뜩 떠 있는 가운데, 나는 그녀에게 일단 힌트를 줬다.

“마시로, 너는 자기 집의 장소를 어떻게 기억하고 있어?”

“뭐? 으음…… 복도, 가장 안쪽 집—.”

“그거야. 인간은 주변에 놓인 물건과 풍경을 통해, 상대적으로 장소를 기억해.”

그리고 그 기억 정보는 매우 애매모호하다.

익숙한 길이라면 반복 학습을 통해 상당히 정확하게 기억하는 게 가능하지만…….

처음 방문한 장소나 아직 익숙하지 않은 환경에서는, 익숙한 랜드마크에 의지할 필요가 있다.

그렇기에…….

“마시로는 복도 끝, 막다른 곳 바로 앞에 있는 집이 자기 집이라고 기억하고 있었어.”

“기억하고 있는 게 아니라, 그게 사실인데…… 무슨 소리를 하는 거야?”

“여기가 복도 끝 방이 아니라는 거야.”

"????"

마시로는 여전히 영문을 모르겠다는 표정을 지었다.

뭐, 그런 표정을 지을 만도 해.

"보면 이해가 될 거야."

나는 그렇게 말하면서, 마시로를 데리고 집 밖으로 나갔다.

문밖 바로 왼편— 복도 끝에 해당하는 장소는 누가 봐도 평범한 벽에 지나지 않았다. 마시로도 내 말의 의미를 모르겠는지, 의아한 듯이 고개를 갸웃거렸다.

그런 그녀의 눈앞에서, 나는 그 벽에 손을 짚었다.

그러자, 그 광경에 파문이 생겨났고—.

"어?!"

마시로는 깜짝 놀라고 말았다.

"**화이트 스크린**이야. 복도 끝의 벽과 똑같은 질감인 텍스처를 화면에 표시시켜서, 착각하게 한 거지."

"지, 진짜네. 유심히 보니, 억지로 설치한 흔적이 있어……."

"참고로 방과 후에 내가 너를 쫓아다닌 건, 네가 집에 바로 돌아가지 못하게 하기 위해서야."

마시로는 내 말을 듣고 화들짝 놀랐다.

"거기까지 계산한 거야?"

"뭐, 맞아. 일이 어떻게 풀리든 괜찮도록, 이중 삼중으로 작전을 짜뒀어."

방과 후에 내 설득에 마시로가 넘어온다면, 화이트 스크린은 필요 없다. 하지만 나를 거부하며 도망친다면, 집에 바로 돌아가지 못하도록 해야 한다. 그래서 나는 마시로를 쫓아다녔다.

다른 이들이 스크린을 설치할 시간을 벌기 위해서 말이다.

"하아. 사람을 속일 수 있을 정도의 정밀도로 조정하는 건 진짜 어려웠어. 아키는 항상 무리한 일을 시킨다니까. 그것도 느닷없이 말이야."

"뭐, 그 무리한 일을 어떻게든 실현하는 친구가 있거든."

나는 뒤이어 현관에서 나온 오즈를 향해 쓴웃음을 지었다.

우리 《5층 동맹》의 뼈대, 모든 기술력을 홀로 담당하고 있는 천재 프로그래머, OZ. 본명, 코히나타 오즈마.

오즈는 그 어떤 섬세한 영상 처리도 가능하게 하는 시스템을, 카게이시 스미레의 색채 지식을 빌려 겨우 며칠 만에 구축한 것이다.

"오퍼레이션 PT(픽처 트랩), 일단 대성공이네."

"이해가…… 안 돼."

망연자실한 마시로가 갑자기 그렇게 중얼거렸다. 그런 그녀의 손을 떨리고 있었다.

"왜 이렇게까지, 하는 거야? 마시로를 파티에 참석시키기 위해, 이렇게까지……."

"참가하면 알 수 있어서야. 이 녀석들이 너만 따돌릴 녀석들이 아니라는 걸 말이지."

마시로는 시야가 너무 좁았다.

가짜 벽을 눈치채지 못할 정도로, 주위가 보이지 않았다.

혼자 방에 틀어박혀 지낸 그녀에게는, 자신만이 세상의 주민이었다.

그렇기에, 모든 것을 자신의 척도로 재려고 했다.

세상은 자신에게만 혹독하다— 그런 마시로만의 상식을 억지로 깨부수기 위해, 우리는 이렇게 손이 많이 가는 함정을 만들었다.

"하, 하지만…… 일방적으로, 친구가 되자고 해도, 곤란…… 하달까……."

"무슨 소리를 하는 거예요, 마시로 선붸~! ……어, 완전 후줄근?!"

집에서 튀어나온 이로하가 마시로를 등 뒤에서 꼭 끌어안다가, 곧 그녀가 흠뻑 젖었다는 것을 눈치채고 부리나케 떨어졌다.

"아키 선배……. 이렇게 흠뻑 젖을 정도로 능욕한 거예요?"

"아냐. 그리고 잘 봐. 나도 쫄딱 젖었다고."

"그건 능욕에 따른 **분수쇼**로—."

"어이, 여고생. 아직 야심한 시각도 아닌데 무슨 소리를 늘어놓는 거냐."

진짜 청초함이라고는 눈곱만큼도 찾아볼 수 없어서 어이가 없을 정도다.

"아핫☆ 요즘 이 정도 성지식도 없는 여자애가 어디 있냐고요~! 참, 아~무~튼~, 마시로 씨는 착각을 하고 있는 것 같네요!"

이로하가 조그마한 코앞에 손가락 하나를 척 세우더니…….

"우리 넷은 **친구 사이가 아니라고요**!"

"뭐?"

그렇게 말하자, 마시로는 어리둥절한 표정을 표정을 지었다.

"아, 정확하게는 아키 선배와 오빠를 제외하고 말이에요. 그리고 여동생으로서는 저 두 사람이 연인 사이라면 더 끝내줄 것 같지만요!"

"이해해!! 끝내주지!! 냉담 사디스트 슈퍼 달링과 왕자님 수 타입의 절묘한 하모니!!"

"이 타이밍에 끼어들지 마. 닥치고 있어, 망할 교사."

"하응…… 야박해~."

"으, 술 냄새! 벌써 퍼마신 거냐고! 하다못해 마시로가 도착할 때까지 기다리란 말이야!"

"나와 술병을 같은 공간에 둔 게 잘못이야."

섞으면 안 되는 세제 같은 거냐. 화학 반응적으로 술을 섭취할 수밖에 없다니, 이 여자에게는 이성이라는 게 존재하지 않는 걸까.

"자, 잠깐…… 잠깐만! 친구가 아니라는 게 무슨 소리야? 이렇게 사이가 좋잖아."

"으음, 저한테 선배는 오빠의 친구, 오빠는 그냥 오빠, 스미레 쌤은 오빠의 담임— 같은 느낌이거든요. 일반적인 친구 사이와는 분위기가 좀 달라요~."

"그래. 나한테도 오즈는 친구지만, 이로하는 친구의 동생이고, 저 막장 여교사는 그저 존재할 뿐인 생물에 불과해."

"내 취급만 너무 야박한 거 아냐?!"

"뭐, 그러니까 말이죠."

스미레를 집 안으로 밀어 넣어서 우는 소리를 셧업시킨 후, 이로하는 고개만 돌리며 말을 이었다.

"어쩌다 보니 이렇게 이웃이 됐으니까, 잘 지내보자! 같은 사이에요."

"그런 관계가…… 존재하는 거야? 게임을 같이 만드는 동료라서 가능한 거야?"

"어머머. 그것도 알고 있군요."

이로하는 의아하다는 눈길을 나에게 보냈다.

그러고 보니 아직 설명하지 않았지만, 이미 알고 있는 것 같다는 의미를 담아 고개를 끄덕였다.

"뭐, 그것도 이유이기는 해도 절대적인 조건은 아니에요. 친구도, 친구도, 가족도, 하물며 연인도 아닌, 동료 혹은 길드 같은 그런 느슨한 관계죠. 인간력 낮은 우리한테는 그 정도가 딱 맞을 거라는 아키 선배의 아이디어— 우읍?!"

"아~, 거기까지. 너는 입이 너무 가벼워."

나는 《5층 동맹》의 탄생 과정을 나불거리는 이로하의 입을 막았다.

딱히 중요한 이야기는 아니고, 듣는 사람이 재미있을 만한 이야기도 아니다.

신입인 마시로에게는 들려주지 않아도 될 것이다.

"그러니까 말이야. 마시로도 『가짜 남친의 친구』, 『가짜 남친의 친구의 여동생』으로서, 이 녀석과 적당히 어울리며 지내면 돼. 《5층 동맹》에는 친구 간의 의무 같은 건 없고, 성가신 속박 같은 것도 전혀 없어. 멤버 중에서 유일하게 이 맨션에서 살지 않는 마키가이 나마코 선생님은 떨어져 지내는 데다 모임에 참가하지 않지만, 그렇다고 이 관계가 달라지지는 않았거든."

"아……."

마키가이 나마코라는 이름을 내가 언급하자, 마시로는 납득한 듯한 표정을 지었다.

《5층 동맹》에 대해 알고 있으니, 물론 그 이름도 알 것이다.

우리 멤버 중에서 가장 지명도가 높은 상업 작가 선생님이니 말이다.

그 사람이 지금 이 장소에 없는 것, 또한 그렇다고 해서 우리가 마이너스적인 감정을 품지도 않는다는 사실이, 《5층 동맹》이란 커뮤니티가 일반적인 『친구』나 『동료』 같은 관계와 명백히 다르다는 사실을 증명하고 있다.

"이해했어?"

"……진짜, 바보 같아. 사람을 속이다니, 너무해."

예, 변명의 여지가 없사옵니다. 나 또한 사기나 다름없는 짓이라는 걸 자각하고 있다.

"그래도, 나쁘지는 않지?"

"응…… 고마워."

언짢은 표정을 지은 채로 볼을 약간 붉힌 마시로가 그렇게 답했다.

*

흠뻑 젖은 상태에서 파티를 할 수도 없기에, 나와 마시로는 샤워를 했다.

……물론 각자의 집에서 따로 말이다.

목욕을 마치고 사복으로 갈아입은 나와 마시로는 현관에서 합류한 후, 다른 이들이 기다리는 거실로 향했다.

하지만 거실에는 아무도 없었다.

이 집의 방 세 개 중 가장 안쪽에 있는 방에서 심상치 않은 소리가 들려왔다.

그 녀석들, 설마…… 셋이서 그걸 하는 건 아니겠지?

"어, 아무도 없어."

"아무래도 이미 어른의 세계에 들어간 것 같아."

"어? 어어?"

"마시로는 아마 처음이겠지만…… 뭐, 모르겠다면 내가 가르쳐줄게."

"자, 잠깐만 있어 봐. 전개가 너무 빠른 거 아냐?"

"처음에는 무섭겠지만 금방 익숙해질 거야. 자, 가자."

나는 마시로의 손을 약간 억지로 당겼다.

저항했지만 개의치 않았다. 여기까지 와서 도망치게 둘 수는 없다.

너도 우리와 같은 진흙탕에서 뒹굴어줘야겠어. 크크큭!

"아, 안 돼…… 용서해줘. 아키만이라면 몰라도, 난교 파티는 싫어……."

작은 목소리로 뭐라고 떠들어대고 있지만, 나는 개의치 않으며 안쪽에 있는 방의 문을 열었다.

그러자……!

드륵드륵드륵드륵드륵!!

"어, 아키. 먼저 시작했어."

"선배, 도착~!! 역시 3인 플레이는 좀 아쉽네요~!!"

"아하하하하! 이로하, 무슨 소리를 하는 거야! 마치 3P라도 하는 것 같잖아!"

"듣기 좀 그러니, 그냥 삼마라고 해. 아, 카게이시 선생님. 론이에요. 12000."

"끄아~~~?!"

“……어?”

방 안의 상황을 본 마시로는 얼이 나갔다.

대체 무슨 상상을 한 건지는 모르겠지만, 눈앞에 뜻밖의 상황이 펼쳐진 것이리라.

뭐, 그럴 만도 했다. 일반 가정에 이런 게 있을 거라고는 생각 안 할 테니 말이다.

오즈와 이로하와 스미레가 둘러싸고 있는 건, 이질적인 존재감을 뿜는 네모난 탁자…….

전 자 동 마 작 테 이 블.

“이, 이건…….”

“밥 먹고, 술 마시고, 내키면 한판 하는 거야.”

“자아, 빨리 앉아요~. 네 명이 모여야 본격적인 승부를 펼칠 수 있다고요☆”

“마시로, 해볼래?”

“어…… 으음. 마작은 인터넷 마작만 해봤는데…….”

“그런 소리 하는 녀석치고 약한 녀석이 없지.”

“동감~☆ 초보자 어필 좀 작작하라는 느낌이라니까요~!”

“오즈마 군보다 셀까? 뭐, 내 민단기(裸単騎)가 최강이겠지만 말이야!”

팔을 걷어붙인 스미레가 열의를 콧김을 뿜으며 그렇게 말했다.

이 사람, 실은 엄청 약한데 말이야!

방금 한 방 제대로 먹었으면서 이런 소리를 늘어놓다니, 정말 근성이 끝내준다.

뭐, 아무리 약하고 이기지를 못하더라도 즐겁게 마작을 친다는 게 스미레의 장점이지만 말이다.

"마, 마시로, 도박은 좀……."

"괜찮아. 내기는 안 하거든. 집주인 권한으로 도박은 금지야."

"거는 건 각자의 자존심! 이에요~☆"

"자존심……."

"예~. 이 이로하 님은 승패에 엄청나게 집착하는 타입이거든요! 마시로 씨는 아키 선배의 대리인 거네요~. 오늘이야말로 제가 선배 위에 올라서고 말 거예요~☆"

"어이, 멋대로 정하지 마. ……뭐, 됐어."

승패에 집착하는 건 너뿐이거든.

"일단 한판 둬봐. 승부 중에는 인간의 본성이 드러나기 마련이거든. 상대방을 금방 이해할 수 있을 거야."

"응……. 일단, 해볼게."

마시로는 석연치 않아 하면서도, 마작패를 쥐었다.

이리하여 마시로 환영회를 겸한 즉석 마작 대회가 개최됐다.

하지만 재미 삼아 두는 마작이기에, 대국 중에 자기소개를 겸한 숨김 없는 대화를 나눴다.

서로의 이름, 특기, 좋아하는 음식…….

그런 무난한 화제로 이야기를 시작해, 마시로의 취미이기도 한 것 같은 농후한 심야 애니메이션 이야기로 이어졌다.

마시로도 다른 이들에 대해 알아가기 시작한 건지, 얼굴에 어린 긴장이 풀리고 있었다.

참고로 마작은 패 효율을 계산해서 최적의 수를 계속 두고 있는 오즈가 시종일관 유리했다.

초면인 사람이 많아서 긴장한 건지, 사소한 실수를 연달아 범한 마시로는 딱 0점이다.

이 집의 룰에는 점수를 전부 날리는 토비가 없기 때문에, 풍전등화의 상황이다.

"흐흥~. 선배의 현신(現身)인 마시로 씨, 완전 박살이 나고 있네요☆ 이제 선두인 오빠를 끌어내리기만 하면 저의 완전 승리예요! 이긴다면 상으로 선배와 음란한 짓 해도 되나요? —같은 소리 할 줄 알았어요~?! 새빨간 거짓말~이에요☆ 아쉽~겠네요☆"

"짜증나……. 전혀 아쉽지 않거든?"

"또 아무렇지 않은 척 한다~. 동정 선배가 제 가슴에 매료됐다는 건 알고 있거든요?"

"헛소리 말고 마작에 집중해. 이번에는 마시로가 선이라고."

"리치도 못 하는 선 따위는 하나도 무섭지 않다고요~."

"저기, 이로하…… 양?"

마시로는 탁, 탁, 하고 패를 두는 소리에 가려질 정도의 목소리로 말을 걸었다.

"어라라, 무슨 일이에요?"

"이로하 양과, 아키는…… 진짜로, 사귀지 않는 거야?"

"아뇨, 러브러브예요☆"

"어."

"농담이에요!! 놀랐어요? 깜짝 놀랐나요?!"

"으, 응……."

마시로 녀석, 이로하의 하이 텐션에 완전히 휘둘리고 있는걸.

"이 녀석은 좀 친해졌다 싶은 사람한테 엄청 짜증나게 구니까 조심해."

"우와~, 너무해. 말이 심한 거 아니에요~? 선배한테 할 때보다는 좀 자제할 테니까 걱정하지 마세요."

"나한테도 짜증나게 굴지 마."

"무리예요~! 그게 이 이로하 님의 보람이거든요☆"

"완전 민폐 쩌는 보람이네……."

"…………."

"어, 마시로. 왜 그래?"

마시로는 대화를 나누는 나와 이로하를 아무 말없이 응시했다.

패를 섞는 것도 멈추더니, 약간 삐친 것처럼 볼을 부풀리며 말했다.
“그런 것치고는 사이가 너무 좋잖아.”
“어, 혹시 질투하는 거예요?”
“……아, 아냐!”
“흐음, 수상하네~. 가짜 여친이라고 말했지만 실은~, 같은 패턴인 거 아니에요?”
“으윽…….”
왜 이 타이밍에 숨을 삼키는 거냐고. 마시로의 말이 사실이라는 듯한 반응이잖아.
아니, 설마…… 그럴 리 없어.
“그, 그렇지 않거든? 아키 같은 변태를 누가 좋아하겠어.”
“우와 신랄~☆ 나를 대할 때의 선배 같아!”
“어.”
“어…… 잠깐만. 왜 이 타이밍에 나를 쳐다보는 거야?”
“같은 태도…… 그럼, 이로하 양을 향한 아키의 마음은…….”
“응? 아, 나를 향한 네 마음과 같을지도 몰라.”
죽도록 싫어한다는 부분이 말이다.
마시로는 내 대답을 듣더니, 「…………」하고 침묵에 잠겼다.
그리고 이로하 또한 「흐음, 그렇게 된 거구나~」 하면서 의미심장한 눈길로 마시로를 관찰했다.
잘 모르겠지만, 성가신 공방전이 물밑에서 펼쳐지고 있는 듯한 느낌이 들었다.

© tomari

이로하와 마시로. 두 사람의 영문모를 시선 교환 끝에…….

"아."

"……………………론."

이로하의 손에서 흘러나온 패를 본 마시로가 작지만 힘찬 목소리로 선언했다.

"국사무쌍. 48000."

"어, 어어어어~~~?!"

"유감인걸. 선두에서 끌려 내려왔네."

"키야~. 이 상황에서 선의 역만 직격? 운이 끝내주잖아."

"말도 안 돼. 내 승리가~."

"……훗."

이로하는 울상을 지으며 점수봉을 지불했다. 그것을 받는 마시로의 얼굴은 왠지 의기양양해 보였다.

그건 그렇고 드문 일도 다 있다.

국사무쌍을 노리는 게 뻔히 보이는 상황에서 이로하가 상대방이 노리는 걸지도 모르는 자패(字牌)를 버리다니 말이다.

혹시 집중력이 흐트러지는 일이 있었던 걸까?

*

자정이 지났을 즈음.

마시로 환영회를 끝내고 다들 자신의 방으로 돌아간 후,

나는 테이블에 아무렇게나 놓인 마작패, 바닥에 굴러다니는 빈 캔과 병, 그리고 까마귀가 지저분하게 먹은 듯한 거실 식탁의 비참한 광경을 보면서 한숨을 내쉬었다.

"멋대로 먹고 마시고 놀며 만족하니 보금자리로 돌아간 거냐……. 너희가 무슨 산적이냐고."

뭐, 나도 그것을 좋게 여기고 있지만 말이다.

오즈는 뒷정리를 돕겠다고 말했지만, 오퍼레이션 PT에 막대한 공헌을 한 그 녀석에게 그런 일까지 시키려니 양심이 아팠다.

마시로는 게스트니 봐준다고 쳐도, 이로하와 스미레는 용서 못 한다. 애초에 기대조차 안 했지만 말이다.

아무튼, 작전이 성공리에 끝나서 다행이다.

이것으로 마시로도 조금은 마음을 열었을 것이다.

그렇다면 그 녀석의 학교생활도 조금은 재미있어질 테니까…….

어이어이, 나란 놈은 왜 허울 좋은 소리를 늘어놓고 있는 거냐고.

츠키노모리 사장에게 막대한 빚을 지웠다.

그래, 이게 진실이지.

착각하면 곤란한데, 나는 딱히 히어로나 성인군자가 아니다.

자기 자신과 《5층 동맹》의 인간의 장래를 위해, 조금이라도 더 나은 길을 효율적으로 나아갈 뿐이다.

마시로와는 결과적으로 WIN-WIN하게 되면 감지덕지, 아니면 그저 오지랖에 지나지 않는다. 그러나 설령 마시로 본인에게 도움이 되지 않더라도 츠키노모리 사장과의 관계에 플러스만 되면 충분하다.

그래서 그런 억지스러운 수단을 동원했다. 실패하면 마시로의 마음에 상처를 입힐지도 모르는 방법을, 아무렇지도 않게 선택했다. 진짜로 나는 최악의 인간이라고, 다시 한번 생각했다.

『인정(人情)이 없다.』

옛날에 그런 말을 들었던 것을 떠올렸다.

초등학생 때, 구기대회의 축구 시합에서 실력 없는 학생에게 패스를 하지 말라는 지시를 했더니, 담임 교사에게 혼이 났다. 못하는 애의 심정을 헤아려주라는 말을 들었다. 나는 그저, 그러는 편이 이길 가능성이 커지니 그렇게 하자는 제안을 했을 뿐이지만, 아무래도 그것은 매정한 판단이었던 것 같다.

하지만 패스를 받지 않았던 애는 나중에 나에게 「패스를 안 보내서 솔직히 안심했다」고 말했다.

공놀이를 못 하는 애는 애초에 구기대회에 나가고 싶지 않았던 것이다.

패스를 받았다가 상대팀에게 공을 빼앗겨서 동료들에게 폐를 끼치거나, 실망하게 하거나, 비웃음을 사는 게 더 싫었다고 한다.

하지만 당사자 이외의 사람들에게는 너무하다며 비난을 당했다.

당시보다 주위가 잘 보이게 된 지금이라면, 그 비판의 의미도 이해할 수 있다.

상처 입는 사람이 있을지도 모른다, 슬퍼하는 사람이 있을지도 모른다, 그런 관점이 부족했다.

자신이 바라는 결과에 도달하기 위해서라면 남의 마음을 무시할 수 있다, 무시하고 만다…….

그것이 『인정이 없다』라는 말을 타인에게 들은 이유일 것이다.

언제부터 그랬던 건지는 모른다. 눈치채고 보니, 자신은 그런 감성을 지니고 있었다.

하지만, 이제 와서는 아무래도 상관없다.

지금의 나에게는 망설임이 존재하지 않는다. 내 효율주의 때문에 슬퍼하는 인간이 있을지도 모르지만…….

그에 못지않게, 구원받는 인간도 있다는 것을 알기 때문이다.

똑, 똑.

뒷정리가 거의 끝났을 때, 쓰레기봉투를 모아서 거실 구석에 쌓아놓고 있을 즈음에 소리가 들렸다.

베란다로 이어지는 청소용 창문을 두드리는 소리다.

이렇게 늦은 시간에 5층 방의 창문을 두드리는 건, 십중팔구 도둑 혹은 그에 못지않은 부도덕한 자가 틀림없다.

청소에 쓰는 빗자루를 무기 삼아 쥔 나는 천천히 커튼이 쳐진 창문에 다가갔다.

똑, 똑. 누군가가 끈질길 정도로 창문을 계속 두드리고 있었다.

나는 천천히 손을 뻗어서 창문을 열었다.

덜커덩! 하는 소리가 나게 힘차게 창문을 연 나는, 커튼을 헤치며 베란다에 있는 누군가의 정수리를 향해 빗자루를 힘껏 휘둘렀다.

쩌~~~억!!

"아야야~!"

대나무를 쪼개는 듯한 상쾌한 손맛이 느껴진 후, 귀에 익은 비명이 들렸다.

그 인물은 바닥에 주저앉더니, 머리를 감싸쥔 채 온몸을 부들부들 떨며—.

"귀여운 후배한테 이게 무슨 짓이에요?!"

"뭐야. 이로하였구나."

"뭐야, 는 무슨! 저인 줄 뻔히 알면서 때렸죠?!"
"그렇지 않아. 9할 5푼 정도만 확신했거든."
"그 정도면 100퍼센트~! 거의 100퍼센트!"
이마를 감싸 쥔 친구 여동생이 울상을 지으며 딴죽을 날렸다.
한밤중인데도 불구하고, 여전히 시끄러운 생물이다.
"부우~, 창밖에 있는 사람이 누구인지 모르면서, 용케 이렇게 심한 짓을 하네요."
"이런 시간에 찾아올 사람은 도둑 아니면 이로하뿐이거든. 어느 쪽이든 간에 때려도 문제 될 게 없어."
"……선배는 장래에 가정 폭력을 행사할 타입이네요."
"너와 도메스틱이 될 예정은 없으니 걱정하지 마. 그것보다, 베란다로 우리 집에 넘어오지 말라고."
"그렇지만, 부모한테 들키지 않을 루트는 이것뿐이거든요."
"맨션 관리인에게 들켰다간 바로 혼나겠지."
이로하가 손가락으로 가리킨 곳을 본 나는 한숨을 내쉬었다.
맨션의 베란다는 옆집과 연결되어 있으며, 비상 상황에서는 칸막이를 부수고 옆집으로 피난할 수 있게 되어있다.
그런데 이로하 녀석은 멋대로 그 칸막이를 부숴서 언제든 자유롭게 지나다닐 수 있게 한 것이다.
평소에는 종이 상자를 산더미처럼 쌓아서 그 구멍을 숨기지만, 들켰다간 바로 아웃이다.

자기 방이 우리 집 창가 쪽에 있다고 해도, 정말 프리덤한 녀석이다.

"그런데, 무슨 일이야?"

"이야~, 실은 선배와 이야기를 좀 나누고 싶어서요."

"그럼 아까 돌아가지 않고 남았으면 되잖아."

"뒷정리를 돕기 싫었거든요. 얼추 끝났을 타이밍에 찾아왔다고나 할까요?"

정말 시원시원하게 느껴질 정도로 빌어먹을 여자다.

이미 익숙해진 나는 딱히 화를 내지도 않으며 물었다.

"시리어스한 거야?"

"아주 쬐끔요."

"……그럼, 잠시만 어울려줄게."

"땡큐 베리머치~예요."

장난스럽게 웃으면서 돌아선 이로하는 난간에 팔꿈치를 얹었다.

나도 샌들을 신고 그녀의 옆에 섰다.

여름의 초입에 들어선 시기라 그런지, 한밤중의 공기는 쌀쌀했다.

이로하를 힐끔 쳐다보니, 그녀는 잠옷 위에 겉옷만 걸치고 있었다.

유심히 보니 팔을 슬며시 비비고 있었다.

쾌적하다고는 도저히 말할 수 없는 한밤중에 베란다에서

밀담을 나누자고 하다니, 대체 어떤 용건인 걸까.

그런 생각을 하고 있을 때, 이로하는 난간에 맡긴 팔에 얼굴을 얹으며, 나를 힐끔 쳐다보았다.

"마시로 선배~ 일로 수고 많았어요. 정신적으로 엄청나게 고생했죠?"

"……뭐, 나름대로 말이야."

"정 피곤하면, 제가 치료해줄까요? 가슴 만질래요?"

"어차피 「거짓말이에요~☆」 하며 웃을 거잖아. 두 번 다시 그 수에는 놀아나지 않을 거야."

"가슴 조물조물은 농담이지만, 치료해주고 싶다는 생각은 진짜예요."

"네 평소 행실을 생각하면 전혀 믿기지 않거든? 절대 안 속아."

"뭐, 됐어요~."

입술을 삐죽 내민 이로하는 난간을 쥔 내 손등을 손가락으로 톡톡 두드렸다.

"선배의 그런 모습을 참 오래간만에 본 것 같은 느낌이 들어요."

"오지랖 넓어서 미안하네."

"비난하는 게 아니거든요? 선배는 진짜 청개구리 같다니까요."

볼을 부풀린 이로하는 코히나타 가와는 반대편에 있는 베

란다를 쳐다보았다.

"마시로 선배와 사촌 사이랬죠?"

"그래. 그리고 지금은 중요한 거래처 사장님의 영애이기도 해."

"상냥하게 대해주는 건 어디까지나 효율적인 장래 설계를 위해서인가요?"

"그것 이외의 행동 원리에 따라 움직인 적은 없어."

단언할 수 있다.

마시로를 《5층 동맹》에 들이자고 결심한 것은 바로 나 자신을 위해서다.

그 녀석을 구원해주겠다는 오만한 마음은 눈곱만큼도 품고 있지 않다.

나 자신, 그리고 내 동료들의 이익을 최대화하기 위한 작전에 지나지 않는다.

그러니 『차갑다』, 『인정이 없다』 같은 비난을 듣는 것이 당연하다…….

"역시 선배는 상냥하네요."

그래서 이 후배의 진심 어린 발언은, 세간의 일반적인 상식과 동떨어져 있다.

"뭐, 상냥하지 않았다면 지금쯤 너는 나한테 SALHAE당한 후에 숲속 들개들의 먹이가 됐겠지."

"어~이~, 지금은 시리어스~. 시리어스 타임이라고요~."

"……미안해."

진지하지 못했다며 꾸중을 들었다. 그것도 이로하 따위에게 말이다.

하지만 괜한 농담을 한 건 사실이기에 순순히 사과했다.

"선배는 상냥해요. 왜냐하면—."

이로하는 갑자기 말을 멈추더니, 남들의 귀를 의식하듯 주위를 살폈다.

그리고, 속삭이는 듯한 말투로 이어 말했다.

"제가 《5층 동맹》의 게임에서 보이스를 담당하고 있다는 걸, 다른 누구에게도 알리지 않고 동료로 받아줬잖아요."

그렇다. 인디즈 작품으로 100만 DL를 기록한 애플리케이션 게임의 제작 집단 《5층 동맹》이 내놓은 작품에는 본격적인 시나리오, 매력적인 캐릭터 디자인, 초절정 기술을 통한 게임 시스템 이외에도, 대명사라 할 수 있는 특징이 하나 더 있다.

그것은— 캐릭터의 목소리다.

압도적인 목소리가 지닌 매력과 천재적인 연기력을 갖춘 스무 명가량의 성우를 기용했는데도 그들 전원의 이름을 공개하지 않았다.

SNS상에서는 소문이 꼬리를 이었고, 유명 성우가 참여했지만 이름을 밝히지 않았다는 설, 성우 사무소에 속한 전도 유망한 이들을 대량으로 기용했다는 설, 지나가는 일반인이라도 시켜보면 의외로 잘하는 것 아닐까? 설 등, 무책임한 소문들이 잔뜩 떠돌았다.

꿈에도 모를 것이다…….

남녀 불문하고 모든 캐릭터의 보이스를, 이 코히나타 이로하라는 아마추어 여고생이 혼자서 담당했을 줄은 말이다!

"일곱 빛깔의 목소리를 지녔다, 라는 표현도 쓰이지만—."

단둘, 아니, 단셋 뿐인 수록 현장을 떠올렸다.

좁은 스튜디오 안, 긴밀한 묵비 의무를 맺은 사운드 엔지니어인 오토이 씨와 함께, 나는 이로하의 다채롭기 그지없는 연기에 경탄했다.

세상이 색깔을 띠는 것만 같다, 라는 말은 그럴 때 쓰는 것일지도 모른다.

"—너는 틀림없이 그런 목소리를 지녔어. 천재야."

"에헤헤~."

"우쭐거리는 건 짜증나지만 말이야."

"그러지 마요~. 저는 칭찬 받을수록 성장하는 타입이라고요~."

"불평하지 마. 나와 얽히지 말고 알아서 성장하라고."

애초에 이로하의 재능은 이로하 본인만의 것이다.

자유롭게 즐기다 보니, 어느새 완벽한 목소리 연기를 할 수 있게 된 천재다.

나는 그 재능을 그저 이용하고 있을 뿐인 야비한 기생충에 지나지 않는다.

"매정한 소리 마세요. 지금의 제가 있는 건, 전부 선배 덕분이잖아요."

이로하는 항상 이런 식으로 고맙다고 말했다.

"……그렇지도 않아. 인싸 특유의 텐션으로 충분히 잘 지냈을 것 같은데 말이야."

"선배는 색안경 끼고 저를 본다니까요~. 인싸처럼 행동하는 건 선배와 《5층 동맹》 앞에서만이라고요~."

"아……. 다른 사람들 앞에서는 요조숙녀인 척하지."

"집안에서도 마찬가지고요."

"……역시, 변함이 없나 보네."

"그렇죠, 뭐. 아니라면 성우 공개 오케이였을 걸요☆"

이로하는 일부러 밝은 목소리로 그렇게 말했다.

하지만 그 내용은 전혀 밝지 않았다.

"우리 부모님은 연예계 관련 일은 절대 안 돼~니까요. 아직도 집에 텔레비전이 없어서, 애니메이션도 온라인 서비스 해주는 것만 볼 수 있다고요."

"결국 그 이유는 알아내지 못한 거야? 그렇게까지 연예계를 질색하는 이유 말이야."

"완전 꽝이에요. 엄마가 옛날에 하던 일과 관련이 있을지도 모른다는 생각이 들긴 해요. 엄마의 과거를 파보려고 해도, 빈틈이 너무 없어서 수사는 여전히 난항 중☆이죠."

"그렇구나……."

코히나타 가에 복잡한 사정이 있다는 것은 짐작하고 있다.

그런 상태에서 몇 년 전, 중학생 시절의 오즈가 어떤 이유로 등교 거부를 한 바람에— 이로하는 자유롭게 자신의 길을 나아갈 수 없는, 이중 삼중으로 족쇄를 찬 인생을 살게 됐다.

그래서, 나는…….

무지갯빛 날개를 펼쳐 보지도 못하며 꼼짝달싹 못 하고 있는 새가, 언젠가 창공을 순수하고 아름다우며 힘차게 날기를 바라고 말았다.

그래서, 이로하의 활동은 완전히 비밀에 부쳤다.

당연히 《5층 동맹》의 그룹 LIME에도 이로하는 참가하지 않았다.

친오빠인 오즈조차도, 친구인 내가 자신의 여동생과 사이가 좋을 뿐이라 여기고 있다.

이런 상황에서 맨션의 파티에 이로하가 자연스럽게 참석할 수 있게 하려고 고심했다.

"저, 오빠, 스미레 쌤— 집안 사정 같은 이유로 장래에 족쇄가 채워진 인간을, 선배는 어떻게든 구해주려 하고 있어요."

"그 방식은 돈다발 따귀나 다름없지만 말이야."

"자본주의 사회에서는 그게 왕도이니 노 프라블럼!"

그렇다. 흔한 이야기다.

부모님의 강요로, 가정 사정으로, 재능을 지녔지만 꿈을 포기해야 하는 이들.

늪 밑바닥에 가라앉아있던 그들을 건져내, 《5층 동맹》이라는 보석으로 만들었다.

물거품 같은 꿈으로 만들 생각은 추호도 없다.

유일무이한 재능을 지닌 녀석들에게서 활약의 무대를 빼앗는 건, 비효율적이기 그지없다.

사회 전체가 손해를 보는, 그런 비효율은 절대 용납 못 한다.

하나같이 나에게는 없는 귀중한 재능을 지녔으면서, 그것을 낭비하고 있다.

그렇다면 그 힘을 내가 받아 가겠다. 내가 언젠가 성공하기 위해, 최대한 이용해주겠다.

이야기의 주인공도, 슈퍼 프로그래머도, 인기 작가도, 인기 일러스트레이터도, 천재 성우도 될 수 없는 내 심정을 조금은 헤아려달라고!

—그런 마음으로 그들을 이끌어간 것도 지금은 옛날 일이다. 그런 아싸 느낌 물씬 나는 삐뚤어진 생각을 품고 있었다는 사실은 나에게 있어 흑역사 그 자체이며, 이제는 그다지

떠올리고 싶지 않은 일이다.

그래서 때때로 옛날이야기를 할 때마다 「그 이야기는 하지마」 하고 딱 잘라 말해두지만…….

코히나타 이로하는, 이 짜증나는 친구 여동생은…….

"아무리 하지 말라고 해도, 계속 이야기할 거예요. 저는 선배한테 엄청 고마워하고 있거든요."

그 짜증나는 성격 때문에, 과거를 잊지 않았다.

"몇 번이나 말했지만, 그건—."

"선배의 성공을 위해 가장 효율적인 방식을 선택했을 뿐, 이란 거죠?"

"……그래. 그러니 고마워할 필요는 없다고."

"하지만, 그 효율적인 방식에 휘말린 덕분에 결과적으로 행복해졌거든요. 그러니 잔말 말고 고맙다는 말이나 들어, 가 이 이로하 님의 주장이에요."

"……그래서 일부러 온 거냐. 나한테 그 말을 하기 위해서?"

"딩동댕이에요~☆"

얼굴 앞에 모은 두 손으로 『O』를 만든 이로하가 새하얀 치아를 드러내며 씨익 웃었다.

"……정말 오지랖 넓은 후배라니까."

"그야 선배의 후배니까요. 어차피 마시로 선배 환영회 건도 전부 자기를 위해서 벌일 일일 뿐이야~ 같은 이유를 붙이면서, 성인군자라도 된 듯한 기분에 젖지 않도록 자제하고 있었죠?"

"짜증날 정도로 정확하게 짚네……. 그래도 문제 될 건 없잖아."

그렇게 생각하는 편이 마음이 진정된다.

누군가를 위해 무언가를 했다고, 그렇게 생각하는 것만으로도 신물이 난다.

위선적인 말을 들을 때마다, 온몸을 쥐어뜯고 싶은 기분에 사로잡힌다.

그런 내 감정을 알면서, 이로하는 난간에서 손을 떼며 웃었다.

"예, 딱히 문제 될 건 없어요. 하지만 선배가 자기 평가에 최저 점수를 주며 비굴 아우라를 뿜는 것과 마찬가지로, 선배가 비굴함에 젖어 들지 않도록 한마디 해주는 것도 자유잖아요☆"

"…………."

"그러니 제가 인정해줄게요. 선배가 인정하지 않더라도, 저는 선배가 좋은 사람이라고 인정해줄 거예요."

꼬옥……. 미끄러지듯 내 등 뒤로 이동한 이로하가 나를 끌어안았다.

노브래지어 사건 때와 같은 감촉이 느껴졌다. 잠옷 안에 아무것도 입지 않은 걸지도 모른다.

그런 것은 아무래도 상관없다.

그녀의 체온에 존재하는 모든 것을 받아들이는 듯한 안도감이, 굳어 있던 내 마음을 포근하게 감싸주는 듯한 착각에 사로잡혔다.

—아아, 나는 정신적으로 지쳐 있었구나.

그것을 이제야 눈치챘다.

오래간만에 재회한 사촌인 마시로와의 삐걱거리는 관계, 삼촌이 내준 가짜 커플이란 무모한 미션, 방에 틀어박혀 지낸 소녀를 껍질을 부수기 위한 작전.

그 모든 것에 소모되는 정신적 칼로리가 상당했고, 그 바람에 나도 모르는 사이에 몸과 마음이 전부 피곤해졌다.

"……치유되는 것 같아."

"헤헤, 선배의 부끄러운 대사 겟! 이에요☆"

등 뒤에서 숨결이 느껴졌다.

희미한 열기가 느껴지는 건, 내 기분 탓일까.

"…………."

"…………."

우리가 침묵에 잠기자, 불가사의한 분위기가 감돌았다.

밀착시킨 순간에 느껴졌던 가슴의 부드러운 감촉을, 지금은 딱히 의식하지 않았다.

그것보다, 두근, 두근…… 일정한 리듬을 새기고 있는 이로하와 나의 심장 박동이 뒤섞이는 듯한 느낌이, 무심코 기분 좋게 느껴졌다.

불쑥, 이로하가 중얼거렸다.

"후배로서는, 선배가 좀 더 솔직해졌으면 좋겠어요. 쓸쓸하거든요."

"……쓸쓸해?"

"『친구 여동생』이라는 적절히 거리를 두는 관계 자체는 꽤 편하긴 해요. 그래도 역시 『친구』라고 직설적으로 표현할 수 있는 관계도 멋지다 싶거든요. 위선에 가까운 호의를 뻔뻔하게 베풀더라도, 여전히 대등한 관계니까요."

"……그렇게 가까워지지 않으면, 불안한 거야? 지금의 관계는, 싫어?"

"그야 불안할 수밖에 없잖아요. 안 그래도 학년이—."

말을 이으려던 이로하가 숨을 삼켰다.

"—사소한 건 신경 쓰지 말자고요! 어쨌든 선배의 비굴한 아싸 아우라는 짜증나니까, 이 이로하 님으로서는 어떻게든 뜯어 고쳐주고 싶단 말이에요!"

말이 너무 심하잖아.

하지만 이로하의 말도 일리가 있을지도 모른다.

나는 지금까지 의도적으로 오즈 이외의 《5층 동맹》 멤버와 거리를 뒀다.

너무 가까워졌다가 괜한 정이 생긴다면, 지금 수준의 퍼포먼스를 발휘하지 못할 거라고 생각한 것이다.

그 정도로, 나는 자기 자신을 신용하지 못한다.

오즈와 친구가 된 것도, 필요한 일이기 때문이다.

오즈가 안고 있는 문제를 해결하고, 도달해야만 하는 미래로 나아가기 위해서는 친구가 되는 편이 나았던 것이다.

나에게 친구라는 관계는 지나치게 가까웠다.

하지만 여기에 츠키노모리 마시로가 더해지면서, 인간관계의 균형에 변화가 생겼다.

삼촌의 지령으로 나와 마시로는 가짜 커플이 됐다. 가짜라고는 해도 극단적으로 가까운 관계의 인물이 생겨나면서, 상대적으로 이로하와 스미레 같은 다른 멤버와의 관계성이 희박해졌다고 볼 수 있다.

이 갭은 서둘러 해소해야만 하는 폭탄이다. 오늘 밤에 이로하가 선보인 언동이 그 신호다.

"저기, 이로하."

나는 등 뒤에 있는 이로하에게 말을 걸었다.

"……왜 그래요?"

호의를 베풀 생각은 없다. 하지만 하다못해, 『평범한 친구』가 하는 일 정도는, 해도 괜찮을 것이다. 다행히 내일은 토요일— 휴일이다.

"내일, 같이 쇼핑하러 안 갈래?"

"예엣?! 데, 데이트 신청이에요? 벽창호로 소문난 선배가요?!"

"인마, 내 귀에 입을 대고 디스하지 말라고."

평소의 가벼운 어조로 되돌아간 이로하의 목소리를 듣고

안도하며 딴죽을 날린 후, 나는 말을 이었다.

"다른 사람들도 부르자. 때로는『친구 여동생』이 아니라『친구』라는 관계를 시도해보자고."

*

《무라사키 시키부 선생님》 AKI의 제안 말인데, 어쩔 거야?

《OZ》 안 갈 거예요.

《무라사키 시키부 선생님》 그게 낫겠지~.

《OZ》 휴일 데이트 같은 달콤한 이벤트에 제가 끼어서 훼방 놓는 것도 좀 그러니까요.

《무라사키 시키부 선생님》 이해해~! 친구 여동생과 가짜 여친 사이에 끼여서, 이리 치이고 저리 치이는 러브코미디 이벤트! 거기에 동성 친구나 들러리 같은 게 끼어봤자 개그 느낌은 날지 몰라도 맛이 살지는 않을 거야!

《OZ》 역시 선생님. 남성향 러브코미디에도 조예가 깊군요.

《무라사키 시키부 선생님》 그래~. 뒷일은 젊은이들에게 맡기고, 나는 마감 중에 쌓인 누님쇼타물을 즐길거야! 요즘 상업지에서도 누님쇼타가 늘어나서 행복해~♪

《OZ》 아하하. 저도 Y-TUBE나 보며 멍때릴래요. AKI와 이로하의 관계가 좋은 쪽으로 진척이 있으면 좋겠네요.

interlude 막 간 ······ 이로하의 마음

정적은 싫어요. 그리고 침묵은 더 싫어요.

뜨거운 샤워 물줄기 소리에 머리부터 감싸여 있을 때면, 기분 좋은 잡음으로 된 짚에 감싸여 있는 것처럼 안심이 된다.

거울에 비친 자신의 알몸을 자세히 살펴봤다.

객관적으로 봐도 균형 잡힌, 그러면서도 가슴과 엉덩이 등의 섹슈얼한 부분이 이성에게 충분히 호소할 수 있을 존재감을 어필하고 있는, 축복받은 육체미다.

얼굴 또한 상당히 뛰어났다.

커다란 눈, 날카로운 콧날, 빨려 들어갈 듯한 입술.

고가의 해외산 인형이라 해도 납득이 될 것만 같다.

민얼굴인데도 이 정도다. 솔직하게 말해 이 정도 비주얼의 여자는 일본 전체를 뒤져도 열 명도 되지 않을 것이다.

······이상, 자화자찬이었습니다☆

아무튼, 이렇게 귀여운 여자애와 오빠 같은 미남을 낳은 것이다.

부모님이 흔하디흔한 일반인이 아니라는 것은 충분히 예상이 됐다.

그래서 우리가 텔레비전이나 연예계를 멀리하게 하려는 것을 보고, 아하, 분명 옛날에 저런 곳에 속해 있었고, 나쁜 일이 있었던 거야~ 같은 것을 눈치챘다.

그렇다. 의외라고 생각할지도 모르지만 나는 눈치가 어마어마하게 좋다.

어릴 적부터 부모님의 눈치를 살폈고, 학교에서도 반 안의 분위기를 살피며 우등생을 연기했다.

선배와 있을 때만이, 눈치를 살피지 않고 마음 편히 짜증나게 굴 수 있는 순간이기에—.

그래서 무심코 어리광을 부리고 만다. 미안해요, 선배.

하지만, 그건 전부 선배 잘못이에요.

초등학교 저학년 때부터 애니메이션을 스마트폰으로 몰래 봤다. 텔레비전으로 소리를 들으며 당당히 볼 수 없었기에 혼자 여러 역할의 목소리를 연기하곤 했다. 그러다가 스스로 망상한 작품을 스스로 즐기게 되었고, 연기를 거듭하면서 점차 능숙해지는 것이 느껴졌고…… 그 사실이 기뻤다.

프로 성우가 되고 싶다는 생각을 품고 있으면서도 엄마가 반대할 것이 뻔하기에 포기하려던 내 앞에, 선배가 바람처럼 나타나서 손을 내밀어줬다.

『눈치 같은 건 살피지 마.』

『한정된 인생이란 시간을, 타인 탓에 헛되이 하는 건 바보짓이야.』

그렇게 말하며, 나에게 새로운 세계를 보여줬다.

—그 후로, 나는 쭉 선배를 좋아해 왔다.

태어나서 처음으로, 눈치를 살피지 말라고 말해준 사람.

있는 그대로의 자신을 마음 편히 드러낼 수 있는 사람.

어쩌면 선배는 짜증나게 구는 내가 성가실지도 모르지만, 사람을 자기한테 푹 빠지게 만들어놓고 그 호의를 전혀 눈치채지 못해서 사람을 안달 나게 만든 것에 대한 벌이다. 꼴좋네요☆

아, 떠올렸더니 또 짜증이 난다.

『내일, 같이 쇼핑하러 안 갈래?』

데이트 신청인 줄 알고 엄청나게 기대했는데~.

그런 식으로 말을 꺼내놓고 『다른 사람들도 부르자』라니, 너무해!!

—뭐, 선배답기는 하지만 말이다.

—까놓게 말해 그런 말 듣고 가슴이 뛴 자신이 너무 바보 같아서 싫다.

괜한 기대를 하면서 아침부터 샤워까지 하고 있잖아!

하지만 혹시 모르니 긴장을 풀 수는 없다고요.

아마 머리가 잘 돌아가는 오빠와 휴일에도 학생들을 돌볼까 보냐~인 스미레 샘은 선배의 제안에 응하지 않을 것이다.

하지만, 그 사람은 다르다.

선배의 가짜 여친~이라는 포지션으로, 느닷없이 나타난 강적(라이벌).

나와 다르게, 같은 학년.

나와 다르게, 같은 반인 사람.

나와 다르게, 친구 여동생이란 거리감 느끼지는 관계가 아니라, 더 가까운 관계.

모든 면에서 나보다 유리한 여자……!

그 사람은 위험하다.

여자의 감이 속삭이고 있다……. 마시로 선배는, 틀림없이 선배를 좋아한다고……!

게다가 분하게도 엄청 귀엽기까지 했다!!

아침 목욕을 하며 피부를 씻었고, 머리카락을 정성 들여 세팅했으며, 향수를 뿌렸지만, 이렇게까지 했는데도 이길 수 있을 거란 확신이 서지 않는 상대다. 눈곱만큼도 방심할 수 없다.

같은 맨션의 5층에 사는 동료로 맞이했지만, 그건 그것, 이건 이것이다.

나 VS 선배, 는 일단 스톱.

오늘부터는 나 VS 마시로 선배의 정면승부다!

"우오————————, 안 질 거야————————!!"

009 제9화 …… 친구 여동생은 친구의 적에게 짜증나게 군다

"오프 모임 참가자가 총 세 명인가. 나, 인망 없네."

약속장소인 쇼핑센터 입구, 만남의 장소로 유명한 『짜증올빼미 상』 앞에 모인 멤버를 본 나는 땅이 꺼져라 한숨을 내쉬었다.

토요일 오후 한 시.

쇠퇴한 이 마을의 어디에 이 많은 사람이 있었던 건지 의문일 정도로 북적이는 이 장소에, 진흙 속의 진주처럼 눈에 띄는 여자애가 두 명 있었다. 같은 맨션에 살고 있으니 같이 오면 되지 않느냐는 내 지당한 말에 딱 잘라 반론하며 이곳에서의 합류를 강요한, 매우 비효율적인 녀석들이다.

황금색 머리카락을 지녔고, 헤드폰을 목에 걸었으며, 동그랗고 커다란 눈과 건강미 넘치는 피부를 훤히 드러낸 쾌활한 분위기의 소녀, 코히나타 이로하.

그리고 그 옆에서 거북한 것처럼 어깨를 움츠리고 있는 건, 은박을 씌운 것처럼 푸른색이 감도는 머리카락과 햇빛을 쬔 적이 없는 티가 훤히 나는 새하얀 피부, 그리고 초여름인데도 긴소매와 오버 니삭스로 완전 방비를 갖춘 츠키노모리 마시로.

—오즈와 스미레는 나타나지도 않았다.

아까 LIME로 따지니, 오즈는 해외의 기술 소개 프레젠테이션을 시청하기 시작했더니 도중에 멈출 수가 없다고 말했다. 그리고 스미레는 「여름의 동인 즉매회에 대비해 힘을 응축하고 있다」는 대의명분 하에 자기 취향인 소년이 나오는 애니를 즐겨야 한다며 내 제안을 거절했다.

프레젠테이션과 쇼타보다 못한 남자, 오오보시 아키테루.

역시 그 녀석들은 친구도 아냐.

뭐, 오즈 녀석은 나를 신경 써준 거겠지만 말이다.

그 녀석은 툭하면 이로하와 내가 단둘이 있게 해주려고 배려해줬다. 우리는 그렇고 그런 사이가 아닌데도 말이다.

……정말, 괜한 배려다.

왜냐하면, 오늘은 마시로도 있다.

하지만 저 무언의 경직 상태…… 아직 친분이 없는 여자애 두 명이 먼저 약속장소에 도착했으니, 거북할 만도 해.

어떻게든 오즈를 끌고 오려고 힘쓰느라 늦게 도착했는데, 좀 미안한 짓을 한 걸지도 모르겠다.

이렇게 됐으니 활기차게 합류해서 분위기를 환기시켜야겠다.

"여어."

"아! 선배, 늦었잖아요~! 여자애를 기다리게 하다니, 너무해~!"

"죽어."

"너희는 내 험담을 할 때만 손발이 척척 맞는 거 아냐?"
아까까지의 초상집 분위기는 다 뭐였냐고.
그리고 마시로 양의 「죽어」 발언은 예전보다 어조가 부드러워진 듯한 느낌이 들지만, 그래도 말이 너무 심한 거 아니옵니까?
"LIME으로 지각할 거라고 미리 연락했잖아."
환영회 때, 나는 마시로와 LIME의 ID를 교환했다.
텅 비어 있는 친구 등록 화면이 언뜻 보이자, 깊은 슬픔에 사로잡혔다.
마치 서둘러 계정을 만들었다고 말하고 있는 것처럼 휑뎅그렁했다.
—아무튼, 오즈를 설득하느라 늦을 거란 취지는 미리 전달해뒀다.
"상관없어. 어떤 이유가 있든, 나쁜 건 나쁜 거야."
마음을 풀려는 기색조차 없는 마시로가 볼을 한껏 부풀렸다.
……이로하의 말에 휘둘려 이런 짓을 벌이긴 했지만, 역시 이 녀석들과는 친구보다 좀 거리가 먼 관계를 유지하는 편이 낫지 않을까 하는 생각이 들며 마음이 꺾일 것만 같았다. 뭐, 조금만 더 노력해보겠지만 말이다.
"뭐, 됐어. 영화관은 위층에 있지?"
오늘 계획은 완벽하다.

우선 쇼핑센터 위에 있는 영화관 《토에이 시네마》에 가서 영화를 본다.

그 후, 2층의 푸드 코트에서 정크 푸드로 식사를 하며 감상회를 한다.

충분히 친목을 다진 후, 옷과 소품, 희귀한 물품전을 보러 다니거나, 게임 센터 같은 곳에 간다.

돌아갈 즈음에는 어엿한 친구 사이가 되어있을 거라는 계획이다.

뭐, 개인적으로는 이 녀석들과 더 가까워지는 건 무리라고 생각하지만 말이다.

그래도 이로하가 납득할 수 있을 만큼 거리를 조절할 수 있다면, 그것으로 충분하다.

"좋아, 다 모였으니—."

—말캉.

"어……?! 갑자기 뭐 하는 거야?!"

"예? 팔짱을 꼈을 뿐인데요~. 친구끼리 이 정도는 한다고요☆"

"여자 친구들끼리나 그러거든?! 이성과 이러는 건 이상하잖아!"

"하지만 동성 친구 말고는 사귀어본 적이 없거든요~. 친구 사이의 스킨십은 여자들끼리 하는 것만 알아요~☆."

"이, 이 녀석……!"

히히히, 하고 웃은 이로하가 고양이처럼 가늘게 뜬 눈으로 나를 올려다보았다.

이번에는 노브래지어가 아닌 것 같지만, 그래도 팔에서는 압도적인 부드러움이 느껴졌다!

브래지어 너머로도 이렇게 압도적인 존재감을 뿜는 것은 흉기나 다름없었다. 갑작스러운 성적 자극에 환희하는 남자의 본성을 이성으로 억누르는 건 가능은 하다. 하지만, 장시간 이어졌다간 더는 버티지 못하고 파멸에 이르는 미래가 찾아올 것이다. 그것을 예감한 나는 전율했다.

동정의 마음을 완전히 파악하고 있는 이 소악마를 노려보는 것이 한계였다. 가슴의 자력에서 벗어나기 위해서는 정반대 방향으로 작용하는 강력한 자석이 필요하다.

그리고 그 무시무시한 자석은, 완벽하게 반대 방향에서 작용했다.

—꾸욱.

"……으으."

"어, 어이……."

비어 있던 나의 다른 한 손을, ＞＜ 느낌으로 눈을 찡그린 마시로가 필사적으로 부여잡고 있었다.

안타깝게도 가슴에서는 부드러운 감촉이 전혀 느껴지지 않았다. 느껴지는 것이라고는 상의의 부드러운 감촉뿐이다.

하지만 일류 사육사가 기른 명견의 모피와 흡사한 안도감을 자아내는 감촉, 그리고 머리카락 끝에서 희미하게 피어오르는 우유 향 같은 향기가 흥분에 사로잡히려 하는 내 안의 『남자』를 달랬다. 그리고 어머니의 자장가를 들으며 요람 안에서 잠드는 원초의 체험을 떠올리게 했다.

—이게 뭐야…….

양손의 꽃, 이라고 해야할까. 주위의 시선이 우리에게 몰리고 있었다.

너무 거북했기에, 확 떼어낼까 생각했지만…….

"어, 어이—."

"치…… 친구끼리, 흔히 하는, 거라면…… 할 거야……."

"흔히 하는 게 아니라고!"

"아, 안 믿어. 이로하 양이, 한다면, 마시로도, 할래."

말문이 막혔다.

이로하를 떼어내지 못한다면, 마시로를 떼어낼 정당성은 제로다.

귀까지 빨개진 마시로는 이로하와 경쟁하듯 내 팔에 한사코 매달렸다. 그렇게 부끄러우면 무리하지 않으면 되겠지만, 그렇게 단순하게 생각할 일이 아닌 것 같았다..

내가 체념하면서 마시로와의 팔짱을 받아들이자, 반대쪽 팔이 부들부들 떨렸다.

"아하하! 이게 뭐야! 완전 하렘이네!! 선배는 지금 완전 망할 하렘 주인공 같거든요~?! 히힛, 아하하하!"

폭소를 터뜨렸다.

한 손으로 내 팔을 꼭 끌어안은 채, 다른 한 손으로 배를 움켜쥐며 깔깔 웃어댔다.

"이, 인마……."

"풉! 풉! 후훗, 하하하하! 배, 배 아파서, 죽겠어~!"

"그만 좀 웃어! 그리고 이상하다는 걸 알면 떨어지란 말이야. 부끄러운 건 너도 마찬가지잖아."

"싫————어————요! 선배를 곤란하게 만들기 위해서라면 쪽 좀 팔려도 상관없거든요☆"

더어어어어어어럽게 민폐 쩌는 녀석이네!

우리 학교 녀석들이나 삼촌이 이 광경을 보기라도 한다면 뭐라고 변명하면 될까.

그런 위험 부담을 생각하면 억지로라도 떼어내야겠지만, 얼마나 절묘하게 팔짱을 낀 건지 팔을 뺄 수가 없었다.

내가 용을 쓰면서도 탈출을 하지 못하자, 이로하는 만면에 미소를 지으며 다른 한 손을 치켜들었다.

"자아~, 그럼…… 출발~~~!"

*

"젠장…… 오래간만에 졌어……."

토에이 시네마의 티켓 발매기 앞에서, 나는 고개를 푹 숙였다.
현재는 가슴의 감촉이 느껴지지 않았다.
주위의 질투와 의아한 시선을 받으며 영화관까지 온 후, 이로하가 거래를 제안했다.
—영화 티켓과 팝콘과 음료수를 사준다면, 놔줄 수도 있거든요?
수치심 게이지가 최대치를 돌파한 나는 그 미끼를 덥석 물었다.
여자애 두 명만 나왔다는 것을 알고, 한턱낼 생각이기는 했지만—.
이로하의 뜻대로 일이 돌아가고 있는 게 마음에 들지 않았다.
"그런데, 너희는 어느 영화가 보고 싶어?"
나는 전광판에 표시된 상영 타이틀 일람을 보고 있는 이로하와 마시로에게 말을 걸었다.
그러자 두 사람은 잠시 생각에 잠긴 후…….

"『적의 이름은.』"
"『클래식 조스 오선지 위에서 춤추는 상어』"

"……완벽하게 의견이 갈렸네."
"적대 세력의 병사인 남녀의 마음과 몸이 바뀌면서, 서로의 나라가 안고 있는 사정을 알게 되어 평화를 견인한 후, 이윽고 두 사람은 연인이— 흥행 수입 200억 돌파의 초대 히트작이에요!! 커플이 볼 영화로 이것보다 적당한 건 없다고요!"

"커플이 아니거든?"

"친구들끼리 보면, 『와아~, 주위에 커플 뿐이네~, 역시 우리는 리얼충과 거리가 멀어~』 하며 NO 리얼충 입지를 다지는 데 써먹을 수도 있어요!!"

"그렇게 슬픈 입지는 다지고 싶지 않아……."

이로하가 그런 주장을 맹렬히 펼치고 있을 때, 마시로가 불쑥 앞으로 나섰다.

"대중의 비위나 맞추는 영화 따위는 재미없어. 초여름이라면 역시 상어를 봐야지."

"뭐가 슬퍼서 귀중한 휴일에 망작이나 봐야 하는 거죠?!"

"이로하 양은 뭘 모르네. 저예산 B급 영화를 보면 눈물이 나. 얼마나 제작비가 없었으면 이 꼴인지 상상하기만 해도……."

"그런 어처구니없는 이유로 울고 싶지 않거든요?!"

나로서는 두 사람 다 오십보백보다.

하지만 두 사람은 말다툼을 이어갔다.

"면밀하게 계산된 인공적인 눈물로 만족할 수 있어? 그런 건, 시스테마틱. 양파 썰며 우는 거나 다름없어."

"정말~. 마시로 선배, 『대중에게서 벗어난 나는 멋져』는 사실 하나도 멋지지 않거든요?"

"우우…… 그러는 이로하 양은 『적의 이름은.』의 매력을 이야기할 수 있어? 어느 정도 레벨로? 그냥 타인의 감상에 휘둘리는 게 아니라, 자부할 수 있는 거야?"

"아~! 시비 거는 거죠? 저와 대결을 하자는 거죠? 나중에 완전히 박살이 나고 울어도 몰라요. 이래 봬도 저는 영화를 썩어빠질 정도로 봤거든요."

"……우리 집에 멋대로 쳐들어와서, 멋대로 스트리밍 서비스를 이용해서 말이야."

"선배의 집은 우리 집이나 다름없거든요☆"

"……읏?!"

마시로의 몸에, 전류가 흘렀다.

"아키의 집에서…… 영화를? 썩어빠질 정도로…… 그렇게, 빈번하게……?"

"예~. 거의 매일 같이 봤어요!"

"어이, 이로하. 그만해."

그 도발은 최근까지 외톨이를 관철했던 녀석에게 너무 자극적이야. 실제로 마시로 녀석은 방금 그 말을 듣고 새파랗게 질린 얼굴을 푹 숙였다고.

이대로는 너무 불쌍했기에, 도움의 손길을 내밀기로 했다.

"애초에 너희 생각이 잘못됐어. 다투지 않고 이 문제를 해결할 유일한 방법이 있잖아."

"방법?"

"그래."

이로하가 의아하다는 듯이 고개를 갸웃거리자, 나는 머릿속에 떠오른 묘안을 당당히 말했다.

"다들 자기가 보고 싶은 영화를 본 후, 나중에 여기에서 합류하는 거야. 완벽한 방법이지?"

영화 취향 같은 것은 사람마다 다르기 마련이다. 억지로 타인의 취향에 어울려줄 필요는 없다. 함께 영화를 본다는 발상 자체가 비효율 및 비생산적이다.

이 압도적인 정론에 말문이 막힌 건지, 이로하와 마시로는 아까부터 입을 꾹 다물며 침묵을 지키고 있었다.

"딱히 이론이나 반론은 없나 보네. 그럼 각자 자유롭게—."

"자, 기각!!", "응, 기각."
"어째서냐?!"

"그 의견이 받아들여질 거라고 진짜로 생각한 거예요?! 친구들끼리 영화관에 왔는데, 일부러 흩어져서 영화를 본다니, 말도 안 되거든요의 제곱!! 넌센스~!! 란 거예요!!"

"여자 마음을 모르는 망할 남자는 죽어."

이로하의 하이 텐션 딴죽과 마시로의 담담한 독설이 순진무구한 사나이 마음을 박살 냈다.

인정사정없는 데도 정도라는 게 있다고, 이 자식들아.

결국, 민주적 해결법(가위바위보)을 통해 『적의 이름은.』을 보기로 결정됐다.

화약과 인정과 총성과 사랑과 비명과 애정이 교차하는 픽션 드러그적인 영상 체험을 즐기며, 이러쿵저러쿵하면서도 나와 이로하와 마시로는 약 두 시간 동안 즐거운 시간을 보냈다.

영화관을 나서는 이로하의 삐기는 표정이 영 짜증났지만, 그 정도는 애교로 봐줄 수 있었다.

점심이라도 먹으면서 감상회를 가지기로 한 우리는 일단 영화관에서 푸드 코트로 내려갔다.

여기도 사람들로 엄청나게 붐볐지만, 다행히 창가의 4인석을 확보할 수 있었다.

“아, 잠시 자리 비워도 될까요? 아까 콜라를 너무 마셨나 봐요.”

“화장실 가는 거구나.”

“자아, 감점~☆”

“이 정도로 섬세함 부족인 걸로 여겨지는 거야? 여자 사회는 너무 엄격하네.”

“선배가 너무 느슨한 거예요~. 마시로 선배는 안 가도 되겠어요?”

"으, 응. 마시로는, 괜찮아."

"……그런가요. 뭐, 방광 크기는 사람마다 다르니까요. 그럼 다녀올게요~."

잠시 뜸을 들인 후에 납득한 이로하는 화장실을 향해 뛰어갔다.

남한테는 섬세함이 부족하다고 지적해놓고 자기는 『방광』 같은 소리를 하던데, 그건 괜찮은 건가?

"휴우."

이로하가 시야에서 사라지자, 맞은편에 앉아있던 마시로가 가슴을 쓸어내렸다.

"긴장한 거야?"

"응……. 이로하 양은 아직 좀 거북해."

"그럴 거야. 짜증나는 녀석이거든."

"그, 그렇지 않아. 나쁜 애가 아니라는 건 알아. 오히려, 거북하게 여겨서 미안할 정도야."

환영회를 통해, 나와 마시로의 관계는 꽤 개선됐다.

예전에는 교실에서 이야기도 나누지 않았지만, 지금은 이렇게 일상적인 대화를 나누고 있다. 때때로 지뢰를 밟으면 뾰족뾰족 모드가 되기도 하지만, 이 정도면 상당한 진전이라 할 수 있을 것이다.

하지만 그것은 사촌이라 심리적 허들이 낮다는 점에서 기인했다고도 할 수 있다.

다른 사람들과 금방 친해지라는 것 자체가 무리인 것이다.

환영회 다음 날인 데다 이로하와 마시로는 물과 기름처럼 성격이 정반대이니, 그렇게 금방 친목을 다지지는 못할 것이다.

"이로하를 거북하게 여기는 건 정상이야. 나도 마찬가지거든."

"아냐. 그런 게, 아니라……."

마시로는 자리에 앉은 채로 무릎 위에 올려둔 자신의 손을 응시하며, 쥐어짠 듯한 목소리로 말했다.

"저 하이 텐션을 보면, 생각나. 옛날에, 싫어했던 사람들이……."

아아…… 그런 거구나.

괜히 파헤치는 것을 피해왔던 마시로의 과거, 방에 틀어박혀 지낸 원인, 뇌리를 스치기만 해도 고통스러울 그 기억들이, 그녀의 얼굴을 어둡게 만드는 것이다.

"나는 딱히 물어볼 생각이 없지만, 이야기라면 들어줄게."

무슨 일이 있었고, 어떤 녀석에게, 무슨 짓을 당한 건가.

그것이 아무리 무거운 내용일지라도 계약의 범주로 받아들이겠다는 식으로 각오를 다진 나는 마시로의 말에 귀를 기울이려 했다.

"………………………."

"………………………."

하지만, 아무 말도 들리지 않았다.

마시로는 푸른 눈동자가 촉촉이 젖은 채, 입을 꾹 다물고 있었다. 머릿속에서 어지럽게 말이 오가고 있다는 것을 알 수 있는 표정으로 침묵을 지켰고, 이윽고, 그 침묵은—.

"어라~? 츠키노모리 양이잖아~~~."

원치 않는 형태로, 깨졌다.

"……읏?!"

마시로가 깜짝 놀라며 어깨를 떨었다. 눈에 보일 정도로 입술이 하얗게 질리더니, 볼의 근육이 긴장됐다.

—이런 표정, 본 적이 없다.

화장실에서의 그 최악의 재회 때도, 이 정도는 아니었다.

이것은 분노와 혐오 같은 그런 강한 감정이 아니라, 더욱 약하고 소극적인 감정…….

두려움.

그것을 느꼈을 때의, 눈빛이다.

"꺄하☆ 남자랑 같이 있네~!"

"학교 관둬놓고 대낮부터 러브러브 데이트 중이잖아~! 대박~!"

경박함을 응축시킨 듯한 저능한 소리를 늘어놓고 있는, 여자 2인조였다.

한 사람은 머리 색깔이 화려한『영락없는』날라리 여고딩.

다른 한 사람은 청초해 보이는 흑발로도 심술궂은 눈매를 숨기지 못하고 있는, 요즘 날라리들 중에서 흔히 볼 수 있는 가짜 청순녀.

딱 봐도 짜증나는 인상이라는 확신이 드는 녀석들이, 마시로와 친한 척을 하며 다가왔다.

"……아…… 저기……."

"어, 뭐야~? 웅얼웅얼~거리니 못 알아듣겠네~."

"이 사람이 츠키노모리 양의 남친~? 응~?"

화려하게 꾸민 여고생이 대뜸 얼굴을 쑥 내밀었다.

갈색으로 태운 얼굴에 어울리지 않는 화장을 하고 있었다. 바보인 건지 멋을 부린다고 저런 건지는 모르겠지만 센스가 없다. 향수를 뿌린 건지, 불쾌한 향기가 코를 찔렀다.

"아하하!! 딱이네~!! 대박 잘 어울려~!!"

"교실 구석에서 애니메이션 소설이나 읽을 것 같네. 아이돌에게 빠진다거나~."

"꺄하하, 불쌍해라! 아싸끼리 붙어 다니는 거야? 안 됐다~!"

……우와아.

눈앞에 있는 사람을 이렇게 비웃는 거야?

이렇게 본심을 숨길 줄 몰라서야, 사회에 나가면 고생을 할 것 같다. 미남 혹은 미녀 리얼충이라면 몰라도, 이 녀석들처럼 외모뿐만 아니라 성격까지 못난 녀석들은 엄청나게 고생할 것이다.

―부들부들 떨며 몸을 웅크리고 있는 마시로를 보면 알

수 있다.

이 녀석들이 마시로를 괴롭힌, 예전에 다니던 학교의 클래스메이트일 것이다.

그렇다면, 그 행위의 근원에 있는 건 질투인가?

엄청난 미인인 마시로와, 그 무엇도 되지 못할 자신의 갭 때문에 무의식적으로 적개심을 가지는 것이다.

그러고 보니 마시로는 전학 전에 유명한 명문 여고에 다녔지.

그런 상류층 학교에 이렇게 머리 나쁜 날라리 스타일 여고딩이 서식하고 있다니, 현실은 정말 잔혹하다. 애니메이션과 만화에서라면 절대 있을 수 없을 텐데…… 어쩌면 이것도 시대의 흐름일까.

무심코 눈빛에 동정심이 어렸다.

"……이 자식의 눈빛, 짜증나네."

"정곡을 찔려서 화났어?! 아하하!! 그거 해봐, 그거. 주먹질로 저항하는 그거!"

"푸웁! 에이, 그러지 마. 그 웃긴 영상 생각나잖아. 아하, 아하하하하!"

『그래? 그럼 원하는 대로 해주지.』

폭소하는 여자의 안면에 주먹을 꽂았다. 화장품으로 떡칠을 했는데도 엉망인 얼굴이 일그러지더니, 코가 이상한 방향으로 휘어졌다. 코피를 쏟으며 쓰러진 여자의 안면을 두들겨 팬 후, 비명을 지르는 다른 여자의 복부에 보디블로를 꽂았다. 그리고 이 두 여자가 움직이지 않을 때까지, 나는 계속 두들겨팼다…….

—라는 건 망상이다.

솔직하게 말하자면, 현실에서 그렇게 하고 싶다.

겁먹은 마시로를 보니, 이 녀석들을 주먹으로 입 다물게 해주면 정말 상쾌할 거라는 생각이 들었다.

하지만 이곳은 법치국가, 일본이다. 언어의 폭력에 물리적인 폭력으로 갚아주는 건 범죄다.

그랬다간 장래에 밑바닥을 기는 인생을 살게 된다. 이딴 한심한 녀석들 때문에 인생을 내팽개치는 건 어리석은 선택이다. 나는 좀 더 문화적인 방법을 선택했다.

"느닷없이 튀어나와서 왜 멋대로 지껄여대는 거야? 좀 눈치라는 걸 챙기는 게 어때?"

"……응? 눈에 힘 줄 건 없잖아?"

"우와, 멋져라. 멋진 남친을 둬서 츠키노모리 양은 참 좋겠네~."

날라리 쪽은 약간 움츠러들었지만, 가짜 청순녀는 여전히 놀리는 듯한 말투로 마시로를 조롱했다.

그런 청순 여고딩이 문뜩 생각난 것처럼 화제를 바꿨다.

"저기, 이 멋진 남친은 알고 있어? 츠키노모리 양의 **그거** 말이야."

"아, 나도 궁금해! 이 귀여운(웃음) 소설, 읽었대~?"

"……윽!"

마시로는 고개를 퍼뜩 들며 여자들을 쳐다보았다. 그 눈에는 공포가 아니라 다른 감정이 어려 있었다.

"그 이야기…… 하지, 마……."

"뭐~? 안 들려~."

"남친한테는 비밀인가 보네~. 까발려서 미안~♪"

마시로가 기어들어가는 목소리로 필사적으로 저항하자, 저 2인조는 비웃음을 흘렸다. 자신을 비웃은 것도 아닌데, 거무튀튀한 불쾌감이 가슴 속 깊은 곳에 감돌았다.

타인인 나도 이런 느낌을 받은 것이다. 당사자인 마시로가 느꼈을 부정적인 감정은 상상조차 되지 않았다.

이것이 마시로가 전학을 오기 전에 일상적으로 느꼈을 악의다.

마시로가 딱히 내성적이고 유약한 인간인 게 아니라고, 나는 확신했다.

이런 악의를 받는다면, 누구라도 학교에 가고 싶지 않을 것이다.

소설……이 무슨 이야기인지는 모르겠지만, 아마 마시로가 등교 거부를 하게 된 직접적인 원인일 것이다. 그 이야기가 신경 쓰이지만, 저 녀석들이 주절댈 때까지 입 다물고 있는 것은 무리였다.

"—적당히 해."

목소리에 압력을, 시선에 적의를 담으며, 상대방을 노려보았다.

효율적인 인생을 살기 위해 남에게 괜히 미움을 받는 것을 피하려고 뒤집어쓰고 있던 가면을 벗어던지며, 내가 너희의 적이라는 것을 알려주기 위해 위압적인 표정을 지었다.

"어……."

"뭐, 뭐야. 이딴 걸로 발끈한 거야?"

2인조가 겁먹었다.

내 분위기의 변화를 민감하게 눈치챈 것일까. 역시 문명사회의 일원이라는 게 믿기지 않는 저속한 암컷들이다. 감성이 동물에 가까운 만큼, 야생의 감도 지닌 것 같았다.

"목소리도, 면상도, 성격도, 전부 불쾌하다고. 당장 꺼져."

"아, 아싸 주제에 기어오르지 마!"

"우리 뒤에는 엄청나게 센 사람이 있거든?!"

"그게 어쨌는데? 우리 뒤에 있는 녀석과 어느 쪽이 더 위험한지 비교해볼까?"

거짓말은 아니다.

우리 뒤에 있는 녀석들은 다양한 의미에서 위험한 녀석들이니 말이다. 누님쇼타 에로 동인지를 그리는 여교사라면, 위험도가 98 정도는 되지 않을까.

"그, 그 위험한 녀석들이 누군데……?"

"크, 큰일난 거 아냐? 조폭 같은 사람들과 얽혀 있는 걸지도 몰라. 저 자식의 여유 넘치는 표정 봐. 진짜 같잖아."

2인조는 안면이 창백해졌다. 겁먹은 듯이 뒷걸음질을 쳤다.

괜한 상상을 하며 겁을 집어먹은 것 같았다.

도발을 해서 한 대 얻어맞은 후, 상해 사건으로 경찰을 부를까 생각도 했지만…… 이것은 뜻밖의 상황이다.

"기, 기분 나빠. 겨우 발끈하다니, 바보 아냐?"

"……저기, 가자. 얘들과는 더 얽히기 싫어."

끝까지 악의 넘치는 말을 뱉은 후, 여고생들은 사라졌다.

"……의도한 대로 되지는 않았지만, 그래도 결과적으로 잘 됐네. ……마시로, 괜찮아?"

나는 멀어져가는 여고생들의 등을 쳐다보면서, 옆에 있는 마시로에게 물었다.

"…………."

하지만 마시로는 아무 말 없이 부들부들 떨기만 할 뿐, 내 질문에 답하지 않았다.

많이 무서웠던 것 같았다.

이럴 때 어쩌면 좋을까. 나는 위로의 말을 건네는 것 이외의 방법이 생각나지 않았다.

삼촌처럼 연애 경험이 풍부한 사람이라면, 상냥하게 어깨를 안아줬을까.

이로하의 말에 따르면 여자 마음을 모르는 나로서는 이 상황에서의 적절한 대처법이 떠오르지 않았다.

"저 녀석들이 네가 등교 거부를 한 원인이구나."

"응……."

"소설은 또 무슨 소리야?"

나는 신경 쓰이는 단어에 관해 물어보았다.

파헤쳐지고 싶지 않은 과거와 밀접한 연관이 있는 것 같지만, 마시로의 마음에 드리워진 먹구름을 걷어내기 위해서는 알아야만 할 것 같은 느낌이 들었다.

"……미안해."

휙.

그렇게 중얼거린 마시로는 의자에서 벌떡 일어나더니, 그대로 뛰기 시작했다.

"어이!"

나는 손을 뻗었지만, 마시로의 손이 아니라 허공만을 움켜잡았다.

어제 방과 후에 도망칠 때보다 더 빠르게, 마시로의 등은 멀어져가고 있었다.

지금 이 쇼핑센터에는 전에 다니던 학교에서 자신을 괴롭혔던 애들도 있는데, 그런데도 혼자가 되려고 하는 것이다.

소설에 대해 이야기하는 게 그 정도로 싫은 것 같았다.

바로 그때, 이로하가 돌아왔다.

"선배, 무슨 일이에요?!"

"이로하구나. 방금 여기서 벌어진 다툼을 봤어?"

"멀찍이서 보기는 했는데, 무슨 일인지는 전혀 몰라요. 멍청해 보이는 여고생들이 시비를 거는 것 같던데, 대화가 끝났다 싶으니 마시로 선배가 갑자기 어딘가로 뛰어가—."

"다 봤구나. 오케이, 설명 안 해도 되겠어."

평범한 『친구』로 지내기로 한 오늘, 이런 비일상을 경험한 것이 아이러니했다.

그래도 마시로를 이대로 혼자 있게 할 수는 없다. 그녀는 명백하게 평소와 달라 보였으며, 만약 그녀의 트라우마에 원인이 존재한다면 그것을 제거해주고 싶었다.

그리고 나의 짜증나는 후배도 같은 마음인 듯했다.

"찾아보죠, 선배!"

"그래……! 나는 위층을 찾아볼 테니까, 너는 아래층을 돌아봐."

"라져예요!"

그 짤막한 대화로 작전을 공유한 우리는 동시에, 망설임 없이 몸을 날렸다.

*

없다. 어디에도, 없다.

쇼핑센터의 각층의 구석구석까지 살펴보면서 계속 위층으로 올라갔지만, 눈에 바로 띄는 새하얀 머리카락의 끝부분조차 눈에 들어오지 않았다.

내가 에스컬레이터로 이동하는 사이에 엘리베이터로 내려간 것일까?

엇갈렸을 가능성이 있다면 내려가 봐야 할지도 모르지만…….

아니, 그러지 말자.

아래쪽은 이로하가 살피고 있다.

그 녀석을 믿으며, 나는 위층의 수색에 집중해야 한다.

정말 손이 많이 가는 녀석이다. 요즘 들어 툭하면 마시로와 술래잡기를 하는 듯한 느낌이 들었다. 백설 공주님은 대체 몇 번 도망쳐야 직성이 풀리는 걸까.

마음속으로 불평을 늘어놓으며, 나는 땀을 닦는 것도 잊은 채 계속 달렸다.

역시 없다.

철저하게 주위를 관찰했으니, 못 보고 지나쳤을 리는 없다. 대체, 어디에 있는 걸까?

"무턱대고 뒤지는 건 비효율적일까."

드디어 그 결론에 도달했다. 나는 걸음을 멈추며 잠시 생각에 잠겼다.

삼촌의 미션을 수행하기 위해 마시로를 관찰했고, 이 며칠 동안 툭하면 그녀를 쫓아다녔다.

그 과정에서 얻은 식견을 활용하면, 그녀의 도주 루트에서 일정한 법칙을 찾을 수 있을지도 모른다.

환영회 날, 자신을 쫓아오는 나한테서 도망치기 위해 마시로가 선택한 장소는 뒷골목이었다. 그리고 골목에서 벗어난 후에는 제방을 뛰어 올라갔다.

…………이건가?

경향이라 부르기에는 샘플이 너무 적은 느낌이 들기는 했다.

그래도 얼마 안 되는 단서로 추측을 할 수밖에 없는 이 상황에서는, 개연성에 어느 정도 의지할 수밖에 없다.

아무런 힌트도 없이 찾으러 다니는 것보다는 낫다고 생각한 나는 내 추리에 걸어보기로 했다.

마시로가 첫 도주 경로로 골랐던 장소는 뒷골목— 즉, 어두운 장소다.

그리고 다음은 제방— 즉, 약간 높은 장소다.

그렇다면 이 쇼핑센터 안에서 가장 어둡고, 가장 높이가 있는 장소라면……!

영화관.

하지만, 어느 영화를 골랐을까?

아니, 그건 뻔했다.

그 녀석이 보고 싶어 할 영화는 하나뿐이다.

그리고 나는 마시로가 그런 영화를 왜 좋아하게 된 건지 이해할 수 있었다.

마시로, 지금 그런 기분인 거지?

바보 같은 인간들이 피범벅이 되어 울부짖는 모습을 보며 웃고 싶은 기분, 말이야.

*

『F○CK!! FU○K!! FUC○!!』

『GAAAAAAAAAAAAAAA!!』

『OH MY GOD!!』

『IYAAAAAAAAAAAAAAAA!!』

어두운 공간에 발을 들인 순간, 착란 상태인 서양 사람의 고함과 괴물의 포효, 애원에서 이어지는 절망적인 단말마, 폭력적인 소리가 홍수처럼 밀려왔다.

백 명은 들어갈 수 있을까 말까 한 조그마한 공간이었다. 그런데도 사람은 거의 없었으며, 관람객들의 비명소리는 전혀 들리지 않았다.

괴물의 활약 장면이 끝나고 등장인물들이 한숨 돌리는 장면에 접어들자, 분위기가 바뀌면서 잔잔한 피아노곡에 맞춰 서정적인 대화가 시작됐다.

그런 기묘한 분위기가 감도는 『클래식 조스 오선지 위에서 춤추는 상어』가 상영 중인 영화관 안을 걸으며, 어둠 속에서도 눈에 띄는 새하얀 소녀 옆에 앉았다.

가장 뒤편, 가장 높은 장소에서 스크린을 내려다볼 수 있는 장소. 무릎을 끌어안고 앉은 마시로는 표정 변화 없이 상어 영화를 지그시 주시하고 있었다.

"즐거워?"

다른 관객에게 폐가 되지 않도록, 작은 목소리로 물었다.

그러자 마시로는 나를 쳐다보지도 않으며 답했다.

"……최고야."

"즐거운 것처럼은 안 보인데이."

"아까 죽은 여자애, 치어리딩부의 인기인이래. 오타쿠 남자애를 괴롭히기도 했어."

"상어밥이 되기 위해 태어난 듯한 캐릭터인걸."

"꼴좋다."

무릎에 얼굴을 묻은 마시로가 전혀 기쁘지 않은 듯한 표정으로 그렇게 말했다.

나도 그녀의 옆에 앉아서 영화를 관람했다.

딱 봐도 상어밥이 될 듯한 금발 날라리, 끝까지 살아남을 듯한 오타쿠 남자, 요즘 영화에 자주 나오는 중국계 여성, 가벼운 분위기의 흑인, 부모 얼굴보다 자주 봤을 듯한 등장인물 구성 속에서 이야기가 진행됐다.

별다른 의미도 없이 음악을 들으며 차를 운전하는 장면에 들어서자, 마시로가 입을 열었다. 아마 5분 정도는 운전 장면이 이어질 것이라는 점을 풍부한 상어 영화 지식을 통해 알고 있는 것이리라.

"……뭐하러 온 거야?"

"영화 보러 왔어."

"거짓말쟁이. 스토커."

낮은 목소리로 나를 비난한 마시로는…….

"……툭하면 험담만 해서 미안해."

자기혐오에 빠진 것처럼 인상을 찡그리며 사과했다.

"험담을 해야 할 상대에게 험담을 못 하는 것보다는 훨씬 건전해. 나와 너는 계약으로 약속된 관계잖아. 마음 놓고, 실컷 험담해도 돼."

"아키……."

"실은 아까 그 여자들한테 말해주고 싶은 거지? 괜한 참견 마, 나를 내버려 둬, 나를 싫어하는 건 상관없지만, 그럼 내 인생에 영원히 얽히지 마, 쪼잔한 짓거리 좀 작작 하란 말이야, 이 스토커 자식아— 그렇게 말해버리면, 편할 거야."

"……응."

마시로는 무릎을 끌어안은 채 고개를 끄덕였다. 귀에 착용한 조개 귀걸이가 짤그랑거렸다.

그리고 마시로는 자조 섞인 미소를 지으며 이야기를 시작했다.

"옛날부터, 낯가림이 심했고…… 남의 눈을 보며 이야기를 못 한다고나 할까, 사람이, 왠지 무서워서……. 그래서, 주위에 녹아들지 못했고, 친구도 만들지 못한 채, 쭉 혼자…….”

그러다 보니, 청순한 척한다, 같은 소문이 돌게 되었다고 마시로는 말했다.

더욱 고립되며 힘든 상황에 직면했지만, 마시로는 비싼 학비를 내주는 부모님을 생각해 열심히 학교에 다니려고 했다.

“그, 그래서 말이야. 괴로운 하루하루에서 눈을 돌리고 싶어서, 현실도피를 위해 소설을 썼어. 항상 집에서 썼는데, 교실에서 외톨이로 지내는 시간에도, 공책에 몰래 썼어. 그러다, 아까 그 애들에게 들켰는데— 클래스메이트들에게, 퍼뜨린 거야…….”

담담하게 말을 잇는 마시로의 목소리에, 그 말끝에, 눈물이 어렸다.

아마 지금 떠올린 기억이 바로 트라우마의 핵심일 것이다.

아무리 질투의 악의가 자신을 향하더라도 꿋꿋이 학교에 다니던 마시로의 마음이, 꺾인 순간이다.

“현실도피를 위한 소설…… 그런 걸 쓴다는 게 알려지고 싶지 않았어. 그리고 너는 외톨이다, 비참한 녀석이다, 같은 소리를 다른 애들에게 하는 거야……. 너무해. 마시로한테도, 자존심이 있어. 남한테 내세울 것도 없고, 밝은 애들과 어울리지도 못했지만, 그래도, 그런 식으로 구경거리가 되면 상처 입는단 말이야……. 으흑, 훌쩍…….”

우는 모습을 감추기 위해 안고 있던 무릎에 얼굴을 묻은 마시로의 어깨가 떨렸다.

자존심을 어떻게든 지키고 싶어 하는, 『스스로를 지키며 우는 모습』을 본 나는 이해했다.

마시로는 자신의 약점을 드러내는 것을 무서워하는 것이다.

마시로에게는 주위의 모든 인간이 강해 보인다. 약한 인간은 이 세상에 자신뿐이라 생각하고 있다. 그런 자각은 없을지도 모르지만, 거기에 가까운 감정을 무의식적으로 가지고 있다.

그런 이가 바로, 츠키노모리 마시로.

하지만, 그것은―.

“현실도피를 위한 소설, 나는 좋아하는데 말이야.”

“뭐?”

“실은 현실도피를 위해 소설을 쓰기 시작한 사람을, 한 명 더 알고 있어. 그 사람은 프로 작가지만, 나는 그 사람의 광팬이야. ―마키가이 나마코 선생님, 알지?”

“아…… 으, 응. 그야…… 뭐…….”

“오타쿠 업계에 조금이라도 흥미가 있다면 알 거야. UZA 문고의 초대형 신인이거든.”

그리고, 어찌 된 영문인지 《5층 동맹》에 협력해주고 있는, 믿음직한 동료다.

“후기에 쓰여 있었어. 『빌어먹을 현실을 죽여버리기 위해

썼다』고 말이지. 나, 그걸 보고 감동했다니깐. ……어째서일 것 같아?"

"모, 몰라. 왜야?"

"그 책의 내용에 엄청나게 공감했거든."

"뭐?"

마시로는 뜻밖이라는 듯이 나를 쳐다보았다.

"작품에서 그려진 가치관, 자신의 인생에 훼방을 놓는 귀찮은 타인, 평소에는 승자라도 되는 양 구는 주제에 일부러라도 패배자들을 짓밟아주지 않으면 직성이 풀리지 않는 구역질나는 쓰레기들……. 책에 적혀 있는 사회를 향한 불만, 짜증, 그 모든 것에 공감했어."

"아키도…… 그랬구나……."

"나 말고도 같은 심정인 사람은 잔뜩 있을걸? 그러니까 히트한 거야."

솔직히 말해, 나는 독서는 하지만 독서가는 아니다. 책을 읽는 데 시간이 많이 걸리기 때문이다.

그런 나조차도 책에는 강렬하게 매료될 때가 있다.

그것은 마음속 깊숙한 곳에 박히고, 저자의 정서에 깊이 공감할 수 있는 작품을 만났을 때…….

운명에 가까운 우연한 만남을 추구하기에, 비효율적이라 생각하면서도 서적과 완전히 거리를 둘 수는 없는 것이다.

그런 극도의 라이트 유저인 나 같은 엉터리 독자도 빠져들고 말 정도로, 마키가이 나마코의 작품에는 파워가 있다.

……내가 마키가이 나마코 선생님의 매력을 이렇게 역설하자…….

"이, 이제 충분히 알았어."

어찌 된 건지 귀까지 새빨개진 마시로가 내가 늘어놓는 오타쿠 특유의 속사포 발언을 막았다.

"미안해. 나만 너무 지껄였지? 그 내용은 마시로의 경우와도 좀 비슷한 부분이 있어. 그 사람은 남성이니까 세세한 상황은 다를지도 모르지만, 비슷한 상황에서 현실도피를 위한 소설을 써서, 수많은 이들의 공감을 얻은 사람도 있는 거야. 이 정도면 마시로가 한 일은 부끄러워할 게 아니라는 게 증명되지 않을까?"

"그건…… 하지만, 그 사람은 펜네임으로 활동하고 있잖아. ……역시 켕기는 구석이 있는 거야. 그런 소설을 썼다는 게, 지인에게 알려지는 게 부끄러워서…… 정체를 숨기고 있는 거야."

"뭐, 본인이 부끄러워하는 것까지 막을 수는 없잖아. 하지만 나는 그런 취미를 부정할 생각 없고, 이 세상에는 그것을 긍정하는 녀석도 많다는 것만은 알아둬."

"……응."

마시로는 조개 귀걸이를 만지며 희미하게 얼굴을 붉혔다.

하지만, 곧 그녀의 표정이 어두워지더니…….

"아키는, 괜찮아. 하지만, 그 애는…… 이로하 양은, 역시 똑같아 보여."

"아까, 그 인종과 말이야?"

"……응. 미안해. 실례라는 건 알아. 하지만 걔들과 똑같은 인싸라서, 나와 『맞지 않는다』고 본능적으로 느껴……."

그렇군.

확실히 이로하는 내 인생에 훼방을 놓는 쓸데없는 녀석들과 별반 다르지 않을 정도로 짜증나게 군다.

남에게 폐가 되는 걸 개의치 않으며 계속 귀찮게 구는 점 또한, 비슷할지도 모른다.

아무것도 모르는 타인이 본다면, 그렇게 착각해도 이상할 것이 없다.

"이로하 양과 친해지더라도, 언젠가 괴롭힘을 당할지도 모른다는 생각이 들어……. 그때마다 몸이 딱딱하게 굳어버려서, 꼼짝도 못 해."

"걱정하지 마."

"어?"

나는 고개를 숙인 채 울음 섞인 목소리로 말을 잇는 마시로의 머리에 손을 얹었다.

"그 녀석은 짜증나는 여자지만, 아까 본 여고생들과는 근본적으로 달라."

"하지만—."

"만약 진짜로 이로하가 마시로의 존엄에 상처를 입히는 짓을 한다면, 나한테 말해. 만에 하나라도 그런 악행을 저지른다면, 그 녀석이 엉엉 울 때까지 설교해주겠어."

"아키……."

"괜찮아. 걱정하지 마. 그 녀석은 짜증나는 애지만 악인은 아냐. 효율을 중시하는 내가 아직도 인연을 끊지 않은 상대라고. 아무리 친구 여동생이라도, 구제할 길 없는 진짜 바보나 악인이었다면 인연을 이어오지 않았을 거야."

마음 푹 놓고, 따라와.

그렇게 말하며 내가 내민 손을, 마시로는 잠시 아무 말 없이 응시하더니…….

"……응."

머뭇거리며, 떨리는 손으로 움켜잡았다.

*

영화가 끝나기 전에 밖으로 나간 나와 마시로는 쇼핑센터 1층으로 내려갔다.

일단 마시로와 합류한 후에 이로하에게 LIME을 보내뒀지만, 읽음 표시가 뜨지 않았다.

아직도 필사적으로 1층을 찾고 있는 것일까?

이로하도 걱정이 되니, 빨리 합류해서 안심시켜줘야겠다.

"…………."

긴장한 탓에 굳은 마시로의 손을 움켜쥔 나는 주위를 두리번거리며 뛰었다.

꽤 넓은 쇼핑센터 안에서, 이로하를 찾는 건 쉽지 않았다.

마시로처럼 특이한 머리 색깔 및 패션을 하고 있다면 몰라도, 이로하의 황금색 머리카락은 금색이나 갈색으로 염색한 여고생들의 머리카락과 별반 다르지 않다. 그래서 휴일이라 쇼핑센터에 몰려온 날라리 여고생들 사이에 완전히 묻혀버린다.

바로 그때, 우리는 멍청한 웃음소리를 듣고 멈춰 섰다.

계단 옆의 휴식 공간, 그곳의 벤치에 앉아있는 여고생 2인조와 그녀들 앞에 서서 담소를 나누고 있는 밝은 머리카락을 지닌 여자가 보였다. 들려온 것은 그 세 사람의 대화다. 그들은 마시로를 괴롭혔던 2인조와— 이로하였다.

근처에 몸을 숨기고 귀를 기울이자, 그녀들의 대화가 똑똑히 들렸다.

"뭐야. 너, 츠키노모리 양의 친구야?"

"에이, 친구는 무슨. 그런 거 아니에요~."

여고생이 경계심 섞인 질문을 던지자, 이로하는 웃으면서 그렇게 대답했다.

그러자 안심한 것처럼 표정이 풀린 여고생들이 말을 늘어놓기 시작했다.

"뭐야~, 그랬구나~! 전학 간 학교에서의 클래스메이트? 그런데 왜 그 음침녀를 찾는 거야?"

"아…… 흐음~♪ 혹시…… 남자 때문이야?!"

"아~, 맞다~! 츠키노모리 양, 남자와 같이 있었지♪"

"흐음~! 그랬나요~!"

이로하는 싱글벙글 웃으면서 그 2인조와 대화를 나누고 있는 것처럼 보였다.

내 뒤편에 있는 마시로가 낮은 목소리로 중얼거렸다.

"거봐, 죽이 잘 맞잖아. 즐거워 보여."

"정말 그럴까. ……계속 보기나 해."

"뭐……?"

내가 턱짓을 하며 그렇게 말했을 때였다.

"그럼 두 분은 마시로 선배의 발치에도 미치지 못하는 쓰레기 패배자인 거군요☆"

환한 미소를 머금은 채, 이로하는 핵미사일을 날렸다.

"뭐……?"

여고생 2인조를 얼이 나갔다.

그것은 내 뒤편에 있는 마시로도 마찬가지였다.

나와 이로하 이외의 그 누구도, 무슨 일이 일어난 것인지 이해하지 못했다.

"휴일에 멋진 남친과 데이트를 하러 온 미인에 귀여운 마시로 선배와, 성격이 차아아아아암~ 못난 여자끼리 어울리며 귀중한 인생을 쓰레기통에 버리고 있는 두 분은 하늘과 땅 차이! 아아, 신이시여!! 이렇게 잔혹한 불평등을 내리시다니, 너무 하시옵니다!!"

하늘에 기도하듯 깍지를 낀 이로하가 연극 톤으로 그렇게 소리높여 외쳤다.

명백하게 상대를 무시하는 그 뮤지컬 톤의 발언을 들은 2인조를 뚜껑이 열렸다.

"이, 이게, 시비는 거는 거야?!"

발끈한 여고생의 가슴에 손가락을 댄 이로하는 얼굴을 쑥 내밀며 노려보았다.

"각오도 안 된 것들이 씩씩거리지 말라고, 이 버러지들아."

"?!"

이로하의 목소리에서 느껴지는 압력이, 변했다.

마치 양아치 만화에 등장하는 깡패 두목을 연상케 하는, 낮고, 묵직하며, 뱃속 밑바닥까지 스며들 듯한 목소리다.

평소의 머리 나빠 보이는 가벼운 캔디 보이스만 들으면 상상도 안 될, 사나이답고 멋진 목소리다.

그에 맞춰 표정에도 거물급 조직폭력배를 연상케 하는 분위기가 어렸다.

"이, 이로하, 양……? 어, 어떻게 된 거야?"

"뭐, 특기 같은 거야. 허세에 지나지 않지만, 효과는 끝내주는 것 같네."

이것이 바로 《5층 동맹》이 자랑하는 비밀 병기, 칠색조 정도가 아니라 무한한 목소리를 지닌 성우의 힘이다.

이로하는 우리가 운영하는 게임에 등장하는 모든 캐릭터의 목소리를 담당하고 있다.

그렇다. 남녀를 불문하고, 모든 캐릭터의 목소리를 말이다.

그중에는 킬러가 득시글한 수라의 나라를 제패한 일류 양아치 같은 역할도 존재했다.

아까 나를 조폭 관계자로 착각한 것도, 우연이지만 효과적으로 작용하는 것 같았다.

여고생 2인조는 엉덩방아를 찧더니, 완전히 겁먹은 눈길로 이로하를 응시했다.

"서, 설마 아까 그 남자의, 관계자……?!"

"츠키노모리 양, 진짜로 위험한 사람들과 얽혀 있는 거야?!"

다리가 풀린 건지 꼼짝도 못 하는 여고생 앞에서, 삐딱한 자세로 앉은 이로하가 상대방을 노려보며 말을 이었다.

!?
© tomari

"네까짓 것들이 마시로 선배한테 한 짓을 다 들었다고. 쓰레기가 인간 거죽을 뒤집어쓰고 살지 말란 말이다."

"아, 아까는 츠키노모리 양의 친구가 아니라고……."

"나는 마시로 선배의 친구가 아냐. 아직은 말이지. 하지만 그딴 건 상관없거든?"

압도적인 조직폭력배, 깡패의 아우라.

볼에 흉터가 있는 조폭이 등 뒤에 어른거리는 듯한 이로하가 말을 이었다.

"마음에 안 들어. 심보가 썩어빠진 네까짓 것들이, 다른 누구도 아닌 바로 내가 마음에 안 든다고. 그러니 이제부터 너희의 그 서툴러빠진 화장이 더 비참한 상태가 될 때까지, 작살을 내주겠어. 자아, 어금니 꽉 깨물라고……."

"히익……?!"

"자, 잘못 했…… 용서……."

이로하가 주먹을 치켜들었다. 여고생 2인조를 한껏 겁을 먹으며 눈을 감았다.

"그쯤 해둬."

"……!"

내가 손목을 잡으며 말리자, 이로하가 희번덕거리는 눈길로 나를 돌아보았다.

오오, 무셔라. 연기인 걸 아는데도 이 트랜스 모드는 무시무시한걸.

"하, 하아, 히, 힉……."

"자, 잘못, 했…… 더는, 안 할……."

위험에서 벗어나며 안도감을 느낀 건지, 여고생 2인조를 온몸에서 힘이 쭉 빠졌다.

그런 꼴사나운 모습을 경멸이 가득 담긴 눈길로 내려다보면서, 나는 말했다.

"아까 말했다시피, 우리 쪽에는 위험한 녀석들이 많거든. 알았으면 두 번 다시 마시로의 주위에서 얼씬거리지 마. 길에서 우연히 보더라도, 말도 걸지 말아줬으면 좋겠어. 이제까지의 일을 사과해, 같은 귀찮은 소리를 하지 않을 테니 말이야. 아무 상관없는 타인처럼 그냥 무시해주면 돼. ……어때?"

나는 어디까지나 『부탁』을 하는 뉘앙스로, 그렇게 말했다.

이 녀석들이 마시로에게 한 짓을 생각하면 철저하게 협박하며 궁지에 몰아넣어도 용서해줄 수 없겠지만, 이만큼 겁을 먹었으면 어떤 어조로 말을 걸든 반응은 크게 다르지 않을 것이다.

아니나다를까, 여고생 2인조는 창백해진 얼굴을 필사적으로 끄덕여댔다.

"좋아, 교섭이 성립됐어. 그럼 이걸로 다 끝난 거야. 잘 가."

"예, 예에에에에에에에에에에엣!!"

"잘못했습니다아아아아아아아아아아!!"

가볍게 손을 흔들어주자, 그녀들은 엉거주춤 몸을 일으키더니, 후들거리며 도망쳤다.

그 뒷모습이 시야에서 사라지자, 이로하의 팔에서도 힘이 빠졌다.

"—선배, 나이스 타이밍……. 솔직히 말해, 덕분에 살았어요~……."

방금까지의 미남 보이스가 전부 거짓이었다는 듯이, 이로하는 후들거리며 그대로 바닥에 주저앉았다.

"위험하니까 혼자서 돌격하지 말라고. 주먹질을 했다간 다 들통났을 거잖아."

"현실 격투 능력 제로니까요! 하아~, 들통나기 전에 선배가 와줘서 다행이에요!"

"하아…… 진짜 손이 가는 후배라니깐."

그렇다. 이로하의 압도적인 양아치 파워는, 어디까지나 연기다.

주먹을 휘두른 순간, 상대방이 「어? 이 녀석, 약해빠졌네?」 하고 눈치를 채면서 도리어 두들겨 맞았을 것이다.

그런데도 이로하가 아까 그 여고생들에게 돌격한 것은—.

"너도 아까 걔들 때문에 열 좀 받았었구나."

"당연하죠. 사람이 방에 틀어박히게 될 정도로 궁지로 몰아서 남의 인생을 방해해놓고, 뻔뻔하게 사는 녀석을 보면 구역질이 나요. 지금까지는 열 받아도 눈치 살피느라 행동을 안 했지만, 선배가 근처에 있을 때는 눈치 안 봐도 되니까요☆"

"하아, 결국 나한테 뒤처리를 시키려는 거지?"

"그래도 된다고 말한 사람은 선배잖아요? 책임져주세요☆"

"뭐, 됐어. ……마시로, 어때? 이로하는 이런 애야."

"어?"

내가 뒤편을 돌아보며 그렇게 말하자, 이로하는 얼이 나간 목소리로 그렇게 말하며 뒤를 돌아보았다.

마시로가 머뭇거리며 모습을 드러내자, 이로하는 멋쩍은 듯이 볼을 긁적였다.

"마시로 선배가 보고 있었군요. 아하하, 멋대로 잘난 척해서 죄송해요."

"……아냐. 마시로야말로, 사과해야, 해."

"예? 뭘 말이에요?"

"너를, 오해했어. 재들과, 똑같은 인종이라고, 생각했어. 하지만—."

"달랐어."

"……응."

그렇다. 마시로는 착각에 빠져 있었다.

이로하가 언젠가 과거에 자신을 괴롭혔던 애들처럼, 자신을 향한 음습한 악의를 품지 않을까, 하고 생각했다.

하지만 그것은 명백한 착각이다.

코히나타 이로하가 진짜로 악의를 품고 행동한다면, 그것은 상상을 불허할 수준일 것이다.

자신의 연기력을 총동원해, 전심전력을 다 해서 상대가 무서워하는 존재, 상대가 질색하는 존재가 되어, 철저하게 궁지에 몰 것이다.

어중간하지 않은 것이다. 이로하라는 『친구 여동생』이 남을 짜증나게 만드는 행위는 말이다.

아~ 이 녀석 짜증나네, 같은 생각이 들 정도의 귀여운 어리광 같은 것은 이로하가 진정으로 짜증나게 굴 경우와 비교하자면 빙산의 일각조차 안 된다.

—하지만, 그런 궁극의 『악의에 찬 연기』가 자신을 향할 가능성을 두려워할 필요는 눈곱만큼도 없다.

왜냐하면, 좋은 녀석이기 때문이다.

이로하가 누군가에게 불합리하게 악의를 품을 가능성은 절대 없다.

그 사실을, 마시로도 분명 눈치챘을 것이다.

아직 어색하기는 하지만, 그래도 마시로는 최선을 다해 미소를 지으며, 이렇게 말했다.

"마시로와…… 친구가, 되어줘."

"에헤헤, 대환영이에요☆"

이리하여 마시로는, 내 친구의 여동생의 친구가 됐다.

……복잡한 관계가 하나 더 늘어났는걸.

*

《무라사키 시키부 선생님》 다들 잘 놀고 있으려나?

《OZ》 그렇게 걱정되나요?

《무라사키 시키부 선생님》 이로하와 마시로는 인싸 미소녀의 화신과 아싸 미소녀의 화신이잖아. 음과 양, 양쪽 다 정반대의 매력을 지녀서 끝내주게 귀엽지만, 그래서 대립하게 되는 일도 있을 거라고 생각하거든.

《OZ》 괜찮아요. 정반대라는 건 한가운데에서 똑같은 거리에 있다는 거니까요. 인싸의 내면에 감춰진 어두운 면, 그리고 아싸의 실은 밖으로 나가고 싶어 하는 밝은 면을 둘 다 이해할 수 있는 중심점. 아키에게는 우리 모두의 허브가 되어 한 집단으로 아우르는 힘이 있어요. 그러니, 이번에도 잘 풀릴 거예요.

《무라사키 시키부 선생님》 이리하여 그의 주위에 여친 후보가 한 명 더 늘어난 것이다…….

《OZ》 하다못해 여친 후보끼리 서로를 잡아먹으려고 안달하지 말고, 밝고 즐겁게 수라장을 펼쳐주면 최고일 것 같네요. 보는 사람도 훈훈하고요.

《무라사키 시키부 선생님》 이하 동문~.

친구 여동생이 나한테만 짜증나게 군다

epilgue …… 에필로그 …… 사장 정례회의

"이야. 기대 이상인걸, 아키테루 군. 설마 이 짧은 기간에 이 정도 성과를 낼 줄이야."

인근 패밀리 레스토랑 『로열 게스트』. 그곳에서 스파클링 와인과 포도 주스로 건배를 한 직후에 츠키노모리 사장, 츠키노모리 마코토가 그렇게 말했다.

"즐겁게 학교를 다니게 됐고, 친구도 생겼지. 예전 학교에서 경험했던 나쁜 기억도 잊을 수 있을 것 같다더군. 역시 너한테 맡기기 잘했어."

"그럼 다행이네요."

"역시 《5층 동맹》은 멋진 커뮤니티인 것 같군. 후훗."

츠키노모리 사장은 기분이 좋은지, 밝은 목소리로 그렇게 말하며 윙크를 했다.

참고로 그 윙크를 내가 아니라, 이쪽을 힐끔힐끔 쳐다보고 있는 웨이트리스를 향한 것이었다. 나이스 미들의 눈짓에 얼굴을 붉힌 그녀는 허둥지둥 주방으로 들어가 버렸다.

나는 어이없어하며 말했다.

"저 사람을 아직도 노리고 있는 건가요?"

"다음번에는 넘어올 것 같군."

"……사장 체포, 같은 사태는 피해 주세요."

"하하하."

어이, 웃을 일이 아니라고.

"안심해. 나는 모든 여성의 아군이거든."

"진정한 적은 아군 행세를 한다던데……."

"그러고 보니 마시로의 친구가 되어준 사람은 《5층 동맹》의 코히나타 이로하 양이라지?"

"아, 거기까지 들었어요? 뭐, 정확하게 따지면 그 녀석은 우리 멤버가 아니지만요."

무심결에 긍정할 뻔한 나는 허둥지둥 정정했다.

하지만 츠키노모리 사장은 농담을 들은 것처럼 웃음을 흘렸다.

"『검은 새끼 염소가 우는 밤에』의 캐릭터 보이스를 담당한 성우잖아?"

"……왜, 그렇게 생각하죠?"

"딸한테서 엄청난 연기력의 소유자라는 말을 들었거든. 네 주위에 있는 연기 천재라면, 정체불명의 성우 담당뿐이지 않아?"

"성우가 누구인지는 밝히지 않기로 되어있어요. 그리고 한 명도 아니고—."

"무슨 소리를 하는 거지? **성우가 한 명이라는 건 애초부터 알고 있었는데 말이야.**"

"예?"

"이래 봬도 나는 현장 출신이거든. 아무리 연기가 뛰어나더라도, 그게 한 명이 낸 목소리인지, 아니면 다수의 성우가 낸 건지 정도는 구분할 수 있어."

별것 아니라는 투로 말하지만, 이 정도면 귀신같은 솜씨라 해도 과언이 아니다.

역시 일류 기업의 사장 정도 되면 청각도 뛰어난 것 같았다.

등급 평가 방송에 나간다면 일류의 칭호를 거머쥘지도 모른다.

"……아, 그러고 보니……."

그제야 나는 일전에 츠키노모리 사장이 했던 말에 위화감이 존재한다는 것을 눈치챘다.

『프로그래머 《OZ》, 일러스트레이터 《무라사키 시키부 선생님》, 시나리오 《마키가이 나마코》, 그리고 **정체불명의 성우**와 프로듀서 겸 디렉터인 《AKI》…… 즉, 너지.』

정체불명의 성우『들』, 이 아니라, 성우, 라고 말했다.

즉, 그 시점에 성우가 한 명이라는 사실을 짐작하고 있었던 것이다.

"저기, 이로하가 성우로 참가했다는 건—."

"알아. 비밀로 해달라는 거지? 네가 나에게도 비밀로 한

만큼, 괜히 퍼뜨릴 생각은 없어. 비밀이란 남녀를 불문하고 인간의 매력을 높여주는 멋진 것이지."

"……감사해요."

"자아, 본론에 들어가 볼까. 그 코히나타 이로하 양 말인데—."

갑자기 목소리 톤이 낮아졌다.

심각한 표정을 지은 츠키노모리 사장은 이렇게 말했다.

"—네 진짜 여친인 건 아니겠지?"

"아니라는 쪽에 제 내장을 걸 수 있어요."

바로 답했다.

진지한 것은 표정뿐이었으며, 입에서 나온 내용은 평소와 마찬가지로 헛소리였다.

하아, 멋진 모습을 보여준 직후에 어른스럽지 못한 학생 연애 안티다운 소리를 늘어놓을 줄이야. 이 어른은 정말 속을 알 수가 없다.

"음, 그렇다면 됐어. 부디 이대로 마시로나 다른 이들과 건전한 학생 라이프를 즐기도록 해."

"그런 소리 안 해도 그럴 작정이었어요."

"참고로 마시로에게 잘해주는 건 고맙지만, 진짜로 연인이 되면 용서 안 할 거야."

"괜찮다니까 그러네요. 사장님은 너무 걱정이 많은 거 아니에요?"

예전보다 가까워졌다고는 해도, 우리 사이에 연애 감정은 없다.

"마시로는 저를 좋아하지 않거든요. 괜한 걱정 할 필요 없어요."

나는 상대방을 안심시키기 위해, 시원시원한 목소리로 그렇게 답했다.

츠키노모리 사장은 와인을 한 모금 마신 후, 허무적인 미소를 머금으며 혼잣말을 중얼거렸다.

그 목소리는 손님의 입점을 알리는 벨 소리 때문에, 나에게 들리지 않았다.

『……괜찮은 남자지만, 벽창호인 점이 옥에 티군…….』

이런 행복한 마음으로 이불을 덮은 게, 대체 몇 년 만일까.

스마트폰에 등록된 이로하 양의 LIME 계정을 보기만 해도 입가가 히죽거렸다.

아버지에게 무리한 부탁을 하면서까지, 아키가 다니는 학교로 전학을 가기 정말 잘했다.

환경이 바뀌어도 자신은 달라지지 않을지도 모른다는 불안을 느낀 날도 있다.

하지만 지금은 그런 불안을 느끼지 않았다.

스마트폰을 조작해서, 어떤 애플리케이션을 켰다.

그리고 화면에 말을 건네듯, 지금의 솔직한 심정을 입에 담았다.

"정말, 고마워. 《AKI》, 《OZ》, 《무라사키 시키부 선생님》."

방에 틀어박혀 지내는 동안, 쭉 마음의 버팀목이 되어줬던 동료들의 이름.

화면 너머로만 이야기를 나누는 자신을, 전혀 불가사의하게 여기지 않으며 사이좋게 지내준 소중한 동료들.

몇 번이나 오프라인 모임에 초대를 받았지만, 얼굴을 마주했다가 경멸당하는 것이 무서워서 다가가지 못했던, 자신보다 나아 보이는 타인.

정체를 숨기고, 이름을 숨긴 끝에, 겨우 그들의 곁으로 갈 수 있었다.

"요즘 음성변조기는 성능이 너무 좋아."

스마트폰을 향해 말하는 마시로의 목소리가, 약간 허스키한 성인 남성의 목소리로 변조됐다.

음성 통화를 할 때, 성별을 들키지 않도록 일부러 이 애플리케이션을 사용했다.

버추얼 미소녀로 가장해서 인터넷 방송 등을 하는 이들이 주로 사용하는, 음성 변환 소프트다. 아저씨의 목소리조차 미소녀로 바꿔주는 이 소프트를 응용하면, 여자 목소리를 미남 보이스로 바꾸는 건 어렵지 않다.

남을 속이는 것 같아서 죄책감이 어마어마하게 밀려오지만, 그래도 이해해줘.

아직 너희 앞에서 당당히 이름을 밝힐 수 있을 만큼, 강해지지는 못했어.

"아키는 마시로가 『마키가이 나마코』라는 걸, 눈치채지 못……한 것 같았어."

눈앞에서 열렬한 사랑을 토로할 때는 얼굴에서 불이 나는 것 같을 정도로 부끄러웠다.

그와 동시에 기쁘기도 했다.

마시로가 현실도피 삼아 쓴 끝에 투고해서 수상까지 하고 만 그 작품을, 아키가, 진정으로, 진심으로 좋아해 준다는 것을 실감할 수 있었다.

그날의 우연은 지금도 잊을 수 없다.

우연히 본 침실 탁자 위에 놓인, 한 통의 간소한 엽서.

그 팬레터에 적힌 이름을 본 순간, 당시의 마시로는 심장이 멎는 것만 같았다.

『오오보시 아키테루…… 혹시 작가가 마시로라는 걸 알고, 놀리려는 걸까……?』

가장 먼저 그런 생각이 떠오를 만큼, 자신은 정신적으로 비굴한 상태였다.

하지만, 실은 그렇지 않았다.

그 엽서에 검은색 글씨로 빼곡하게 적혀 있는 것은 진지함이 묻어나는 팬레터였다.

그리고 구석에 작은 글씨로 적혀 있던 것은 연락처, 그리고 인디즈 애플리케이션 제작 집단 《5층 동맹》의 오피셜 홈페이지의 주소였다.

그것은 마시로에게 있어 기적의 성흔(聖痕). 괴롭고 재미없는 일상을 바꿔줄 복음(福音)이었다.

좋아하는 아키와 다시 인연을 맺을 수 있다. 그 기대에 가슴이 뛰면서도 일주일가량 고민한 마시로는 결국 결의를 다지며 연락을 했다.

아키는 정체를 눈치채지 못했다. 하지만 그는 마시로가 좋아하는 아키 그대로의 태도로 그녀를 대해줬다.

역시 이것이 그의 본성이며, 옛날에 상냥하게 대해줬던 것도 마시로에게 특별한 감정이 있었기 때문은 아니라는 사실에 약간 실망했다.

하지만 그와 같은 커뮤니티에 속할 수 있다는 사실이 기뻤다.

더는 참을 수가 없어서 아키의 곁으로 와버린…… 지금의 마시로는, 그를 어떻게 생각하고 있을까? —하고 자기 자신에게 물어보았다.

오래간만에 아키와 재회해서, 함께 시간을 보낸, 마시로의 마음은…….

아키를 좋아한다는 확신이, 더욱더 깊어졌다.

"응…… 괜찮아. 마시로의 마음은, 진짜야. 이로하 양도, 아키와 사귀는 건 아니라고, 했잖아……."

격렬하게 뛰는 가슴을 누르며, 심호흡했다. 스마트폰의 LIME 화면을 연 후, 아키의 연락처를 찾았다.

환영회 후, 아키가 ID 교환을 하자고 해서 급히 신규로 만든 복수 계정이다.

마키가이 나마코 명의의 LIME 계정으로 평소 연락을 주고받는데, 본명 명의의 계정으로 따로 연락을 주고받게 되니 기분이 좀 이상했다. 그래도 ID를 교환할 때는 마음이 기쁨으로 가득 찼다.

하지만 지금, LIME 화면을 펼치는 와중에 가슴 속에 감돈 마음은—『공포』였다.

받아줄까? 거절당하지 않을까?

그런 공포가 가슴속에서 빙글빙글 돌고 있었다.

하지만 이대로 아키가 자신의 마음을 눈치채지 못하는 건 더 싫다.

더 가까워지고 싶다, 더 특별한 존재가 되고 싶다, 그저 비즈니스 파트너에 불과한 마키가이 나마코로는 만족할 수 없다. 그래서 여기까지 쫓아온 것이다.

……저질러버려!

자신의 마음이 가득 담긴 메시지를 입력한 후…….

송신 버튼을, 터치했다.

epilgue3 ······ 에필로그 3 ······ 그리고 파란으로―

『♪ 유흥가의 폭동, 우리의 항문, 걷어차는 너는 친구 여동생 ♪』

학교에서 돌아와서 침실에 들어왔을 때, 가장 먼저 눈에 들어온 것은 허벅지였다.

잘 아는 여자가 침대에 엎드린 채, 리듬에 맞춰 발을 버둥거리고 있었다.

내 책장에서 허락도 없이 꺼낸 소년 만화의 최신간을 펼쳐 보며 즐거워하고 있었다.

그녀의 이름은 코히나타 이로하. 나와 같은 고등학교에 다니는 1학년이자, 한 학년 아래의 후배다.

황금색을 띤 밝은 머리카락, 목에 건 투박한 헤드폰에 걸려서 풍성해 보이는 머리카락은 왠지 황제펭귄을 연상케 했다. 습기와 열기가 뒤섞인 초봄에 어울리는 반소매 교복, 시원해 보이는 짧은 치마. 양말을 벗어서 눈부시게 반짝이는 새하얗고 가녀린 다리의 라인에는 한점의 군살도 없었다. 요즘 고등학생다운 겉모습이지만 피어스 같은 과도한 장식은 없으며, 날라리 느낌이 날 정도로 과하게 꾸미지도 않은, 그런 현실적인 여고생―.

『♪ 엉덩이(애스)가 펑크로 즉시 넙죽~, 언뜻 보인 팬티에 폴인 러브! 오버일까? ♪』

교실에서 쾌활하게 웃는다면, 그 모습을 본 남자들은 모두 이렇게 생각할 것이다.

—아, 이 애는 나를 좋아하는구나. ……하고 말이다.

남자들의 그런 불쌍한 착각을 부를 듯한 이 축복받은 외모의 여자가, 어찌 된 건지 내 침대를 자기 것처럼 점거하고 있다.

게다가…… 게다가, 말이다.

『♪ 풋내기 동정이라도 상관 없~어. 하지만 여동생은 못 당해——————.』

나는 아무 말 없이 이로하의 헤드폰 플러그를 스마트폰에서 뽑은 후, 고음질 콤포넌트의 삽입구에 꽂았다.

"시끄러워요! 대음량으로 랩 틀지 말라고요!"

물에서 건진 꽁치처럼 펄떡 뛴 이로하가 트레이드 마크인 헤드폰을 벗어던졌다.

폭음의 잔향이 귀 안에서 소용돌이치며 남아 있는 건지, 두 귀를 누르며 우냐아아아아 하고 괴성을 지르며 침대 위에서 데굴거리고 있었다.

—수십 일 전에 내가 느꼈던 안타까운 마음이 전해진 것 같아서 다행이다.

"너, 너무해요, 선배! 고막이 찢어지면 어떻게 책임져줄 거죠?!"

"그때는 결혼이든 뭐든 다 해줄게."

"예?"

"농담이야. 이 콤포넌트는 실수로 음량을 최대로 올리더라도 고막에 상하지 않도록 자동 음량 조절 기능이 탑재되어 있으니 괜찮거든. 그 헤드폰도 귀가 상할 수 있는 소리가 출력되는 것을 막아주는 거잖아."

"아, 맞아요. 그러고 보니 처음에는 우냐~ 했는데, 의외로 아무렇지도 않네요……."

"기왕 비싼 걸 살 거면, 좋은 녀석을 사자는 주의거든."

"진짜인가요……. 그런 줄도 모르고 아무렇게나 썼어요……."

"자식이 부모 마음 모르듯, 후배는 선배 마음을 모르네……. 뭐, 어떻게 쓰든 그건 네 자유지만 말이야."

고음질 콤포넌트의 전원을 끈 나는 침대 옆에 굴러다니고 있는 헤드폰을 주워서 이로하에게 건넸다.

온라인으로 구매한 이 상품의 포장을 뜯고 벌써 1년가량 흘렀나.

당시의 감촉 및 외관과 비교해보면, 가죽의 변색과 마모 등으로 꽤 세월의 흔적이 느껴졌다.

애용하고 있다는 증거다.

“적어도 상자 안에 계속 넣어둔 건 아닌가 보네.”

“당연하죠. 제가 하고 싶은 공부에 가장 필요한 물건인걸요.”

“연기 연습만이라면 몸이 건강하면 얼마든지 할 수 있지만, 선현들을 넘어서고 싶다면 선현들이 쌓아 올린 역사를 흡수해야 하니 말이야. 그런 의미에서 본다면, 연예계와 관련된 온갖 오락이 금지된 너는, 사면초가나 다름없는 상태였어.”

“맞아요. 이렇게 음악을 듣고, 성우들의 목소리를 들으면, 실력이 쑥쑥 성장하는 게 실감 나거든요. 그게 다 선배가 준 선물 덕분이에요☆”

“감사한다면 짜증나게 좀 굴지 마.”

“감사하니까 짜증나게 구는 건데~. 이 여자 마음을 모르겠어요~?!”

“몰라. 진짜로 감사한다면, 좀 평범하게 표현하라고.”

“선배의 평범은 평범하지 않단 말이에요~.”

이로하는 꺄하하 하고 가볍게 웃었다.

학교에 갈 때는 우등생 모드를 연기하기 위해 벗어두는 헤드폰을 어디에 보관하냐면, 다름 아닌 내 방이었다.

이로하의 방이 아니라, 내 방에 말이다.

왜냐하면 이로하가 온갖 연습을 할 장소, 선현들의 작품을 흡수할 수 있는 장소가 그녀의 집에는 없기 때문이다.

연예계와 조금이라도 연관이 있는 작품을 뒀다가 이로하의 어머니가 보기라도 한다면, 슬퍼할 것이다.

그래서, 이로하가 자신이 하고 싶은 것을 온 힘을 다해 자유롭게 할 수 있는 장소는 바로 이곳뿐이다.

헤드폰을 건네받은 이로하가 평소처럼 세팅을 마쳤다. 그리고 침대에 걸터앉더니, 그네를 타는 어린애처럼 맨발을 위아래로 움직였다.

“마시로 선배를 질투할 정도로, 선배를 진심으로 좋아하는데 말이에요~.”

“안 속아. 또 나를 놀리려는 거지?”

“진심이거든요~? 실제로 쇼핑센터에 갈 때도 마시로 선배한테는 안 질 거야아앗! 선배의 옆은 내 자리란 말이야앗! 하고 기합을 잔뜩 넣었단 말이에요.”

“말은 그러면서도, 마시로와 친해졌잖아. 라이벌이 아니라 사이좋은 친구 같다고.”

“맞아요. 경쟁심을 불태우며 갔는데 마시로 선배는 평범하게 귀여운 데다, 마시로 선배를 괴롭혔던 녀석들이 평범하게 속을 뒤집어놓으니까, 따끔한 맛을 보여주고 싶더라고요. 아아~ 정말 엉망진창이라니까요!”

이로하는 볼을 부풀리며 불만을 늘어놓았다.

하지만 그 표정 속에 존재하는 감정은 후회나 분노가 아니라는 것을, 나는 알 수 있다.

죽어라 짜증나게 굴지만, 나쁜 애는 아니다. 그것이 코히나타 이로하란 여자의 실체다.

그래서 내 마음속에는 이로하와 마시로가 친하게 잘 지낼 거라는 계산이 애초부터 서 있었다.

게다가 정반대 같지만, 두 사람은 의외로 닮은 구석이 많았다.

"그러니 손실분을 만회하기 위해 오늘은 선배네 집에서 눌러앉아서 지낼 거예요!!"

"이해가 안 돼……."

너무 어이가 없어 한숨을 내쉬었다.

무슨 생각을 하는 건지 알 수가 없는 이로하에게서 돌아선 나는 학생용 가방을 바닥에 내팽개치며 작업용 책상에 몸을 맡겼다.

마시로와는 가까워졌다. 이대로 가짜 커플 관계를 원만하게 이어간다면, 츠키노모리 사장의 미션은 달성할 수 있을 것이다.

—위잉!

호주머니에 넣어둔 스마트폰이 울렸다.

한 번만 진동한 것을 보면 LIME이 온 것이리라. 아마 《5층 동맹》의 그룹 채팅방에 누군가가 한심한 잡담을 투하했을 거라고 생각하며, 나는 스마트폰을 꺼냈다.

"아, 저도 볼래요!"

"어이, 바보야. 뛰어들지 마. 들러붙지 마."

"어쩔 수 없잖아요~. 스마트폰 화면이 작으니까요☆"

내 행동에 민감하게 반응한 이로하가 등 뒤에서 나와 몸을 밀착시켰다.

이것도 일종의 짜증나는 행위지만, 이 정도는 허용해주고 있다. 정체를 감추기 위해 《5층 동맹》의 그룹 LIME에 참가 못 한 이로하는 이런 식으로만 팀의 울타리 안으로 들어올 수 있으니 말이다.

내 스마트폰을 보여줘서, 간접적으로나마 대화에 참여하고 있는 기분을 맛보게 해주는 것이다.

"무라사키 시키부 선생님의 아무짝에도 쓸모없는 누님쇼타 관련 연설일까? 아니면 마키가이 나마코 선생님의 추천 망작 영화 정보? ……오빠는 먼저 화제를 꺼내는 일이 거의 없죠. 으음……."

이로하는 들뜬 듯한 표정으로 그렇게 말하면서 화면을 쳐다보았다.

내 얼굴 바로 옆에 있는 이로하의 얼굴에서 흘러나온 여자애 특유의 체취를 맡고, 가벼운 긴장감을 느끼면서…….

나 또한 이로하와 함께 스마트폰의 화면을 쳐다보았다.

………….

……………………….

………………………………….

……………………………………………어?

화면에 표시된 내용, 그리고 보낸 이의 이름을 본 나와 이로하는 그대로 굳어버렸다.

메시지는 《5층 동맹》의 LIME 그룹에 투하된 것이 아니었다.

츠키노모리 마시로.

최근 들어 추가된, 새로운 계정이다.

그 토크 화면의 가장 아래편, 새로운 메시지가 표시된 장소에, 믿기지 않는, 너무나도 비현실적인 문장이 적혀 있었다.

"으…… 음. 이……건……?"

이렇게까지 떨리는 이로하의 목소리를 들은 것은, 처음일지도 모른다.

―지금 돌이켜보면, 우리는 장대한 지뢰밭 위를 걷고 있었을지도 모른다.

복잡한 사정을 안고 있는 멤버가 모여서, 눈앞의 성가신 문제를 일단 못 본 척 한 채, 아무튼 현재를 즐겁게, 미래를 마음껏 살기 위해 걸어왔다.

따지고 보면 쇄국정책이다. 해외와의 연결고리를 끊고, 독자적인 문화를 쌓아 올린 갈라파고스다.

그것을 통해 《5층 연맹》의 인간관계를 원활하게 유지했고, 고도의 창조력을 자아냈다.

하지만 역사를 보면 알 수 있듯, 닫혀 있는 나라는 언젠가 열리게 된다.

압도적인 전투력을 지닌 외국에서 쳐들어오면, 개국을 할 수밖에 없으며, 다른 문화가 섞여들면서 급격한 기술 발전을 동반한 문명개화가 찾아온다.

망연자실하게 스마트폰의 화면을 응시하는 이로하의 눈동자에는, 대체 어떤 마음이 담겨 있을까.

몇 초 후, 나도 겨우 저 문장이 의미하는 바를 이해했다.

잘못 읽은 것이 아니다. 영어가 아니다. 독일어도 아니다. 프랑스어도 아니다.

100% 순수한 일본어로 적힌, 오타일 가능성이 존재하지 않는, 매우 단순하고 솔직한—.

『좋아해요. 세상에서 가장 사랑해요.』

© tomari

■ 작가 후기

GA문고 팬 여러분, 처음 뵙겠습니다. 다른 레이블의 작품을 통해 저를 아시는 분, 항상 신세 지고 있습니다. 짜증나게, 올바르게, 화려하게 등장한 작가, 미카와 고스트입니다.

『친구 여동생이 나한테만 짜증나게 군다』를 구매해주셔서 정말 감사합니다.

후기에 뭘 쓰면 좋을지 매번 고민합니다. 우선 본문을 읽은 후에 후기를 읽는 사람도, 후기를 읽은 후에 본문을 읽는 사람도 있으니까요. 게다가 스포일러를 주의하려면 언급할 수 있는 내용이 거의 없죠.

그러니 이번에는 무난하게 『친구 여동생이 나한테만 짜증나게 군다』, 줄여서 『동생짜증』이 어떤 경위로 출판되게 되었는지 이야기할까 합니다.

때는 2018년 여름, 매미 울음소리조차도 사람들의 북적임과 자동차 엔진음, 대형 광고판에서 나는 소리 등에 묻히는 도쿄의 모처, 깔끔하고 고풍스러운 느낌의 카페에서 있었던 일입니다.

어떤 인연으로 저를 담당하게 된 GA 문고의 편집자, 누루 씨가 저에게 진지한 얼굴로 이렇게 말했죠.

"요즘은 주인공이 어른인 작품도 받아들여지고 있습니다. ……작가님도 저와 같은 인식을 가지고 계시죠?"

"예."

"그러니 오피스 러브로 가볼까 합니다. 주인공과 히로인이 회사원— 그런 러브코미디도 괜찮지 않을까요? 오피스 레이디 히로인이죠. 정장 차림인 표지에서는 타이츠를 강조하는 겁니다."

"괜찮군요."

"게다가 최근의 러브코미디에서는 특이한 캐릭터성이 아니라 착실하고 안정적인 맛이랄까, 약간의 현실감을 요구되는 듯한 느낌이 들어요."

"그렇군요."

"그래서 제가 제안드리고 싶은 기획은 이렇습니다. 『내 여친과 후배와 상사가 너무 과로한다』예요."

"재미있겠군요. 그럼 이 방향성으로 짜보도록 하겠습니다."

일주일 후.

"안녕하세요. 기획을 가지고 왔습니다."

"수고하셨습니다. 그럼 살펴보도록— 어?"

제가 보낸 1KB 가량의 텍스트 파일을 펼쳐본 편집자, 누루 씨는 고개를 갸웃거렸다.

"타이틀뿐이군요. 『친구 여동생』? 오피스 레이디 히로인은요?"

"아무리 머리를 굴려도 현실감 있고 리얼한 오피스물에는 가혹한 미래밖에 존재하지 않아서 말이죠."

"그렇군요."

"게다가 요즘 오피스에서 야한 러브코미디에 나오는 짓을 했다간 바로 성추행으로 추방당해요. 성추행범이 될 위험 부담을 피하면서 히로인과 친해지는 건, 너무 번잡하죠. 그냥 주인공의 손길이 닿는 범위에 애초부터 히로인이 있으면 좋겠다 싶더군요."

"그래서 친구 여동생인 겁니까. 소꿉친구나 여동생이 아니라 말이죠."

"한번 상상해 보시죠. 툭하면 놀러 가는 친구 집의 거실에는 항상 무방비하게 다리를 흔들며 음악과 만화를 즐기고 있는 친구 여동생이 있는 거예요."

"오호라."

"게다가 그 애가 엄청난 미소녀라면 어떨까요?"

"좋군요."

"바로 그겁니다."

"그래요. 하지만 그 친구 여동생은 어떤 애이며, 어떤 이야기를 나누죠?"

"그건 말이죠."

저는 말을 잇지 않고 그저 HAHAHA, 하고 웃었습니다. 솔직히 말하자면, 머릿속에는 주인공과 히로인의 그 절묘한 거리가 매력적이라는 생각밖에 없었죠.

"그러고 보니 최근에 다른 작품에서 뜻밖의 캐릭터가 인기를 모은 적이 있습니다."

"호오?"

"개인적으로는 엄청 짜증나는 언동만 하는 캐릭터였는데, 묘하게 사랑받았죠."

"아, 요즘 다들 그런 캐릭터를 좋아하죠. 짜증귀엽이라고나 할까요."

"그런가요……?"

저는 그 말을 듣고 머릿속에 바로 번뜩인 타이틀을 써봤습니다.

『친구 여동생이 나한테만 짜증나게 군다』.

""이거야————!!!""

이 순간, 다 큰 어른 두 명이 무심코 한 목소리로 고함을 지르게 하는 타이틀이 탄생했습니다.

그렇게 타이틀이 탄생했고, 그 후에 캐릭터가 탄생했으며, 마지막으로 스토리가 탄생한 이 작품이 독자 여러분은 어떠

셨습니까? 재미있게 읽어주셨기를 빕니다.

아키테루, 이로하, 마시로, 오즈, 스미레— 이 녀석들의 과거와 현재와 미래를 지켜봐 주셨으면 합니다.

그럼 감사 인사를 드리겠습니다. 토마리 선생님, 최고급 짜증귀염 히로인을 그려주셔서 감사합니다! 캐릭터 디자인, 표지, 컬러 일러스트, 흑백 일러스트 전부 완벽 그 자체입니다. 선생님과 함께 이 작품을 꼭 히트시키고 싶습니다. 앞으로도 잘 부탁드립니다!

담당 편집자이신 누루 씨, GA문고 편집부 여러분, 다양한 시책으로 지원해주신 영업부 여러분, 따뜻한 응원 코멘트를 주신 전국 서점원 여러분, 그 외에도 『동생짜증』의 출판에 관여해주신 모든 분들, 감사합니다. 진심으로 감사드리고 있습니다.

그리고 마지막으로 이 책을 읽어주신 독자 여러분에게 최대한 감사드립니다! 미카와 고스트였습니다.

■역자 후기

안녕하십니까. 근로청년 번역가 이승원입니다.

『친구 여동생이 나한테만 짜증나게 군다』 1권을 구매해주셔서 진심으로 감사드립니다.

『친구 여동생이 나한테만 짜증나게 군다』는 '좋아하는 사람에게 짜증나게 구는 건 2D에서나 있는 일'이란 생각을 가진 주인공, 그런 주인공에게 다각도에서(?) 짜증나게 구는 친구 여동생, 그리고 그런 친구 여동생과는 정반대 타입의 짜증 행위를 벌이는 사촌, 동생이 친구한테 하는 짓을 지켜보며 자기 할 일만 하는 친구, 이런 문제아들이 속한 반의 담임이자 자기도 문제가 많은 여교사(-_-;)가 자아내는 러브 코미디입니다.

……제가 쓴 글이지만 정말 이해가 안 되는군요. 그래도 엄연히 사실에 입각한 내용입니다. 인간관계가 복잡한 것 같지만, 본문을 보신 분들께서는 알 수 있다시피 의외로 단순하죠.

자기를 평범하다고 여기지만 남들이 보기에는 전혀 평범

하지 않은 주인공과, 주위에 있는 다양한 천재들이 함께 게임을 만들어가는 내용입니다.

저는 나름 오랫동안 이 업계에 몸을 담으면서 다양한 작품을 번역했습니다만, 이렇게 신선한 느낌을 받은 작품은 정말 오래간만입니다.

내용 자체만 본다면 정통파입니다만, 다양한 특색을 내포한 캐릭터들, 그리고 그 캐릭터들을 어우르는 주인공의 매력이 부각되더니, 짜증귀염한 친구 여동생이 작품 전체의 재미를 견인하면서 맛깔난 작품이 완성됐습니다.

독자 여러분께서도 이 귀엽지만 짜증나는 여동생의 매력에 푹 빠지시길 진심으로 빕니다!

그럼 이만 줄이겠습니다.

이렇게 재미있는 신작을 맡겨주신 L노벨 편집부 여러분에게 진심으로 감사드립니다. 그 신뢰에 보답할 수 있도록 앞으로도 최선을 다하겠습니다.

『옛날 탕수육이란 무엇인가』란 주제로 논쟁을 펼친 악우들이여. 확실한 결론을 내기 위해 동네에서 가장 오래된 허름한 중국집에 가자고 한 것까지는 좋았거든? 그런데 왜 산더미 같은 탕수육이 나오자마자 논의는 때려치우고 탕수육 흡입 머신이 되어버린 것이냐……. 물론 짜장면(간짜장은 NG!)&탕수육 콤보는 궁극 그 자체라는 것에는 나도 동의

해ㅠㅜ.

마지막으로 언제나 제게 버팀목이 되어주시는 어머니와 『친구 여동생이 나한테만 짜증나게 군다』를 읽어주신 모든 분들에게 진심으로 감사드립니다.

폭탄 고백, 슬럼프, 마감 엄수(?!)라는 충격과 공포가 펼쳐지는 2권 역자 후기 코너에서 다시 뵙겠습니다!

2020년 7월 중순

역자 이승원 올림

친구 여동생이 나한테만 짜증나게 군다 1

1판 1쇄 발행 2020년 8월 10일
1판 6쇄 발행 2022년 10월 21일

지은이_ mikawaghost
일러스트_ tomari
옮긴이_ 이승원

발행인_ 신현호
편집장_ 김승신
편집진행_ 권세라 · 최혁수 · 김경민 · 최정민
편집디자인_ 양우연
관리 · 영업_ 김민원

펴낸곳_ (주)디앤씨미디어
등록_ 2002년 4월 25일 제20-260호
주소_ 서울시 구로구 디지털로 26길 111 JnK디지털타워 503호
전화_ 02-333-2513(대표)
팩시밀리_ 02-333-2514
이메일_ lnovellove@naver.com
L노벨 공식 카페_ http://cafe.naver.com/lnovel11

ISBN 979-11-278-5642-7 04830
ISBN 979-11-278-5641-0 (세트)

값 7,800원

©Yuichiro Higashide, Koushi Tachibana, NOCO 2020
KADOKAWA CORPORATION

데이트 어 불릿 1~6권

히가시데 유이치로 지음 | 타치바나 코우시 원안 · 감수 | NOCO 일러스트 | 이승원 옮김

"……저는 이름이 없어요. 빈껍데기(엠프티)예요. 당신은 이름이 뭐죠?"
"제 이름은 토키사키 쿠루미랍니다."
기억을 잃은 채 인계라 불리는 장소에서 눈을 뜬 소녀,
엠프티는 토키사키 쿠루미와 만난다.
그녀의 안내를 받아 도착한 학교에는 준정령이라 불리는 소녀들이 있었다.
서로를 죽이기 위해 모인 열 명의 소녀들.
그리고 비정상적인 존재이자 빈껍데기인 소녀.
"저는 쿠루미 씨의 일행이자 미끼…… 미끼인가요?!"
"아, 미끼가 싫다면 디코이라고……."
"똑같은 의미잖아요!"

이것은 토키사키 쿠루미의 알려지지 않은 이야기.
자— 저희의 새로운 전쟁(데이트)을 시작하죠